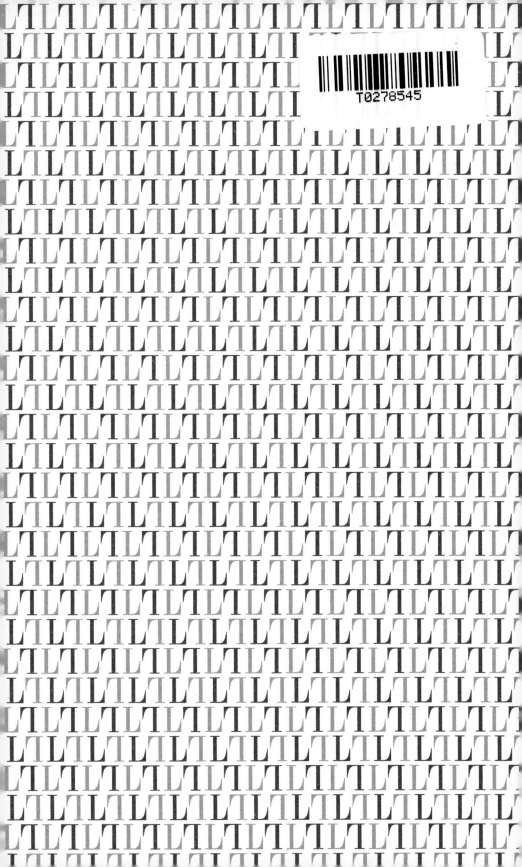

T0278545

Escrito en la piel del jaguar

Escrito en la piel del jaguar

Sara Jaramillo Klinkert

Lumen

narrativa

Papel certificado por el Forest Stewardship Council®

MIXTO
Papel procedente de
fuentes responsables
FSC® C117695

Penguin
Random House
Grupo Editorial

Primera edición: febrero de 2023

© 2023, Sara Jaramillo Klinkert
© 2023, Penguin Random House Grupo Editorial, S. A. U.
Travessera de Gràcia, 47-49. 08021 Barcelona

Printed in Spain – Impreso en España

ISBN: 978-84-264-2439-6
Depósito legal: B-21.585-2022

Compuesto en M. I. Maquetación, S. L.
Impreso en Liberdúplex, S. L.,
Sant Llorenç d'Hortons (Barcelona)

H 4 2 4 3 9 6

A Juan Pablo Lema, mi hermano,
que a veces se disfraza de amigo
y es siempre amigo y hermano.

Imaginé la primera mañana del tiempo, imaginé a mi dios confiando el mensaje a la piel viva de los jaguares, que se amarían y se engendrarían sin fin, en cavernas, en cañaverales, en islas, para que los últimos hombres lo recibieran. Imaginé esa red de tigres, ese caliente laberinto de tigres, dando horror a los prados y a los rebaños para conservar un dibujo [...]. Dediqué largos años a aprender el orden y la configuración de las manchas. Cada ciega jornada me concedía un instante de luz, y así pude fijar en la mente las negras formas que tachaban el pelaje amarillo. Algunas incluían puntos; otras formaban rayas transversales en la cara interior de las piernas; otras, anulares, se repetían. Acaso eran un mismo sonido o una misma palabra. Muchas tenían bordes rojos. No diré las fatigas de mi labor. Más de una vez grité a la bóveda que era imposible descifrar aquel texto. Gradualmente, el enigma concreto que me atareaba me inquietó menos que el enigma genérico de una sentencia escrita por un dios. ¿Qué tipo de sentencia (me pregunté) construirá una mente absoluta?

JORGE LUIS BORGES,
La escritura del dios

Cuando vengas a nuestra tierra,
descansarás bajo la sombra de nuestro respeto.
Cuando vengas a nuestra tierra,
escucharás nuestra voz,
también, en los sonidos del anciano monte.
Si llegas a nuestra tierra con tu vida desnuda
seremos un poco más felices...
y buscaremos agua para esta sed de vida, interminable.

VITO APÜSHANA,
Woumain (Nuestra tierra)

Amanece y es domingo. Quizá jueves. Da igual. De ahora en adelante los días empezarán a acumularse sin medida, lo cual no significa nada porque si algo tiene este lugar es que los días son insoportablemente parecidos unos a otros. Nadie conoce el orden de los meses del año. Nadie sabe el día exacto de su nacimiento. Nadie recuerda con precisión la última vez que cayó agua del cielo. De hecho, cuando Lila pregunte: «¿Hace cuánto que no llueve?», los nativos le responderán: «Desde el último rugido del jaguar». Así entenderá que, en un lugar donde el tiempo se mide con sucesos, la última vez de la lluvia puede ser el más extraordinario de todos, a no ser que vuele el manglar y un cardumen de peces blancos sea arrastrado por las olas. O que llueva al revés después de que el felino ruja tres veces a una distancia demasiado corta para emprender la huida y demasiado larga para descifrar el mensaje oculto en las rosetas de su pelaje. Tal vez sea domingo y no ocurra nada de eso. O jueves, qué más da. Por ahora, amanece en un día cualquiera y merodean una, dos, tres moscas. Son molestas y sin embargo serán la menor de las molestias de Lila, pero ella aún no lo sabe. Lila no es una flor, es una mujer con nombre de flor, pese a no tener pétalos ni espinas ni raíces. A veces huele a abril. A veces a perfume caro. Hoy no es una de esas veces. Lo único importante ahora es que la mujer con nombre de flor se acuerde adónde amaneció y cómo llegó hasta allá y cuál fue la razón que la obligó a refundirse en aquel lugar recóndito en donde el tiempo se mide con sucesos extraordinarios, porque existe una razón, aunque ella se empeñe en esconderla.

El zumbido de las moscas aumenta su intensidad. Cuatro moscas, cinco moscas, seis moscas. Anoche había sangre en la mano de Miguel. Ya está coagulada y, aun así, las moscas la sobrevuelan como si fuera un manjar. Tiene visos morados y verdosos que recuerdan a las auroras boreales, Lila las vio el otro día en la televisión. ¿Adónde está Lila y por qué hay sangre y auroras boreales? Sigue demasiado dormida para recordarlo. De anoche solo tiene algunos chispazos que aún no logran materializarse en recuerdos: una cama, cuatro piernas corriendo hacia un colchón desconocido, plagado de ácaros, polvo y mal de tierra; dos viajeros cansados y sudorosos intentando no rozarse entre sí para no generar más calor, para no provocar un incendio en aquella cabaña en medio de ninguna parte. Lila estaba cansada. Miguel estaba herido. Si estuvieran en la ciudad y fuera jueves, nada de lo anterior sería grave, pero la ciudad y el tiempo eran eso que habían dejado atrás hacía muchos kilómetros.

A la medianoche, quizá un poco antes o después, Lila sintió unas patitas rasguñando la madera, merodeando por el borde de la cama. Imposible saber si fueron parte de un sueño o no. Eso es lo malo de dormir por primera vez en un lugar al que nunca antes se ha ido. No se conocen los sonidos. No se sabe quién pisa el mismo suelo, quién surca el mismo aire, quién habita el techo de hojas entrelazadas, quién se mete en los sueños. Chicharras, gruñidos, zancudos, un vasto coro de aullidos retumbando en el bosque. Miguel se rascaba. Lila se rascaba. Tres veces el currucutú, el crujir de hojas secas.

Al fondo cantan los gallos. El día se impone con un brillo tan intenso que no parece de este mundo porque no es de este mundo. Sin paredes que impidan su avance, la luz natural enciende los rincones y las grietas, se filtra por los huecos del techo y dibuja trazos luminosos sobre la superficie de la madera. Las moscas. Son las malditas moscas las que sacan a Lila del sueño profundo y aún somnolienta piensa en las patitas rasguñando. Es posible que también le rozaran la cara. Se la toca suavemente con los dedos como asegurándose de que todo esté en el mismo lugar de siempre. Recuerda los aullidos y la piel se le llena de espinas.

Intenta despertar por completo. No puede. Su propio cuerpo no le obedece. La cabeza es de piedra, al igual que los pies y las manos. Consigue moverlas de nuevo en cámara lenta debido a la necesidad imperiosa de rascarse una roncha. Ya se acostumbrará al clima caliente en donde todo es lento: el despertar, los pensamientos, la vida en general. También se acostumbrará a las ronchas. La rapidez está sobrevalorada. Las ronchas están subvaloradas. Malaria. Fiebre amarilla. Dengue hemorrágico. Zika. Paludismo. Se hubiera hecho vacunar, piensa. Los hubiera no existen, vuelve a pensar. Llegará el día en que erradique la palabra afán de su vocabulario. Las enfermedades tropicales, en cambio, no las erradica nadie.

El ambiente es tan húmedo que da la sensación de poderse agarrar con ambas manos y escurrir como si fuera un trapo mojado. Húmedo el pelo. Húmedas las sábanas. Húmedo el techo de palma. Debería empezar a acostumbrarse. Si algo la espera de ahí en adelante es una humedad persistente y opresiva. Al amanecer, las gotas de agua condensada tienden a acumularse en la punta de las hojas. Redondas, transparentes, calladas. Será cuestión de meses para que la sed la obligue a contemplarlas con el mismo interés con el que contemplará al ángel sin alas o al último jaguar del bosque. Sed. Hoy amaneció con sed. La diferencia es que acaba de llegar a un lugar sin tiempo y sin lluvia. Además, tiene botellones de agua dentro del carro. Tener agua: eso es muy importante. Más importante que la sangre en la mano de Miguel. Más importante que la razón por la cual se fue a esconder allá. Más importante que los aullidos y las moscas. Más importante que saber si es domingo o jueves.

Siete moscas, ocho moscas, nueve moscas. Lila permanece en un lugar intermedio llamado duermevela. Muy dormida para considerarse despierta. Muy despierta para considerarse dormida. Duer-me-ve-la, pronuncia la palabra en la mente, mueve los labios sin emitir ningún sonido, la boca se le queda entreabierta. La cierra de forma instintiva cuando el zumbido de las moscas se alborota. Sella los labios formando una línea recta, parecen vigas de cemento, no sea que alguna mosca le aterrice en la lengua. Justo después ocurre lo de la cachetada. Antes fue la mosca en la mejilla, antes fueron las preguntas sin respuesta. Abre los ojos y ve la mosca en la palma de su propia mano, aplastada como la antesala de un presagio. Esa manía de creer que todo son presagios, y eso que todavía no ha conocido a la bruja que habrá de lanzarle el primero: «El agua es el principio y el fin», sentenciará Encarnación mientras un punto de fuego se le enciende dentro de la boca.

Por un instante deja de oír los zumbidos, cómo va a oírlos, si de repente se impone otro sonido más fuerte. Más fuerte que el ronquido de Miguel. Mucho más fuerte que el sonido de sus propias uñas rascándose las ronchas. Olvida todo lo demás y se concentra en el rumor del oleaje. Lo oirá todos los días y todas las noches. Lo oirá tanto que dejará de oírlo. Eso es lo que pasa cuando uno se va a vivir al mar. Primero hay que acostumbrarse al sonido, hasta que llega el día en que no lo oye más y entonces el esfuerzo es por traerlo de vuelta.

Siente la brisa, los labios agrietados, la arena, el regusto a sal en la boca. Está desnuda y no propiamente por haber tenido una noche romántica con ese otro cuerpo desnudo que yace a su lado. Lo conoce como a nadie y, sin embargo, en esa cama ajena, parece un completo desconocido. El pelo engrasado por el sudor, un salpullido terrible en la espalda, los brazos y la cara repletos de ronchas, la mano con rastros de sangre y de auroras boreales, las plantas de los pies con partículas de arena que no alcanzó a sacudirse antes de que lo tumbara el cansancio. Lo mira tres veces para comprobar que sí sea Miguel. Una vez. Dos veces. Tres veces. Es Miguel.

Consigue ponerse de pie y dar algunos pasos. Hay algo en el ambiente que le impide despertarse del todo. Algo que no sabe qué es. Puede ser la falta de costumbre al silencio. Puede ser el aliento del diablo. Puede ser la intensidad de la luz. Puede ser el rumor del oleaje. Algo que le enmaraña los pensamientos. No consigue distinguir la realidad de la imaginación ni la imaginación de los sueños. Han cambiado muchas cosas en muy poco tiempo y aún debe procesarlas en algún lugar de su cabeza. Camina en puntillas, necesita asomarse al balcón: deja caer un pie y la madera chirría, deja caer el otro y sigue chirriando. El avance es como una canción desafinada. La cabaña se mueve con cada uno de sus pasos. Las columnas son troncos gordos y retorcidos en cuyas vetas se adivina la antigüedad de la madera. Carece de ventanas, de ladrillos, de puertas, de paredes. Nada de eso importa porque tiene un techo que canta. Se detiene un rato, mira hacia arriba y se queda escuchando aquel arrullo transportado de pico en pico desde tiempos inmemoriales. La canción de los pájaros es la más antigua y la más dulce del mundo.

El techo se compone de una hoja de palma, entrelazada con otra hoja de palma, entrelazada con otra hoja de palma, entrelazada con otra más. Y así quién sabe cuántas veces. Imagina que debe haber muchas palmeras por allí, muchas manos hábiles y mucho tiempo para entrelazar: techos, redes de pesca, trenzas, cuerpos, líneas de la mano, en fin, todo aquello que sea entrelazable. Se detiene a medio camino y mira todo de nuevo con la intensidad con la que se miran las cosas por primera vez. Necesita entender cómo algo tan sencillo puede albergar tanta belleza. Se asoma hacia abajo y comprueba que todo es arena. Al frente, inmenso, está el mar. Se pone a mirarlo preguntándose si acaso él también está mirándola a ella.

Un viento cálido le revuelca el pelo. Recuerda que está desnuda y se siente tan a gusto que no hace nada por remediarlo. No son ni las siete y ya duele mirar las cosas. La luminosidad le impide abrir los ojos por completo: los achina, hace visera con la mano. A veces los cierra solo para comprobar que la luz permanece anclada en sus párpados como una franja amarilla y brillante. Moscas. Dentro de sus párpados también hay moscas. Estas son blancuzcas, translúcidas y calladas. Cuando los abre de nuevo ve a Lluvia escarbando la arena en busca de grillos y hormigas. Alguien la amarró a un árbol sujetándola por la pata y, aun así, la gallina sigue andando en círculos sin percatarse de que no avanza. Tan fácil moverse sin avanzar. Tan difícil darse cuenta de ello. Se contiene el pelo tras las orejas y mira hacia ambos lados. Mira hacia arriba y hacia abajo. Mira al mar que tiene por delante y al bosque tropical seco que tiene por detrás. Dos bestias acechándola. La inundación y la sequía. La sal y la madera. Lila en todo el borde preguntándose cuál es el borde, quién limita con quién.

Intenta recordar cuándo fue la última vez que pisó un sitio tan inhóspito. No hay huellas en la arena. No se ven siluetas en el mar. No se oyen voces murmurando cosas. No hay avisos. No hay casas. No hay caminos. No hay agua dulce. No hay gente, ¿dónde está la gente? Ahora temprano todo parece nuevo, listo para estrenarse, como si hubiera sido creado apenas la noche anterior. Cuando se encumbre el sol tendrá que superar el marasmo de la hora sin sombra y sobrevivir a otro día que en nada se diferenciará del anterior, ni del siguiente, ni del siguiente del siguiente. Una bandada de pelícanos sobrevuela el cielo formando una V casi simétrica. Los pelícanos siempre le recuerdan a Miguel y sus planes de descifrar los misterios de la alineación perfecta. Falla en el intento de contarlos. Creía ser buena en eso. Se lo decía a diario su jefe en la entidad financiera para la que trabajaba, pero una cosa es contar dinero y otra cosa es contar pelícanos. Los observa con la mirada fija. Mientras más lejos avanzan, más disminuyen de tamaño. Al final terminan desapareciendo. Avanzar hasta desaparecer es una fórmula demasiado conocida para ella.

Asomada al balcón comprende que posee una nueva vida a la cual deberá empezar a acostumbrarse. Arrancar de cero, abrirle una grieta al tiempo. Es la nueva habitante de la última frontera, de la parte borrosa de un mapa que no existe, de un puerto al que pocos saben llegar y del que nadie sabe irse. El aire huele a sal, lo respira por primera vez como si fuera una criatura recién salida del vientre. Le inunda los pulmones, le oxigena el cerebro, le insufla vida. Sus pensamientos antes vagos se concretan en algo parecido a la certeza. Los recuerdos se disparan como ráfagas. Amaneció en Puerto Arturo. Cometió un delito. Es una fugitiva. Miguel se enterró una astilla en la mano. Están esperando a una zahorí con un péndulo que los va a salvar de la sed.

Alza la mirada y se encuentra con el mar. Se queda observándolo un rato, perdida en medio de tanto azul y tanta belleza. Si el borde del mar es el bosque y el borde del bosque es el mar, ella está asentada en algún lugar ambiguo entre ambos. Al fondo zumban las olas y las moscas y Lila se queda oyéndolas con la misma sensación de inquietud que se instala en una parte imprecisa de su cuerpo cada vez que intuye que algo va a pasar.

El péndulo, fue el péndulo el que originó todo. Un pedazo de metal suspendido por una cuerda que se toma entre los dedos índice y pulgar. No oscila en todos los lugares ni en todas las manos. Hay que agarrarlo con suficiente firmeza para que la oscilación no se confunda con el temblor de la mano que lo sujeta y, al mismo tiempo, con suficiente libertad para que pueda moverse a su antojo, indicando la radiación magnética de las aguas subterráneas. Sobre todo, hay que tener consciencia acerca de lo que se está buscando. Ponerle una intención concreta que no se confunda con las demás intenciones de los seres humanos. Un péndulo puede ser sumamente poderoso o sumamente inocuo, según la mano que lo sostenga y la intención que lo convoque.

Viéndolo en perspectiva, quizá no fue el péndulo el que desencadenó los acontecimientos que iban a ocurrir, sino la mano que lo sujetaba el día en que Miguel la vio por primera vez en la televisión. A través de la pantalla titilante, sus ojos recorrieron el constante ondear del metal: a un lado y al otro, a un lado y al otro, a un lado y al otro, hasta sumergirlo, casi sin darse cuenta, en un trance hipnótico, un trastorno obsesivo que lo llevaría a buscar a la zahorí aun por encima de todas las señales de alerta para que no lo hiciera. Quizá sería mejor decir que no, que no fue la mano sino el conjunto entero, aunque tampoco era gran cosa: poco más de un metro y medio de humanidad, cubierto por una túnica desteñida bajo la cual permanecían ocultas un par de piernas cortas, huesudas, llenas de manchas, costras y cicatrices como las de una niña sin adultos que vigilen sus caídas y, menos aún, se tomen el trabajo de curarlas. Los pies anchos estaban bruscamente recogidos en unas chanclas viejas de tres puntas por las cuales se asomaban unos dedos de uñas sucias y retorcidas como si fueran garras.

La piel, engrosada por años de sol y viento, no era ni blanca ni negra, sino de un color parecido a la arena, quizá por tanto andar entre ella. Su tono no era parejo. Todo lo contrario. Los colores se distribuían caprichosamente en manchas de bordes definidos que se asomaban por el cuello, los brazos y las piernas. El pelo era tan oscuro, tan liso y tan brillante que daban ganas de tocarlo. Lo mantenía recogido en una cola que casi nunca se cortaba y, por lo tanto, le rozaba la cadera al caminar. Esa, a grandes rasgos, era la mujer que tenía un don, que tenía una mano, que tenía un péndulo con el que buscaba aguas subterráneas. Había aprendido el método zahorí de su abuela, quien, a su vez, lo aprendió de su madre y esta de la suya. Se llamaba Antigua Padilla.

Nadie supo cuándo nació ni cómo fue a parar a esa caja vacía de cebollas que alguien dejó abandonada bajo la luz roja, en aquel callejón sin salida en donde el viento se empeñaba en formar remolinos de polvo y basura. El apellido Padilla, el péndulo y el machete fueron las únicas tres cosas que le había regalado su supuesta abuela cuando fue a buscarla, más por necesidad que por cariño. Todo eso lo supo Miguel a través del reportaje en la televisión.

Los ojos de Antigua reflejaban la oscuridad de todas las noches, la quietud de los felinos antes de atacar a sus presas, la sabiduría que otorga el haber pisado este mundo desde siempre y para siempre. Tenían el dejo de gravedad que solo poseen las miradas que habrán de enfrentarse, cara a cara, con la fatalidad. Miguel los recordaría incluso mucho tiempo después de los extraños sucesos que iban a ocurrir cuando su vida se cruzara con la de ella. Tomó el control del televisor y oprimió el botón de pausa para poder mirarlos con más detalle: eran negros, como un abismo sin fondo, daban la sensación de ser capaces de adivinar el pasado y el futuro, de tener respuestas a todas las preguntas. Unas veces atravesaban las superficies de las cosas con una mezcla de desinterés e indiferencia. Otras, en cambio, se encallaban en la piel como la mordida de un felino cuando intenta destrozar a su presa antes de devorarla.

El periodista contó en el reportaje de televisión que Antigua no era una mujer común y corriente sino una leyenda. Diversas voces confirmaron dicha afirmación ante el micrófono. Unos aseguraron que los ojos de Antigua, donde fuera que se posaran, hacían brotar sangre de manera espontánea sin que mediara una herida abierta. Otros, que había sido poseída por el espíritu de su abuela. No faltó el que la acusó de mujerzuela y de borracha. Las manchas en la piel se las atribuyeron a una maldición heredada, a su espíritu nahual emparentado con los jaguares o a un conjuro mal ejecutado por su madre, que, según las malas lenguas, hacía pactos con el maligno. Alguien más, con la voz susurrante de quien revela un secreto, contó que Antigua en realidad era un hombre. Lo cierto es que nadie parecía ponerse de acuerdo acerca de si lo mejor era tenerle miedo, respeto o pena.

Por el reportaje, Miguel se enteró de la existencia de aquel lugar desértico en donde vivía la buscadora de agua. Quedaba lejísimos del cómodo sillón de cuero en el que estaba sentado. Incapaz de despegarse de la pantalla, puso un interés poco usual en las palabras del reportero:

«Hasta aquí solo llega el viento a agitar la arena, pulir la roca, resecar la piel y la garganta. Cuando la península empezó a volverse un desierto la gente comenzó a llamarla La Seca. Los años son tan insoportablemente parecidos unos a otros que sus habitantes dejaron de tomarse el trabajo de marcar fechas en el calendario y entonces no pueden ponerse de acuerdo acerca de cuándo los paisajes comenzaron a cambiar. Parecen estatuas de tanto acumular capas de polvo sobre sudor y sudor sobre salitre, solo para volver a acumular de nuevo más polvo, más sudor y más salitre. Las condiciones se han vuelto tan difíciles que hasta los traficantes de droga han dejado de operar desde esta punta olvidada del país. —Hizo una pausa, luego tomó aire y siguió hablando—: Antes, cuando llovía, al menos podían partir el año en dos: la temporada de lluvia y la temporada de sequía. Ahora todo luce igual, todo está árido y seco, cubierto con el mismo polvo omnipresente que el viento no se cansa de llevar de un lugar a otro. Los colores desaparecieron. Solo quedó el azul-cielo, el rojo-sangre, el negro-noche, el amarillo-fuego y el café-todaslascosas. El suelo es café, el viento es café, la ropa es café, las personas son cafés. Tanto tiempo sin caer agua, tanto tiempo olvidados, tanto tiempo invisibles. Los niños más pequeños no conocen el concepto de lluvia por la sencilla razón de que nunca han visto un aguacero», dijo mientras la cámara mostraba las siluetas desdibujadas de un grupo de niños que jugaban dentro de una nube de polvo.

«Son como fantasmas», pensó Miguel desde el otro lado de la pantalla, pausando y devolviendo la imagen para convencerse de lo que estaba viendo: esa gente existía, habitaba el mismo país que él habitaba, hablaba su mismo idioma, los regían las mismas leyes, y aun así parecían de otro mundo. De solo mirarlo, el reportero le hizo dar calor. Pausó el televisor, se puso de pie y encendió el aire acondicionado. Consultó el reloj, y entonces supo que se estaba perdiendo el partido de fútbol que se había sentado a ver. No le importó, había algo en el reportaje que lo había enganchado, ya vería la repetición de los goles después en el noticiero. Quitó la pausa. Un sol alto y brillante reinaba sobre la cabeza enrojecida del periodista a causa de la quemazón. Ríos de sudor se le descolgaban cuerpo abajo abriéndose paso por entre las sucesivas capas de polvo adheridas a la piel. La mitad del sudor era bebido por su propia ropa, la cual lucía completamente mojada, como si recién se hubiera metido en la ducha sin desnudarse. La otra mitad goteaba haciendo pequeños charcos sobre el suelo recubierto con un polvillo seco y fino, incapaz de absorberlo.

«Bajo este sol opresivo —continuó el periodista— se despliega todos los días una fila interminable de gente con bidones viejos y abollados con el fin de que Antigua les asigne un poco de agua. El péndulo es una herencia de la abuela, que también fue zahorí hasta que llegó el día en que se sintió demasiado cansada para seguir buscando agua y demasiado débil para defenderla». Miguel observaba el vaivén del péndulo con una atención impropia en él; si alguien lo hubiera visto, habría asegurado que estaba bajo el efecto de la hipnosis. No podía dejar de seguirlo con los ojos, era como si el artilugio estuviera enviándole un mensaje importante que solo él era capaz de descifrar. Entre tanto, el periodista seguía informando:

«En los últimos años, Antigua Padilla encontró pequeñas corrientes subterráneas gracias a las cuales han podido sobrevivir, pues justo eso es lo que hacen los habitantes de La Seca: sobrevivir. Hay que cavar en el lugar exacto donde el péndulo oscila indicando la existencia de agua. De esa manera, las corrientes se convierten en pozos que siempre están medio llenos o medio vacíos, dependiendo de los ojos que los miren. Y, sin embargo, el agua nunca alcanza. Bien porque hay demasiadas bocas sedientas, bien porque los más fuertes terminan apropiándosela. Entonces a la sed se suma otro sentimiento más fuerte: el miedo. Ser atravesado por un machete al pie de un pozo es algo normal —dijo el periodista con un rictus de gravedad arañándole la cara, mientras un ventarrón trataba de arrancarle las pocas hilachas de pelo que le quedaban—. Los primeros cadáveres debieron haber servido de advertencia, pero no lo hicieron. La sed puede obligar a actos tan irracionales como atreverse a tomar un poco de agua de un pozo tomado por hombres con más filo en el machete que inteligencia. Entre morirse de sed y morirse a tajos, a veces es mejor lo segundo. Al menos es más rápido. Los gallinazos lo saben, por eso no se apartan de los pozos. Casi a diario amanece un cuerpo desmembrado que nadie quiere enterrar después. Los perros sin dueño sacian la sed con la sangre y los fluidos. Los gallinazos se pelean por las vísceras. Las mujeres se roban el pelo para rellenar los colchones en los cuales acuestan a sus bebés antes de que aprendan a dormir suspendidos al vaivén de las hamacas. La tierra es dura, demasiado impenetrable, la pala rebota entre las manos. Al dueño de la retroexcavadora no le gusta gastar gasolina enterrando a los muertos, prefiere abrir huecos para buscar agua. En La Seca hay que tener prioridades».

Prioridades, repitió Miguel en voz alta, sintiéndose mal por el hecho de que su prioridad en ese preciso momento fuera una ducha y una cerveza helada. Quizá dos. O tres. Necesitaba refrescarse y relajar un poco la espalda. A pesar del aire acondicionado, notó que estaba sudando como si fuera él quien estuviera haciendo fila con un bidón vacío bajo aquel sol inclemente. Ya se estaba imaginando el chorro de agua helada que iba a dejar correr espalda abajo durante los interminables minutos que pasara dentro de la ducha nueva. Recién había instalado un sistema que le añadía presión al chorro, y si bien gastaba más agua, la espalda le quedaba mejor que cuando iba al salón tailandés de masajes que tanto le gustaba. Volvió a poner pausa, esta vez para acelerar el proceso de enfriado de las cervezas. Primero metió dos al congelador. Se disponía a quitarle la pausa al televisor cuando pensó que dos eran muy pocas y entonces se volvió a parar y metió todas las que quedaban en la caja. La boca le empezó a salivar de solo imaginarse el líquido amargo y helado bajando por su garganta.

El reportaje también especuló sobre el retorno de los jaguares. Pese a creerlos extintos en la zona, habían empezado a dar señales inminentes de su presencia. Dejaban huellas alrededor de los pozos, los rugidos se oían a lo lejos, incluso habían descuartizado a un hombre que merodeaba solitario y borracho por las afueras del pueblo. Al final concluyó con cifras. Cifras de los muertos en La Seca. Cifras del dinero robado por los políticos de turno. Cifras de los niños desnutridos. Cifras de los montos que movían los narcos que aún se atrevían a subir hasta la punta de la península para sacar la droga en lanchas rápidas. «Este país sí es un mierdero», dijo Miguel en voz alta mientras se levantaba del sillón en busca de las cervezas heladas e intentaba encajar semejantes cifras en su cabeza, pero no encajaban y no supo si era porque las cifras eran muy altas o porque su cabeza era muy pequeña o porque él habitaba un país completamente distinto al que estaba viendo al otro lado de la pantalla.

Miguel se las ingeniaría para contactar al periodista días después. Obtendría el teléfono de Antigua Padilla y una leve advertencia a la que haría caso omiso. Nunca se enteraría de las enormes expectativas que el reportero había puesto en el montaje de una historia que, supuso, iba a sacarlo del anonimato. Es que un reportaje con narcotraficantes, jaguares, sequía, zahoríes, asesinos a machete y ladrones de pelo y agua tendría que haber sido irresistible para los televidentes, pero lo fue más el partido de fútbol del canal privado con el que lo enfrentaron.

En la poltrona de cuero asentada en el piso de mármol de su apartamento de trescientos metros cuadrados, Miguel seguía pegado al televisor. El movimiento de su dedo índice era automático y no obedecía en modo alguno a una orden específica de su cerebro. Cambiaba canales por cambiar. Acababa de ver el péndulo y ahora no dejaba de ondear en su recuerdo: a un lado y al otro; a un lado y al otro; a un lado y al otro. No era algo raro en él. Cada vez que veía algo que le llamaba la atención, se ponía de inmediato a buscar la forma de sacarle dinero. Y también ahora, mientras lo hacía, pensó en todos sus negocios fallidos. A sus treinta y cinco años contaba con edad suficiente para comprender por qué sus padres, antes de morir, le habían insistido tanto en que terminara alguna carrera en vez de dilapidar la fortuna familiar. Como no tenía hermanos había supuesto, ingenuamente, que el dinero iba a rendirle. Sin duda había cometido un error. O muchos. Ya era muy tarde para recuperar lo gastado y empezar de cero.

Antes de conocer a Lila, había estado en el negocio de la importación de repuestos para automóviles de alta gama, luego montó una heladería, más tarde se interesaría por los cortes exóticos de carne vacuna y después por la inseminación de caballos de raza. Nada de eso funcionó. También tuvo un restaurante de comida asiática, salones de microfútbol y una tienda en la que comercializaba artículos de cuero. De los negocios solo le quedó el gusto por la salsa de soya y el solomito; la obsesión por el fútbol y la poltrona en la que ahora mismo estaba sentado. Cuando quebró el negocio del cuero, Lila le hizo notar que ganaba más dinero haciendo nada que emprendiendo. Y era verdad. Por lo tanto, el problema actual de Miguel no era de dinero, sino de aburrimiento. Jamás se lo confesaría a nadie, pero también tenía un poco aporreada su autoestima y cuando sus amigos le preguntaban cómo estaba haciendo dinero no sabía ni qué inventar. Amaba a Lila y, de verdad, se encontraba apegado a ella; no obstante, saberla tan capaz y eficiente en el mundo financiero solo le indicaba lo incapaz e ineficiente que era él. A veces se quedaba observándola trabajar con una mezcla de envidia y admiración. Lila representaba todo lo que él no había sido, todo lo que ya no sería. De un tiempo para acá se encontraba a sí mismo sin nada que hacer diferente a cambiar canales. Hasta ese día en que vio el reportaje en donde aparecía la zahorí que iba a desacomodarle la vida.

No le importó que en La Seca dependieran de ella para no morirse de sed. Ni tampoco tener que mirarla a esos ojos tan negros en los que era imposible saber dónde terminaba la retina y dónde empezaba el iris. Lo que pensó fue que todos sus amigos habían entrado en la mediana edad y, por lo tanto, en el frenesí de adquirir fincas en lugares exóticos y cabañas frente al mar. Desde que la seguridad había mejorado en el país se había puesto de moda alejarse de parcelaciones y unidades cerradas con vigilancia privada las veinticuatro horas del día. De repente, parecía que a todos los hombres se les había despertado el espíritu conquistador y la necesidad de comunión con los orígenes, sea lo que sea que ello significara. Ninguno lo tenía claro; aun así, a todos se les llenaba la boca con ese argumento importado de las nuevas generaciones, según las cuales había que encontrarse a sí mismo y mientras más lejos la búsqueda, mejor. Ninguno quería tener un vecino cerca ni un pedacito de franja de grama recortada a la perfección que en nada se diferenciaba con el pedacito de grama de la casa de al lado. Ninguno quería estar en parcelas idénticas ni en casas idénticas ni en automóviles idénticos. De hecho, ninguno quería andar por carreteras pavimentadas desprovistas de aventuras. Querían trochas. Querían despejar terrenos a punto de machete. Querían tumbar árboles para que les cupieran esas casas inmensas con vidrieras de suelo a techo dibujadas en planos por los que habían pagado una fortuna. Querían despejar bosques para llenarlos de vacas. Querían sentirse colonizadores de algo.

Sus amigos eran esclavos modernos con puestos altos y salarios cuantiosos que ni siquiera tenían tiempo de gastar; por lo tanto, la única manera de demostrarse a sí mismos que aún eran libres era adquiriendo terrenos indómitos que les generaran la falsa ilusión de estar domando algo y camionetas cuatro por cuatro que les permitieran acceder a esos terrenos. Mientras más vírgenes más les gustaban, aunque en el fondo lo que les gustaba era alardear sobre ellos. Después se dieron cuenta de que lo exótico tiene a favor muchas cosas y en contra algunas otras, entre ellas, que no existe red eléctrica ni acueducto ni antenas, lo cual se traduce en que no hay luz ni agua ni internet. Ninguna de las tres cosas estaba dentro de los planes de las empresas prestadoras del servicio. Nadie iba a hacer un montaje tan grande para iluminar un caserío con cuatro ranchos, proveerlos de agua y wifi. Lo único que les quedaba a los nuevos colonizadores era apelar a sus influencias políticas. Cobrar favores prestados en la campaña pasada y prometer otros cuantos en la siguiente.

He ahí la razón por la cual un hijo de papi, un pijo de primera categoría como Miguel termina hipnotizado por una mujer de un metro y medio que sostiene un péndulo para encontrar yacimientos de agua. Buscó en internet y leyó que la técnica zahorí tenía un nombre más sofisticado con el que podría vendérsela a sus amigos sin que lo tildaran de charlatán. Esa tarde, en su poltrona de cuero, Miguel decidió que empezaría a ofrecer servicios de radiestesia. Ra-dies-te-sia. Radiestesia. Radies-tesia. Repitió en voz alta la palabra varias veces y en varios tonos sin conseguir dilucidar dónde diablos poner el acento. Necesitaba que, al pronunciarla, sonara natural. Si iba a empezar a ofrecer el servicio, al menos era importante aparentar que sabía lo que estaba vendiendo.

En el bolsillo del pantalón tenía un papelito en donde había apuntado el nombre del periodista. Era cuestión de ubicarlo para pedirle el contacto de Antigua Padilla. Lo sacó y se quedó mirándolo fijamente mientras su cerebro armaba la película de cómo sería el negocio. En su imaginación ya era millonario sin tener que trabajar demasiado. Una ensoñación típica en él. Al fondo, el televisor titilaba a manera de advertencia, pero, como siempre, por andar pensando en dinero, Miguel no se dio cuenta.

Lila pertenecía al mundo financiero, se dedicaba a la compraventa de acciones. Tenía buena reputación y los clientes le confiaban el dinero con los ojos cerrados. Casi todos eran hombres mayores. No era raro que los citara en cafés y restaurantes a los que acudían sin falta para que les recomendara en dónde invertir. Tampoco era raro que, a veces, terminara metida con alguno de ellos en la suite presidencial del hotel de moda. Su buena intuición era de fama. La mayoría de sus clientes había duplicado su fortuna en el último decenio gracias a ella. De eso se dio cuenta una tarde mientras preparaba el reporte de rendimiento que les entregaba cada fin de año. Si hubiera que situar el momento exacto en el que comenzó a sentir que estaba haciendo girar un mecanismo en el que todos ganaban excepto ella, ese momento sería justo cuando se quedó viendo las cifras titilar en la pantalla del computador. Parecía que las analizaba con el interés de una profesional de su talla: la mirada fija, la boca apretada esbozando una sonrisa casi imperceptible, las fosas nasales abiertas para que a su cerebro no le faltara oxigenación y al fin pudiera implementar en la vida real el plan que llevaba meses tramando en su cabeza. Era arriesgado, como lo son todos los planes en los que hay sumas de dinero involucradas. Tenía suficiente experiencia para saber que quien no arriesga un huevo no gana un pollo. Pues bien, ella iba a arriesgar varios huevos porque no quería un pollo, sino un galpón entero.

Lila conocía bien su trabajo y sabía que el conocimiento era una cosa y los buenos clientes otra. Que quede claro que el concepto de buen cliente se refiere a aquel que tiene una billetera grande y está dispuesto a tomar riesgos con el fin de multiplicarla. No tardó en convencerse de que para conseguirlos tenía ella misma que agregar un poco de encanto. Sabía cómo agradar y también a quién agradar. Su aspecto físico era más bien normal. Ni bonita ni fea. Ni gorda ni flaca. Ni alta ni bajita. Estaba en ese punto intermedio tan difícil de catalogar. Un punto en el que el arreglo personal hace toda la diferencia entre estar de un lado o del otro. De ahí su obsesión por la ropa de marca y sus visitas constantes al peluquero, en donde no pagaba por cita sino por mensualidad. Era incansable, elegante, nunca sacaba vacaciones. Su discreción era absoluta: no hablaba jamás de sus clientes, no revelaba quién estaba invirtiendo en qué.

Lila no provenía de una familia acaudalada como la de Miguel, ella había arrancado desde abajo, tan abajo como para saber lo que era irse a la cama sin comer. Si ahora estaba en una buena posición laboral era porque se la había ganado a pulso. Y si para algo le servían sus padres y sus hermanos era para recordarse a sí misma que no quería ser como ellos. No importaba cuánto lo intentara, su familia siempre fue un paso atrás. Y de paso en paso, se fue rezagando hasta que empezó a parecer que ni siquiera valía la pena dar la pelea por avanzar socialmente. El culo atornillado a un sillón era la máxima aspiración de sus hermanos. La de su madre era atenderlos. Se mantenía tan cansada que habría necesitado mil vidas solo para descansar. Conservar el mismo trabajo de mierda era la máxima aspiración de su padre. Desde que tenía memoria, Lila lo oyó quejarse del taller de motos, sin embargo, nunca lo vio buscando otro trabajo mejor. Se mantenía sentado en el suelo sobre charcos de aceite, gasolina, cerveza y polvo. Llevaba la suciedad tatuada en los brazos, en los dedos, debajo de las uñas. Desde pequeña, Lila odió sus caricias, a menudo resecas y manchadas de grasa y lubricante. Las uñas sucias de su padre le forjaron la obsesión por las suyas, por eso sus manos permanecían siempre impecables.

Se le fue la niñez espiando a los vecinos de ese barrio polvoriento e inseguro del sur de la ciudad. Asomada a los patios, escondida en las azoteas, de pie al lado de las ventanas llenas de rejas que impedían la entrada de los ladrones. En silencio veía cómo sus vecinos avanzaban, o al menos trazaban estrategias para lograrlo, incluso si el costo era la libertad. Era intentarlo o seguir en el mismo hoyo sin salida. Era dar el paso o hundirse en el fango: conseguían mejores trabajos, casaban a las hijas, ensayaban negocios turbios que prometían plata fácil, empeñaban hasta lo que no tenían para que alguno de los hijos estudiara y, a la primera oportunidad, se largaban a un barrio mejor. Lila sabía que, en familias como la suya, por lo general debe haber un sacrificado: el que arriesga el pellejo por todos, el que se parte el lomo, el que se va por el hueco para limpiar baños en dólares, el que se traga la punta de los condones llenos de cocaína y se juega su libertad en algún aeropuerto. Tiene que haber alguien dispuesto a romper lo establecido, incluso si el precio a pagar es romperse a sí mismo. Ella, por más que analizaba a su familia, no veía a nadie dispuesto a nada. Todos esos culos inmóviles haciendo huecos cada vez más hondos en el sofá. Se quedaron anclados, se resignaron. No daban la talla. Lila intuía que les faltaba saber algo, un código que les permitiera insertarse en la sociedad, ese trozo de información que, a menudo, les está vedado a los de abajo. Percibía la ausencia de algo, ignoraba qué era y estaba dispuesta a averiguarlo. En un mundo en el que la mayoría se conforma con dinero, ella comprendió que necesitaba otra cosa; el problema es que no estaba escrita en ninguna parte, no tenía a quién preguntarle, nadie podía decirle qué era.

Estudiar le pareció la opción más larga, la más difícil, la más demorada; aun así, era la única que podía sacarla del hoyo en el que su familia insistía en arrastrarla. Aunque las demás opciones constituían una forma rápida de conseguir plata, siempre fue consciente de que ni todo el dinero del mundo podía ofrecerle ese no-sé-qué que le faltaba. Obtuvo una beca en la universidad y se empeñó en ser quien no era. No podía dejar caer su fachada ni una sola vez, no se vuelve a ser el mismo después de una caída como esa. Simplemente no se puede. Había que poner cuidado. Aprender de los otros. Imitar aquellas cosas que les salían bien de forma natural. Observaba a sus compañeras, hacía lo que ellas hacían, comía lo que ellas comían, compraba ropa en las mismas tiendas que ellas y al otro día regresaba a devolverla. Si para algo le sirvió la universidad fue para aprender a idear estrategias que le permitieran ocultar su verdadera identidad.

Mientras sus hermanos seguían atornillados al sillón, Lila trabajó en la biblioteca, luego fue monitora, después terminó la carrera y el profesor de renta variable le ofreció un puesto en su firma de inversiones. Allí absorbió toda la información que le cupo en la cabeza. Una vez aprendió todo, descubrió que aún tenía espacio y hambre de más. Pasó de firma en firma, ganando fama y clientes que la perseguían de una a otra.

Cuando conoció a Miguel, la fase de desapego familiar había terminado con éxito, y si hubiese tenido que explicar cuál era la fase siguiente habría dicho que la del olvido. Sus hermanos. Su padre. Su madre. Su barrio. Los olvidó tan bien que unos meses después de empezar el noviazgo ya ni se acordaba que los estaba olvidando.

La nueva Lila prescindía por completo de la carga y las ataduras del pasado y, quizá por eso, cuando Antigua Padilla entrara en su vida, dejaría una huella imborrable.

Desde niña, Antigua descubrió que el don de la invisibilidad no era una herencia, sino un aprendizaje que deben encarar los raros, los diferentes, los feos, los desagradables, los rechazados, los que tienen deformidades y manchas, los que no encajan en el molde soso y aburrido de la normalidad. La invisibilidad era la mejor forma de sobrevivir a la crudeza de quienes ignoran que la única importancia del molde estriba en la posibilidad de romperlo en un millón de pedazos. Años después, esa sería su estrategia para custodiar los pozos de agua encontrados por la abuela. Agarrarle confianza a la noche y que la noche se la agarrara a ella. Fundirse con la franja invisible de aire. Ocupar un mínimo espacio. Desaparecer. Caminar sin que suenen los pasos. Respirar de manera que nadie perciba el aire entrando y saliendo de la nariz. Evitar las palabras y los movimientos bruscos. Volverse transparente, invisible como los animales salvajes al acecho de sus presas.

Pareciera que la invisibilidad fue una lección de las noches a campo abierto, pero no. Aprendió a volverse invisible desde mucho antes, cuando jugaba a no ser vista en aquel burdel ubicado en un callejón sin salida de La Seca. Era una casona de vidrios empañados, de paredes agrietadas y sucias en donde la vida se vivía un poco al revés. De día, el silencio y la quietud la obligaban a andar de puntillas, con un sigilo de animalito asustado. Por las noches, el lugar se transformaba por completo. La música le hacía doler los oídos y, en vez de hablar, la gente gritaba. Las luces se volvían de colores y todos los rincones se llenaban de humo y de mujeres sepultadas tras toneladas de maquillaje dispuestas a abrir las piernas a todo aquel que les pusiera enfrente un billete y no mostrara indicios de violencia. Pese a ello, la violencia era una constante: los hombres golpeaban a las muchachas y las muchachas golpeaban a Antigua. Aunque no todos los golpes eran físicos, sí dolían de forma parecida. Fueron años de confusión donde el amor, el sexo y la violencia eran componentes de un mismo artefacto que Antigua no era capaz de desactivar. Rápidamente entendió la violencia como una espiral replicada por todo aquel que ha sido tocado por ella, de ahí su esfuerzo por romper la cadena, por girar en sentido contrario al de la espiral. No era fácil actuar a contracorriente en un lugar en donde todos se regían por las mismas reglas. Cuando pensaba que había presenciado todas las formas de violencia, surgía una nueva posibilidad de superar la anterior. La encerraban en el armario, la obligaban a comer con la mano, le trasquilaban el pelo a navajazos, se burlaban de sus manchas, de su olor a cebolla, de su insistencia en mojar el colchón.

Cualquiera habría dicho que orinarse era la razón por la cual había empezado a dormir debajo de la cama, en el pequeño nicho formado entre las tablas y el suelo. Cualquiera habría dicho que se escondía en aquel espacio tan reducido como si fuera un gato que busca sentirse seguro. Cualquiera habría dicho que ya estaba al tanto de lo que los clientes les hacían a las mujeres con la plena tranquilidad de estar recibiendo un servicio por el cual habían pagado. Cualquiera habría podido inventarse alguna otra teoría más descabellada o más sensata que explicara su comportamiento. Y sin embargo nadie, absolutamente nadie, habría imaginado la verdadera razón por la cual Antigua pasaba la mayor parte del tiempo acostada bajo la cama con la oreja pegada contra el suelo. Al principio ni ella misma la sabía. Solo atendía a la necesidad apremiante de entregarse al ritual de oír el murmullo que emanaba de las entrañas de la tierra. Le tomaría un tiempo entender que lo que oía era el rumor de las aguas subterráneas, y otro tiempo entender que el privilegio de oírlo estaba reservado para una minoría a la que ella pertenecía. El agua fue su única madre: le calmó la sed, la arrulló, la refrescó, le otorgó un don, le enseñó a ganarse la vida. El agua le cantó canciones lejanas que saltaban de caudal en caudal antes de convertirse en nubes, antes de empozarse, antes de desbordarse, antes de llegar al mar. Quizá por eso la ausencia del agua le dolía tanto como la ausencia de una mamá y quizá por eso también habría de dedicar su vida a buscar fuentes subterráneas como quien busca a la madre, la raíz, el origen de su propia existencia.

Oír el rumor del agua no era el único don de Antigua. También era capaz de ver de noche con la misma nitidez de los felinos. No importaba cuánta oscuridad hubiera, solo tenía que concentrarse y esperar unos minutos en completa inmovilidad hasta que los ojos se le acostumbraban, hasta que la mirada aceptaba una nueva ausencia, esta vez la de la luz. Su vida parecía ser una sumatoria de ausencias que no le dejaban otra opción que ejercer el oficio de la búsqueda. No demoraría en descubrir que el don de la visión nocturna podía ejercitarse, razón por la cual no era raro verla deambulando silenciosa por los rincones más oscuros de la casona, como los gatos dando sus paseos nocturnos. De ahí su fama de sonámbula. Nadie se atrevía a despertarla por no constatar el mito según el cual los sonámbulos podían morir si eran despertados. Caminaba en las noches con tal tranquilidad que durante mucho tiempo estuvo convencida de que era invisible.

Una noche se topó con un cliente que se había quedado dormido en un rincón del burdel sobre un charco de orina, sangre y sudor. Temblaba tanto que hacía vibrar el suelo. Se acercó, lo miró bien y notó que la sangre le brotaba espontáneamente de la piel. Nunca antes había visto algo así y esa mirada de extrañeza fue justo la que captó aquel hombre. Antigua le señaló las gotas de sangre emanando de sus poros, los brazos violáceos, los ríos de sudor. Apenas se vio, el hombre reunió una última fuerza de donde no la tenía y salió corriendo y gritando por los callejones solitarios y oscuros de La Seca. Las viejas que aún rezaban el rosario lo oyeron. También los borrachos del billar, los vagos dormidos en las bancas del parque y las parejas que se comían a besos en los rincones adonde no llegaba la luz de las farolas. Gritaba tanto que los perros en vez de perseguirlo le abrían paso y corrían a esconderse entre los arbustos. Al final se desplomó. Su cuerpo estuvo tirado varias horas a merced de las moscas porque nadie se atrevía a tocarlo, qué tal que fuera una maldición. Desde entonces, las malas lenguas aseguraron que si Antigua miraba a alguien fijamente a los ojos podía hacerlo sangrar. Nadie cuestionó la versión. Los clientes del prostíbulo salían despavoridos cuando la niña les clavaba los ojos. Las muchachas la regañaban por asustar a la clientela. Evitaban mirarla para que ella no les devolviera la mirada. El cura la llamó hija del diablo. En el hospital, en cambio, tenían otra explicación a lo sucedido. Era más factible y menos mágica y, quizá por ello, nadie en el pueblo intentó entenderla: dengue hemorrágico. No era el primer brote en la región y no sería el último. Lo cierto es que todo lo anterior le forjó fama de niña sonámbula, niña malvada y niña rara. Su fama no pararía de crecer por muchas otras cosas que estaban a punto de pasar. Y, sin embargo, los únicos problemas reales de Antigua eran las manchas de la piel a causa del vitíligo y el miedo. Portaba encima ambos problemas de la misma forma como portaba los rasgos en la cara o las líneas en la mano.

«Veo una gran fortuna», le diría la cubana que adivinaba la suerte. Sin falta, cada año instalaba en el parque principal de La Seca un tenderete armado con tubos oxidados y telas desteñidas que a lo mejor en otros tiempos fueron satinadas y brillantes, pero que ahora se veían gastadas y rotas. Las muchachas le hacían fila a esa negra imponente de dientes cuadrados y labios gruesos entre los cuales ardía perpetuamente un tabaco inmenso. Se veía más alta de lo que en realidad era debido al turbante de diez vueltas coronando su cabeza, a juego con un vestido blanco plagado de boleros. Olía a una mezcla de sudor, sándalo y tabaco que a Antigua le hacía picar la nariz.

Una a una, las muchachas entraban y salían del tenderete en donde la cubana les leía la mano, el tabaco, las cartas y el fondo del café. Hubo un tiempo en que existió una bola de cristal, pero se había quebrado. También tuvo un gato negro que se ahogó frente a los ojos de todos engulléndose una rata que lo excedía en tamaño. Dejó de ofrecer los servicios como médium porque el numerito nunca logró convencer a nadie y la gente renunció a hablar con sus muertos. El lotero se cansó de preguntar cuál sería el número ganador y los narcos la mejor fecha para sacar cargamento. Pese a lo anterior, las muchachas acudían sin falta a oír el mismo discurso gastado según el cual encontrarían amor, conseguirían dinero y serían felices. Hasta Antigua, a bordo de sus diez años, sabía que era mentira; aun así, ni ellas dejaban de consultar a la pitonisa ni Antigua de espiarlas. Pronto comprendió que los seres humanos estaban dispuestos a pagar lo que fuera con tal de obtener una pizca de esperanza, la promesa de un trozo de fortuna, la posibilidad de enderezar el pedacito de sus vidas que no termina de gustarles. Recordaría por siempre cómo las muchachas salían felices y se sentaban en las escalitas del parque a chupar paletas de colores, a fantasear con el momento en que la suerte les cambiara. A veces, la euforia era tal que hasta la invitaban. Su paleta favorita era la de mango, a ellas, en cambio, les gustaba la de fresa porque les dejaba los labios rojos, dulces y brillantes. Antigua las veía reír, soñar con el amor y con la fortuna que nunca llegaba, aun así volvían al año siguiente y pagaban por escuchar exactamente lo mismo, tal vez porque la esperanza es lo único que queda cuando no queda nada. Las muchachas jamás renunciarían a la idea de una mejor vida, aunque fuera solo eso: una idea.

Una tarde calurosa, después de acabar su paleta, Antigua caminó en busca de una caneca para tirar el palito. Iba distraída y contenta, las risotadas de las muchachas todavía le resonaban dentro de la cabeza, oírlas no era cosa de todos los días, ni siquiera de todos los meses. Conocía a muchas que no reían en todo el año. El tropezón la hizo caer al suelo, si no se dio en la cara fue porque alcanzó a poner las manos. Se quedó inmóvil un rato concentrada en detener las lágrimas y escupir el polvo. Al fondo seguía oyendo las risas, esta vez sonaban a burla. Ya no le gustaban. La caída le dolió, pero le dolió más que nadie conocido fuera a auxiliarla. Al cabo de un rato, un par de manos se le insertaron desde atrás por las axilas y la obligaron a ponerse de pie. Eran las manos de la cubana. Le bastó ver las uñas largas y afiladas para reconocerlas. Sintió el aroma a sándalo. Se rascó la nariz. Una voz ronca a causa del exceso de tabaco le preguntó adónde se había aporreado. Antigua extendió las manos raspadas y la adivina clavó la mirada en ellas. Les limpió el polvo y la sangre con la punta de la falda, retiró la piel arremangada por el roce contra las piedritas de la calle sin asfalto y, tras observarlas en silencio un rato, pronunció las cuatro palabras que algún día iban a cambiarle la vida:

—Veo una gran fortuna.

—Bah, eso mismo les dice a todas —comentó con una mueca de decepción.

—Tú no eres todas, Antigua.

—¿Por qué sabe mi nombre? —preguntó. Nadie solía llamarla por su nombre, incluso a veces, cuando estaba sola, lo repetía en voz alta para que no se le olvidara cómo sonaba.

—Porque soy adivina, ¿recuerdas? Sé que te llamas Antigua, sé que una gran fortuna pasará por tus manos y también sé que las manchas de tu piel ocultan un mensaje. —Antigua solo reparó en la primera idea, quizá porque a simple vista era la más atractiva.

—¿Dijo fortuna?

—Son tantos los billetes que es imposible contarlos. —Se miró la mano intentando ver lo mismo que la cubana, pero solo vio sangre y polvo—. Espera —dijo la cubana con brusquedad—, también veo a una anciana..., ¿tienes abuela?

—Soy huérfana, no tengo a nadie, si usted fuera una adivina de verdad, lo sabría.

—Es que lo sé. Tienes una abuela y pronto va a venir a buscarte. —De repente, una mueca terrible le desfiguró la cara. Soltó la mano de la niña casi con miedo y luego le miró los ojos y las manchas.

—¿Qué pasa? —preguntó Antigua. No sabía si sentir emoción por la supuesta abuela o nervios por la actitud de la adivina.

—Pasa que tú vas a matarla.

No había buscado a Antigua Padilla y uno de sus amigos ya estaba interesado en contratar el servicio de radiestesia. Miguel no tenía claro cómo diablos iba a cobrarle y, menos aún, cómo iba a encontrar y a convencer a la zahorí de que fuera hasta allá a buscar agua; no obstante, cuando Peláez le ofreció a manera de pago un pedacito del lote frente al mar, Miguel cerró el negocio de inmediato. Quedaba en un lugar que nadie conocía porque no figuraba ni en los mapas. Se llamaba Puerto Arturo.

A menudo, en las reuniones de amigos, mientras todos se esforzaban por alardear quién tenía más y mejor terreno por domar, Peláez sacaba las fotos de su cabaña y les callaba a todos la boca. Era la versión terrenal del paraíso. Se saboreaba contándoles que tenía medio kilómetro de frente de mar para él solo. «La arena blanca y suave como un tapete la conseguí después de echar cantidades industriales de herbicida para eliminar la maleza. Hay que ver lo difícil que es removerla de raíz. Esa berraca tiene vida propia». Contó que el mar seguía escupiendo troncos que él se empeñaba en mandar a remover no bien se encallaban en la playa. Lo que más le gustaba era que no existía ningún vecino de consideración en varios kilómetros a la redonda, salvo los nativos que habitaban unas casitas rudimentarias apretadas en un caserío incrustado en la parte trasera del bosque. «Esa gente es como invisible —decía—, lo más curioso es que no les gusta asentarse frente al mar. Sus construcciones son sencillas y discretas, justo lo opuesto a lo que yo tenía en mente antes de conocerlos. Las levantan con troncos a manera de columnas y las entechan con palma real. Al principio pensé que no eran gran cosa, luego todo empezó a tener sentido, ahí quien los ve tan ignorantes y, al final, uno termina no solo pidiéndoles consejos, sino haciéndoles caso», dijo soltando aquellas carcajadas suyas.

«Para la mayoría de ellos el mundo empieza y termina ahí mismo —siguió—. Pareciera que el dinero allá vale menos porque no hay nada que comprar, es más fácil intercambiar cosas. El que tiene gallinas, por ejemplo, cambia huevos por plátanos y el que tiene plátanos los cambia por yucas. De un tiempo para acá, ha habido una especie de bonanza, ignoro cómo diablos consiguen plata y, menos aún, en qué se la gastan, supongo que en los gallos y el trago, porque qué manera de gustarles el ron. Alguien se los lleva una vez al mes, a cambio de dinero o pescado que luego vende en la troncal cuatro veces más caro, bueno, eso cuando pescaban con juicio, ahora solo lanzan la red cuando tienen hambre. El pueblo más cercano está a unas tres horas en burro. Aunque la palabra pueblo —aseguró— es demasiado grande para una iglesia en ruinas, con cuatro hileras de casas, un puesto de salud abandonado y una tienda cuyos productos más exóticos son la Coca-Cola y el aceite, porque eso sí les digo, allá todo lo fríen, si uno se descuida, termina dando vueltas dentro la olla».

Para cuando lo sobrepasaban los tragos, a Peláez le encantaba mofarse de sí mismo contando, una y otra vez, las múltiples historias acerca de la construcción de la cabaña. Ninguno de sus amigos se cansaba de oírlas. La primera vez fue con Lagarde, un arquitecto francés de moda que le cobró un ojo de la cara por hacer un diseño imposible de ejecutar, con unos materiales imposibles de conseguir y más imposibles aún de llevar a un terreno que ni siquiera contaba con una trocha que condujera hasta allá. «Al parecer, hacía mucho tiempo que no pasaba nada interesante en la zona y todos los nativos nos espiaban desde sus casitas camufladas entre la manigua —dijo—. Yo sabía que se reían de nosotros: de nuestra forma de hablar y de sudar. ¡Por Dios, cómo sudábamos! Se reían de las camisas blancas de lino, de cómo transparentaban nuestras panzas cultivadas por años de buena comida y buen trago. ¡Es que qué calor tan bravo! Uno se demora en manejar esas chanclas ordinarias de tres puntas —explicó—, pero qué hijuemadres tan útiles. El que inventó los zapatos cerrados ciertamente jamás estuvo en un sitio como ese. De lo que más se reían, sin duda, era del histrionismo de Lagarde, soñando en voz alta con civilizar el lugar. Hasta a mí me hacía reír la loca esa con sus ocurrencias y la forma tan afeminada de expresarlas mientras se sujetaba el sombrero de ala ancha para que el viento no se lo arrancara de la cabeza.

»Esa vez nos fuimos en lancha porque todavía no me atrevía a irme solo en la camioneta, el camino es engañoso y confuso, hay que aprender a guiarse por el olor del mar, por los descensos en el terreno que, inevitablemente, desembocan en él. Esa gente tiene una brújula interna, no importa cuánto se alejen, siempre saben volver, el mar los llama y ellos acuden obedientes al llamado. Otra opción para llegar a la cabaña es hacer como los burros, es decir, aprenderse el camino de memoria a fuerza de andarlo. Lo anterior requiere una memoria intuitiva y no visual pues no hay camino propiamente dicho y la vegetación cambia cada minuto. Parece que los árboles caminaran y entonces uno los recuerda en una parte y resulta que aparecen en otra diferente. No es posible guiarse tampoco por los ranchitos de colores que se ven por ahí salpicando el paisaje, porque el que hoy es azul con seguridad mañana será rojo y pasado mañana morado. No sé si es por aburrimiento o insatisfacción, pero se mantienen cambiando el color de sus ranchos y entonces los pintan de los colores más absurdos que encuentran, supongo que es una manera de hacerse notar, de romper con la monocromía de la zona.

»Con decirles que Lagarde había imaginado construir un hotel ecológico con el que ganaría un premio de arquitectura. Enumeraba una y otra vez a las personalidades que invitaría y el enorme impacto que causaría en sus compatriotas pasear en un lugar tan agreste. Con ese español machacado que jamás logró dominar, aseguraba que en Europa no sabían que todavía quedaban sitios inexplorados como Puerto Arturo, sitios agrestes y salvajes en donde todo estaba aún por hacerse. Imagino que se visualizaba a sí mismo como un conquistador de sombrero de ala ancha. Hay que ver cómo lo miraba el moreno que venía manejando la lancha en la que estuvimos a punto de naufragar tres veces. "Achicá agua, achicá agua", nos decía señalándonos los recipientes de plástico que mantenía dentro de la embarcación para tal fin. Estaban cristalizados y le parecía a uno que iban a deshacerse en mil pedazos con solo tocarlos. Lagarde tenía la fascinación del extranjero por la idea del trópico imaginada mil veces tras la lectura de libros de aventuras y los documentales de Discovery. No tardaría en darse cuenta de que la fascinación era atractiva mientras no tuviera que sudarla, ni rascarse las ronchas, ni achicar el agua para evitar un naufragio, ni padecer las quemaduras del sol sobre su piel cuidada a punta de cremas más costosas que la misma lancha en la que habíamos hecho el viaje. Confesó, muy preocupado, que ese solo día de sol lo iba a hacer envejecer como diez años».

Peláez también relató que Otoniel, el líder de los nativos, fue el único que se atrevió a hablarles cuando los vio planeando la cabaña sin ninguna consideración acerca del terreno en el que iban a asentarla.

—Disculpe que me meta, seño. Acá no puede traer ná metálico.

—¿Qué dice?, *noir.* ¿Y entonces cómo ponemos las ventanas y las puertas corredizas? Para el segundo piso me estoy imaginando un ventanal gigante para mirar el mar..., *oh, la mer...*

—Acá las casas no tienen ventanas ni puertas ni mucho menos ventanales gigantes.

—¿Y entonces cómo vamos a cerrar la cabaña? —preguntó Lagarde un tanto alarmado mientras decidía si asentar la mirada en el diente de oro de Otoniel o en el hueco que tenía justo donde debería estar uno de los ojos.

—Acá no cerramos ná.

—¿Y cómo hacen con los ladrones?

—Acá no hay ladrones.

—¿Y entonces para qué sirve la policía?

—Acá no hay policía.

—¿Y entonces quién manda?

—Acá mandan ellos.

—¿Ellos?

—Sí, ellos —respondió bajando la voz y mirando hacia ambos lados como si estuviera revelando un secreto y temiera que lo estuvieran espiando.

—Pero quién diab...

—Pero ná —interrumpió Otoniel—. No pelee con ellos ni con el entorno y así nadie pelea con usté.

Esa conversación la contaba Peláez de memoria, aún riéndose de esa verdad tan grande que escondía la última sentencia y el costo de desoírla.

—Los marcos de las puertas y las ventanas tuvieron que llevarlos en burro y, para cuando llegaron, estaban oxidados. No alcanzaron ni siquiera a sacarlos de las cajas, ya ni digamos a ensamblarlos. Eso me pasa por cabezón, por no hacerle caso al «ingeniero» Otoniel —explicó, mientras con sus dos dedos índices dibujaba en el aire unas comillas imaginarias alrededor de la palabra ingeniero—. Los vidrios se quebraron en el camino y los bultos de cemento se mojaron. No pudo rescatarse ni uno solo. Cuando llegué dos meses después para supervisar los avances y me encontré con que nada había avanzado le echaron la culpa a la humedad. ¿Y saben qué? Los berracos tenían toda la razón: la humedad relativa de allá no la controla nadie. Nadie. Qué hijuemadre tan brava, les digo. Es superior al noventa por ciento, prácticamente se vive dentro de una burbuja de agua, todo el tiempo se tiene la sensación de estar empapado. Uno que es güevón y se cree muy experto por haber cursado una especialización y un MBA en Estados Unidos. ¿Y saben qué? Al carajo. Nada de eso sirve. Al final no se trata de tener más información, sino de tener la correcta en el lugar correcto. Allá los ignorantes somos nosotros y los expertos son los nativos.

—¿Y al fin quiénes son *ellos*? —preguntó el amigo que estaba sentado a la derecha.

—Pues la verdad no he podido verlos, aunque parece que ellos sí me ven a mí. Según Otoniel, saben lo que hago y lo que dejo de hacer. Saben lo que tengo, lo que gasto y la forma como me lo gasto. Podrían hasta castigarme si mi comportamiento no les gusta —aseguró Peláez con una de sus risotadas flemáticas—. Mejor dicho, ni Dios tiene tanto poder.

—No entiendo, ¿son espíritus? —preguntó el amigo sentado a la izquierda.

—¿O chamanes? —preguntó el del frente.

—¿O brujos? —preguntó el de la cabecera de la mesa.

—Qué va —dijo Peláez—, no creo que ni los espíritus ni los chamanes ni los brujos necesiten tanta plata, y a mí ellos me pidieron una cuota por dejarme construir la cabaña. Más bien son unos aprovechados.

—¡Ah! Entonces son funcionarios.

—Digamos que sí. No del gobierno oficial sino del alterno, el que manda en donde el gobierno oficial no manda.

—¿Y pagaste la cuota?

—Pues claro. No hacerlo, según Otoniel, era arriesgarme a ser castigado y yo estoy muy viejo para castigos.

—¡Y muy rico! —gritaron todos en coro.

—Lo suficientemente rico para pagar por mi tranquilidad. Así que les dejé la cuota con Oto y por eso no me han jodido la vida.

Tras patrocinar una ronda de whiskey fino, Peláez comenzó a describir el ataque de ira cuando vio que los materiales que había mandado a llevar para la construcción estaban arruinados. Contó cómo chutó las estructuras metálicas plagadas de óxido, estropeando en el acto sus zapatos de marca y rasgando los pantalones de lino justo por la costura trasera. Luego narró el acuerdo que hizo con Otoniel. Se sabía la conversación de memoria de tanto contarla.

—Yo he construido muchas de las casas de acá, seño, déjeme le construyo esta.

—¿Con los planos de Lagarde?

—¡Qué va! Esos planos no funcionan pa' ná.

—¿Qué materiales necesita, *ingeniero*?

—Ná, todo lo que necesito está acá. Hay que usar madera de acá y palmas de acá y piedras de acá y arcilla de acá. Nada que altere a la naturaleza, seño. ¿Su mujé es celosa?

—No, sí, no sé qué tiene que ver mi mujer con esto —dijo poniendo un gran énfasis en la ere final de la palabra mujer con el fin de que Otoniel captara la diferencia, pero la verdad es que nunca llegó a captarla.

—Es pa' que entienda, seño. La naturaleza es como una mujé celosa. No admite competencia con otras, así a simple vista parezcan mejores. ¿Me sigue? —dijo guiñándole el único ojo que tenía.

El relato continuaba con la descripción de él, alto ejecutivo de una empresa, parado bajo un sol inclemente en medio de la nada, recibiendo el guiño de ojo de un hombre tuerto al que acababa de conocer. Él, preguntándose cómo iba a confiarle la construcción de la cabaña a alguien que ni siquiera se tomaba el trabajo de completar las palabras. Él, acostumbrado a gerenciar toda la operación de Latinoamérica en la empresa para la que trabajaba, dejándose convencer de un nativo que ignoraba lo que había más allá de la raya horizontal del mar. Él, dándole la mano y mirándole el hueco del ojo y el diente de oro mientras pensaba en que ninguna mano lo había apretado antes con tanta fuerza. Él, comprendiendo que, mientras estuviera allá, tendría que aprender a obedecer. Él, entregándole su paraíso a un completo desconocido que presentó como planos de construcción un dibujito que hizo sobre la arena con el dedo índice, dibujito que el mar no demoró en borrar unas olas después.

—¡Pero funcionó! —gritaron sus amigos, ya borrachos, arrebatándose el celular para volver a ver las fotos de la cabaña.

—¡Funcionó! —gritó Peláez en medio de una carcajada—. Hasta terminé convenciendo a Oto de que fuera mi mayordomo, casi no lo convenzo, uno cree que les está haciendo un favor ofreciéndoles trabajo y resulta que son ellos los que le hacen el favor a uno aceptando. Es una vaina muy rara, no quieren trabajar más de lo estrictamente necesario. A veces pienso si son ellos o nosotros los que estamos equivocados, esta berraca trabajadera no puede ser normal, el tiempo libre no nos alcanza para gastarnos el dinero, sino para idear estrategias que permitan conservarlo y multiplicarlo —dijo guiñándole un ojo a Lila. Luego se puso serio y anunció—: Hasta ahí todo pinta muy bien, solo hay un problema.

—¿Cuál? —preguntaron todos los amigos en coro.

—El problema es que no tengo agua.

—¿Y el aljibe? ¿No pues que debajo de la cabaña se construyó el aljibe más grande de la zona con el fin de recoger agua lluvia?

—Sí, el aljibe se construyó y, en efecto, es el más grande de la zona, no debería tener problemas en llenarse con esos aguaceros épicos de la temporada de lluvia. De hecho, la primera vez se llenó con una tormenta que duró dos días ininterrumpidos. Hasta terminó rebosándose y todo.

—¿Y entonces? ¿Por qué no hay agua?

—Y entonces pasé allá las vacaciones de fin de año y se me fue un poco la mano con el gasto. Con ese hijuemadre calor y esta manera mía de sudar, me provocaba bañarme todo el día y toda la noche. Salía de la ducha y el solo esfuerzo de ponerme la camisa me acaloraba nuevamente, entonces regresaba a la ducha y me quedaba bajo el chorro en un estado parecido a la hipnosis. Mandaba a lavar mi ropa porque no soportaba la idea de tenerla tan sudada, me enjabonaba sin cerrar el grifo, me lavaba el pelo a diario —dijo jalándose las tres mechas blancuzcas que le quedaban— y así, cosas normales que allá resultaron ser bastante anormales. A los diez días no quedaba ni una gota de agua en el aljibe y tuve que regresar a la ciudad. Lo último que me dijo Otoniel fue: «Usté se gastó en diez días la misma cantidad de agua que nosotros nos gastamos en un año». Yo pensé que estaba charlando, pero resultó ser cierto.

—¿Y entonces tocó esperar hasta la siguiente temporada de lluvia?

—Peor. Tocó esperar quién sabe hasta cuándo. Nadie contaba con que no iba a volver a llover.

—No se preocupe, Peláez, como le expliqué, ese problema yo se lo voy a solucionar con el servicio de radiestesia —dijo Miguel mirando al que sería su primer cliente oficial, intentando irradiar una seguridad de la que claramente carecía.

—Maravilloso, Miguel. Y yo, solo por la búsqueda del agua, le voy a dar un pedazo de tierra.

Se apretaron las manos. Se miraron a los ojos. Ambos parecían inseguros y dubitativos, sin embargo, ninguno alcanzó a decir nada porque el resto del grupo estalló en alaridos de júbilo, acompañados de golpes propinados con las palmas de las manos sobre la superficie de la mesa. Palmotearon con tanto ímpetu y bullicio que el contenido de los vasos se rebosó y terminó salpicándoles la ropa y los zapatos. Todos celebraban con bombos pues aspiraban a ser los primeros invitados al paraíso recién descubierto en donde, pronto, si las cosas salían bien, brotaría un manantial de agua fresca desde las profundidades de la tierra. Todos celebraban, menos Lila, quien esperaba que la resaca les hiciera olvidar lo planeado.

Mientras manejaba de vuelta a casa hizo un recuento mental de los planes y proyectos de Miguel. Ninguno le había funcionado antes, quizá se estaba preocupando más de lo necesario. Entre tanto, a causa de la borrachera, Miguel sacaba medio cuerpo por la ventanilla y cantaba a gritos su canción favorita de Vicente Fernández: «... pero sigo siendo el rey».

Lo que ignoraba era que su reinado estaba a punto de acabarse.

En su apartamento al norte de la ciudad Miguel no paraba de hablar de Antigua Padilla. Estaba seducido por la idea de obtener el terreno que le había prometido Peláez a manera de pago, solo por llevar a la buscadora de agua. Al principio Lila no se preocupó demasiado, parecía ser otro de los negocios fantasiosos y fallidos de Miguel; no obstante, cuando lo vio embarcado en largas conversaciones con Peláez, planeando el viaje, sacando cuentas y viendo videos sobre el oficio de la radiestesia, supo que el asunto iba en serio.

—Yo no me pienso refundir en un lugar tan precario, Miguel. Ni muerta. No contés conmigo.

—¡Es un paraíso! ¿Acaso no te detallaste las fotos? Fuera de eso nos van a regalar el terreno solo por vivir allá hasta que aparezca la buscadora de agua. ¡Es un negocio redondo!

—Un lugar sin internet, sin teléfono, sin supermercados, sin vías de acceso, sin electricidad, sin hielo, sin tiendas, no encaja con mi idea de paraíso. Ni cuando era niña tuve tantas falencias. ¿Acaso te estás enloqueciendo? Si nuestra relación depende de ese viaje, mejor terminemos de una vez, empaco mis cosas y me largo de aquí.

Decir «nuestra relación» en voz alta le recordó que llevaba meses sintiendo que debía replantearse algunas cosas de su noviazgo. Amaba la espontaneidad de Miguel tanto como odiaba su incapacidad para gestionar los asuntos más domésticos. Le molestaba que resolviera con dinero cosas que hasta un niño habría podido resolver por sí mismo. También que se creyera con derecho a mandar a quienes lo rodeaban y, principalmente, que cediera a la mala costumbre masculina de opinar sobre asuntos acerca de los cuales no tenía ni idea. Nada de lo anterior lo convertía en un mal hombre, tan solo en un hombre promedio. Por otro lado, debía admitir que cuando repartieron la belleza a él le había tocado una porción generosa. El pelo hasta los hombros le daba un aspecto rudo y desenfadado que contrastaba muy bien con sus ojos saltones enmarcados en pestañas largas como las de un ternero. La razón de su barba apenas insinuada era que tenía la piel sensible y la cuchilla de afeitar le causaba irritación, pero qué bien le quedaba, lo que nadie sabía era todo el tiempo que dedicaba a pulirla. Solo se rajaba en estatura, pero los doce centímetros que le faltaban de altura los compensaba con los doce centímetros que le sobraban de ego.

A su favor habría que decir que jamás le hacía daño a nadie. Si montara en bus alguna vez, quizá cayera en cuenta de cederle el puesto a una anciana, en fin, Lila nunca iba a saberlo porque las probabilidades de que Miguel tomara el transporte público eran inexistentes. Pese a su masculinidad frágil era tierno, a veces incluso pecaba de ingenuo. Si ella se lo pedía, era capaz de regar las plantas, de lavar los platos, de tender la cama, pero tenía que pedírselo porque su iniciativa propia no le alcanzaba para tanto, solo para atender lugares comunes aprendidos como regalarle flores, pagar la cuenta de los restaurantes e invitarla a escapadas románticas. Cualquiera diría que estaba bien adoctrinado en las maneras clásicas de llevar una relación, el problema es que no era capaz de ingeniarse otras formas menos convencionales y más creativas de tener a una mujer contenta. Bien podía mercar por sí solo, siempre y cuando le proporcionaran una lista detallada. Compraba a menudo los ingredientes más costosos y como compensación por el gasto esperaba que Lila cocinara, aunque a ella no le hacía gracia y aún no encontraba la forma de zafarse de aquel pacto no concertado. Se entendían bien en la cama, sorprendentemente bien, pese a llevar más de cinco años juntos, todo un récord en un mundo en que la pasión es más difícil de mantener que de encontrar. «¿Cuál es la duración del amor?», se preguntaba Lila a cada rato, porque no hallaba razones de peso que explicaran la confusión de sus sentimientos hacia Miguel. A veces lo amaba con locura y sentía que era un hombre junto al cual le gustaría envejecer. A veces, en cambio, se quedaba mirándolo, intentando descifrar por qué seguía a su lado. Sin duda, aquel día era un día de esos. ¿Por qué seguía a su lado?

Estaba claro que Lila era una citadina en todo el sentido de la palabra. El cuidado de un simple cactus era algo que le quedaba grande. Ni siquiera se tomaba el trabajo de poner en agua las flores que Miguel le regalaba. La seducía la idea de obtener gratis un trozo de tierra, siempre y cuando no tuviera que domarlo. Si alguna vez fuera por allá, sería cuando todas las incomodidades estuvieran solucionadas. Aún faltaba mucho por hacer. Aún faltaba todo por hacer, y no sería ella quien pusiera manos a la obra. Entre tanto, Miguel siguió avanzando con los preparativos del viaje y a Lila no le quedó más opción que ponerse al otro lado de la puerta para espiar las conversaciones. Un día le oyó decir a Peláez que al fin tenían electricidad gracias al dinero que había pagado por un cable clandestino. Confiando en el cable, mandó a llevar en lancha dos refrigeradores, una nevera y un televisor inmenso, además de tres aires acondicionados que, según Otoniel, allá estaban tirados porque nadie sabía instalarlos. Miguel se ofreció a hacerlo y el ataque de risa casi delata la presencia de Lila al otro lado de la puerta. «No es tan difícil —lo oyó decir—. Las cámaras de seguridad del apartamento las instalé yo mismo, las neveras y el televisor es cuestión de conectarlos. Los aires acondicionados traen instrucciones a prueba de bobos». Aun así se curó en salud y por la noche, cuando creyó que Lila dormía, se puso a ver tutoriales en YouTube.

Pasaron varios días ignorándose, riéndose secretamente el uno del otro. Miguel porque no podía creer cómo alguien formado para multiplicar dinero estaba desaprovechando la oportunidad de obtener un terreno con tanto potencial de valorización. Lila porque sabía que su novio se las daba de aguerrido y aventurero y no era más que un hijo de papi incapaz de agarrar una escoba y un trapo para mantener organizada y limpia su propia casa. Ya quería verlo lidiando con el mantenimiento de una cabaña en un lugar tan agreste, carente de algo tan básico como un buen chorro de agua y de personas a las cuales pagarles para que se encargaran de asuntos de los que él no se encargaría. Parecía que la fecha de caducidad del noviazgo coincidiría con el día en el que Miguel partiera hacia Puerto Arturo. Necesitaba con urgencia rentar un apartamento, comprar otra maleta y averiguar cuál era la aplicación de citas del momento. La idea de mudarse incluso llegó a entusiasmarla. Ella no era el tipo de mujer que le tenía miedo al cambio. Olía aires de renovación en el ambiente. Su sexto sentido le decía que una nueva Lila estaba a punto de renacer y, hasta donde recordaba, su sexto sentido jamás fallaba. Jamás.

Aprovechó una tarde en que Miguel se fue al estadio para ponerse a empacar la ropa. No necesitaría una maleta adicional, sino dos. Quizá tres. En su mente ya se había mudado y tenía otro novio y otra vida. El solo pensamiento la puso de buen humor hasta que sonó el citófono y el portero, alarmado, le dijo que iban subiendo unos hombres muy raros. Se puso a esperarlos mirando todo el tiempo por el ojo de la puerta. Nada más verles la pinta y oír la brusquedad con la que golpearon se puso pálida y tuvo que apoyarse contra la pared para evitar caerse al suelo. El más gordo tenía puesta una chaqueta holgada y un chaleco antibalas debajo, motivo por el cual fue fácil deducir que llevaba una pistola escondida en alguna parte. Las botas eran negras y tenían salpicaduras de sangre en la punta. Depositó un sobre en las manos de Lila sin darle tiempo de gesticular alguna palabra. Dentro del sobre había una carta. Dentro de la carta, una noticia. Dentro de la noticia, una sentencia que podría cambiarle la vida y no propiamente para bien.

Resulta que López, uno de sus mejores clientes, había coincidido en el baño turco del club con el jefe de Lila en la firma inversionista. En medio del vapor, López le contó acerca de la cantidad de dinero que le había entregado a Lila el día anterior para comprar unas acciones que al jefe no le sonaron para nada. Eso lo obligó a revisar el historial no solo de López, sino también de Tamayo y Lema, los principales clientes de Lila. Tres cacaos del mundillo empresarial. Así fue como se dio cuenta de que trabajaba con una jinetera. En teoría, no les robaba dinero, tan solo lo utilizaba unos días, quizá semanas, para su propio beneficio, antes de ingresarlo a donde había acordado. Un pequeño juego que, cliente tras cliente y semana tras semana, le reportaba ganancias. Llevaba varios meses haciéndolo, desde el día exacto en que se había quedado mirando el reporte según el cual sus clientes eran el doble de ricos solo porque ella se mataba trabajando por ellos.

En un acto desmedido de furia, su jefe la había denunciado sin siquiera hablar con ella. Si perdía a tres clientes tan pesados, la reputación de su firma inversionista se iría al traste. Quería que a Lila no le diera tiempo de devolver los montos retenidos. Visto así quedaba como una ladrona y, justo bajo ese cargo, había llegado la citación de la fiscalía dentro de ese sobre que ahora tenía en sus manos. En realidad decía «hurto». Era una palabra igual de fea que robo, aunque no menos fea que ladrona. La fecha de la primera indagatoria estaba para la próxima semana. No había nada que pensar. La playa era mejor que la cárcel. Partió el papel en pedacitos y los arrojó al sanitario. Se quedó mirándolos mientras daban vueltas en círculo antes de desaparecer. No tenía que esperar unos días para saber que si alguien debía desaparecer, ese alguien era ella.

Unas horas después, Miguel llegó borracho del estadio y se encontró con que Lila había comprado maletas y estaba empacando ropa de playa.

—Me puse a sacar cuentas y a hacer proyecciones. Según mis cálculos, en menos de cinco años el valor de un terreno con frente de mar se va a duplicar y en menos de diez será incomprable, siempre y cuando haya seguridad, energía, agua dulce y una carretera decente.

—Decime algo que no sepa, Lila.

—Que nos vamos en una semana.

—¿Cómo así que nos vamos?

—Así como lo oyes, nos vamos.

—¿Cambiaste de opinión? ¿No deberíamos esperar a que Antigua aparezca? —preguntó Miguel muy confundido.

—No pienso esperar a nadie.

—A vos quién te entiende, Lila. Una semana es muy poquito tiempo.

—Sí, es poquito, por eso hay que apurarse, mirá, hasta te compré maleta y todo.

La borrachera le impidió rebelarse, así que en silencio agarró la maleta y se desplazó hasta su closet con la misma docilidad de un cachorrito recién regañado. Intentó pensar en las razones por las cuales Lila había cambiado de opinión de forma tan abrupta y tan tajante. No se le ocurrió ninguna que lo dejara satisfecho. «El costo de vivir con una mujer que se manda sola es que uno termina obedeciéndole», pensó. Por su parte Lila, mientras empacaba, decidió no devolver los montos que tenía retenidos en su cuenta bancaria. Viviría a costillas de López, Tamayo y Lema. La decisión la tomó después de concluir que la reputación de ladrona iba a quedarse con ella de todas formas, y entre ser una ladrona huyendo sin dinero y ser una ladrona huyendo con dinero era mejor lo segundo. Con semejante mancha en su nombre su carrera se iría al traste con toda seguridad. Así fue como encontrar a Antigua Padilla y apurar el viaje se convirtió en un asunto de vida o muerte. O mejor, de playa o cárcel.

—No es una mujer fácil.

—¿En qué sentido?

—En todos. Allá en La Seca dicen muchas cosas sobre Antigua, desde que es un hombre hasta que es un jaguar. ¿Puede creerlo? Lo cierto es que mientras unos la desprecian y la tratan de mujerzuela, otros alaban sus poderes para encontrar agua.

—Sí, vi todas esas especulaciones en el reportaje. ¿Y usted qué cree?

—A mí en el reportaje solo me interesaba profundizar en la escasez de agua. Lo demás son habladurías, detalles que añadí para darle «color» a la nota..., usted sabe cómo es la gente de comunidades pequeñas, se montan unas películas que terminan desviando la atención de los asuntos realmente importantes.

—¿Usted le vio algo raro?

—Qué va. Lo único que vi es que Antigua no depende de nadie, sabe aprovechar su don para ganarse la vida. Mujeres así hacen sentir inseguros a cierto tipo de hombres, si hasta toma trago igual que ellos, eso sí le advierto, Antigua no es fácil de ubicar. Su teléfono solo tiene señal las pocas veces que baja a los bares, el problema es que esas pocas veces se mantiene borracha. Tenga en cuenta que el reportaje lo grabé hace tiempo, no sé si todavía existe...

—¿Antigua?

—No, el número de celular de ella, apúntelo pues. Alguien que se llame Antigua está destinada a vivir eternamente, ¿no cree?

—No sé, supongo que sí —dijo—. Yo con que viva lo suficiente para encontrar el agua que estoy necesitando me conformo.

—Antigua encuentra lo que sea con ese péndulo. Lo que sea. Queda advertido.

Apenas colgó con el periodista, Miguel se apresuró a marcar el número. En efecto, el teléfono se quedó inmerso en el silencio propio de cuando se está por fuera del área de cobertura. Temió que no fuera su número. Lo intentó toda la tarde y por la noche y al día siguiente y el de después. Siempre ocurría lo mismo. Como Lila era la más afanada en partir no hacía sino acosarlo.

—¿La volviste a llamar?

—Sí.

—Intentalo de nuevo.

—Lo intenté hace media hora.

—¿Y nada?

—Nada.

—Igual con o sin Antigua a la vista arrancamos la otra semana.

—Dejá el afán, Lila, ni que te estuvieran persiguiendo..., aún no puedo creer que hayas cambiado de opinión. Definitivamente uno no termina de conocer a profundidad a nadie.

—A nadie, ni siquiera a uno mismo —dijo Lila recordando el papelito de la citación de la fiscalía, cuyos restos ya se habrían deshecho en la podredumbre de la alcantarilla.

Debería haber dedicado más tiempo a pensar en las consecuencias de desatender la orden de un fiscal pero no quería contarle a nadie lo que estaba pasando, la situación era completamente nueva para ella y la única forma que se le ocurría para enfrentarla era desapareciendo de su vida tal y como la conocía. A fin de cuentas siempre fue buena para guardar secretos, para gestionar existencias paralelas y disímiles. Fingía tan bien que, a menudo, su principal inconveniente era saber cuál era la verdadera imagen de sí misma. Era como si su vida anterior hubiera sido nada más que un vulgar entrenamiento que le permitiría afrontar con éxito la situación actual. En realidad, no estaba segura si éxito era la palabra correcta. ¿Acaso era posible salir sin salpicaduras del lío en el que andaba metida? Quizá no, pero al menos podía desaparecer un tiempo y no se le ocurría una mejor idea que irse a un lugar que no aparecía ni en los mapas.

Los días de ambos comenzaron a llenarse de intensidad por cuenta de los preparativos. Parecía que en vez de ir a Puerto Arturo iban hasta el último lugar del mundo, como si allí fueran a quedarse toda la vida. Peláez les hizo la lista de cosas necesarias. Toda una cátedra entre lo básico y lo suntuoso. Al final tuvieron claro que solo con lo básico el carro iba a reventar, así que limitaron lo otro a solo tres cosas cada uno. El ejercicio de elegir qué artículos suntuosos llevar al último lugar del mundo puede definir a un ser humano. Dime qué necesitas y te diré quién eres. Lila empacó de todo para ponerse a pintar. Nunca había pintado nada y se le ocurrió que el mar era un buen modelo para empezar. Según ella, no tenía formas ni volúmenes complejos ni tampoco muchos colores. En ese momento, en su mente, el mar aún era una simple raya y, de verdad, llegó a pensar que la mayor dificultad iba a ser encontrar dónde empezaba y dónde terminaba. Miguel notó que las recién adquiridas necesidades artísticas de su novia incluían lienzos, caballete, colores, lápices, hojas en blanco y otras cosas que no logró identificar, lo cual abarcaba mucho más de los tres elementos permitidos; sin embargo, no dijo nada para no dañarle la vocación artística. No pudo evitar una sonrisa. Una de las cosas que más le gustaban de ella era la imposibilidad de predecir sus actuaciones. Nunca podía estar seguro de los pensamientos que le atravesaban la cabeza, lo que la convertía en una mujer frente a la cual no se podía bajar la guardia. Sin exigirle nada, lo obligaba a esforzarse.

—¿Y vos qué vas a llevar?

—Una caña de pescar, un balón de fútbol y unos binóculos.

—Pareces un colegial —dijo ella.

—Yo te iba a decir lo mismo.

—Las colegialas no pintan.

—¡Todas sueñan con hacerlo! —dijo Miguel—. La pose artística es algo que las seduce, no por el arte en sí, sino por las ideas asociadas: rebeldía, incomprensión, belleza. Me extraña que vos, a estas alturas de la vida, aún tengás esos intereses.

Lila pensó en meterle sus opiniones no pedidas por donde le cupieran y, acto seguido, en chutarle el balón de fútbol directo a la cabeza, pero tuvo un instante de lucidez suficiente para darse cuenta de que no podía ejecutar una actuación así sin caer en el ridículo, dado que nunca en su vida había pateado un balón y corría el riesgo de quebrar un vidrio o ese jarrón turco de la abuela que, según Miguel, valía tanto como el apartamento entero. «Jugar fútbol después de la mediana edad —pensó ella— es tan absurdo como ponerse a pintar, con la diferencia de que pintar, al menos, no entraña ningún peligro físico, mientras que chutar un balón puede considerarse un deporte de alto riesgo». Se esforzó en guardar su opinión y quedarse en silencio. Llevaban suficiente tiempo juntos para saber que nada relativo al fútbol podía discutirse sin terminar en pelea, por eso, cuando él le preguntó por qué estaba tan callada, Lila se limitó a decir: «Porque estoy decidiendo si el mar empieza o termina en la orilla».

A todas estas, iban a ajustar la semana y aún seguían sin noticias de Antigua. Miguel quería ir sobre seguro y hacer el viaje después de que hablaran con la zahorí y coordinaran su llegada y sus honorarios, pero la acosadera de Lila lo tenía tan desesperado como a ella la imprevisibilidad de su situación judicial. Cada vez que tocaban el timbre se quedaba tiesa y contenía el aire mientras imaginaba a una tropa de policías al otro lado de la puerta, ansiosos por capturarla y luego exhibirla en las noticias como si fuera un trofeo de caza. Se la pasaba buscando posibles escondites dentro del apartamento. Ninguno le parecía lo suficientemente bueno porque, en efecto, ninguno lo era. Hasta hizo cálculos de las consecuencias de lanzarse por el balcón. Con suerte sobreviviría a tres pisos, aunque no sin huesos rotos que luego le impedirían correr y ponerse a salvo. Era claro que mientras permaneciera allí no podría evadir la justicia. Se le metió en la cabeza que su celular estaba chuzado, puede que la línea fija también, así que ni hacía ni contestaba llamadas. La paranoia la estaba consumiendo. Cada persona que pasaba por la calle y miraba hacia su ventana era sospechosa. Cualquier carro que se orillaba tenía agentes encubiertos. Hasta le pareció que los vecinos la observaban de forma extraña y que el portero estaba pendiente de cada uno de sus movimientos. Nada raro que hurgara en su basura. Seguro estaba colaborando con la fiscalía, el muy pringado. Lo conocía bien, por plata habría vendido hasta a su propia madre. La urgencia de desaparecer era tan apremiante que logró convencer a Miguel de que era mejor acomodarse primero en la cabaña antes de llevar a la zahorí a vivir con ellos, así tendrían tiempo de conocer el terreno, tantear a los nativos y adaptarse al clima. Le mintieron a Peláez diciéndole que todo estaba arreglado, Antigua Padilla y su péndulo llegarían en cualquier momento, ya encontrarían la manera de contactarlo cuando hubiera noticias dignas de anunciar, y por noticias dignas de anunciar quedó claro que se referían a las que confirmaran el hallazgo de una corriente subterránea de agua.

Seguían llamando a la zahorí día y noche a ese número que se sabían de memoria a fuerza de marcarlo. Lo más cerca que estuvieron de encontrarla fue el domingo en que, al fin, contestó el teléfono. Al fondo solo se oía una música tan estridente que la palabra música le quedaba grande a esa bulla gangosa al otro lado de la línea. La llamada se cayó y Miguel, sabiéndola con señal, siguió marcándole el resto de la tarde. No volvió a contestar. Esa noche se recostó a ver la repetición de los goles preguntándose si acaso el viaje no era un disparate. Su cama era cómoda y su poltrona de cuero también. La nevera se mantenía llena de comida y de cervezas heladas. El chorro de la ducha era potente y fresco. Jamás faltaban hielos en el congelador ni partidos de fútbol en la televisión.

—¿Hoy también hay partido? —preguntó Lila por milésima vez en su vida.

—Fútbol hay siempre, Lila. Siempre. Que yo no me vea todos los partidos no significa que no los haya. Si quisiera podría dedicarme a verlos y aun así no me alcanzaría la vida para cubrirlos todos. ¿Y sabés qué? Ahora que las mujeres están jugando hay incluso más partidos. Muchísimos más. No te imaginás la fe que le tengo al fútbol femenino, estaba pensando en fichar a una jugadora y patrocinarla, creo que ahí hay un gran futuro y un gran billete.

Hablar de los planes futboleros puso a Miguel de un buen humor que no duró mucho tiempo, pues cuando se fue a la cama cayó en cuenta de que su comodidad futura en Puerto Arturo dependía prácticamente del televisor. Si fuera una persona racional habría pensado en las neveras, pero no, no era una persona racional, su mayor motivo de preocupación era el buen funcionamiento del televisor. Esa noche Miguel se desveló por completo pensando en lo mucho que iba a aburrirse. Se paraba, se sentaba, giraba la almohada de un lado a otro. Intentó seguir las instrucciones de su psicólogo y voltear la situación con el fin de ver las cosas a favor. El efecto fue inmediato.

Viviría en un lugar paradisiaco lejos de todo. ¿No era lo que todo el mundo soñaba? Un lugar frente al mar para ellos solos. ¿Y si le proponía matrimonio a Lila? Apuntó en sus notas mentales: comprar un anillo. Hasta se imaginó en la playa entregándoselo. El mar como único testigo. Su emoción seguía en aumento. Además, nada más por ir, Peláez les iba a regalar un pedazo de tierra, ya se las ingeniaría si acaso Antigua no apareciera. Echó cifras sobre el terreno y el entusiasmo se volvió más intenso. Tierra. Tranquilidad. Amor. No necesariamente en ese orden, pensó, quizá porque tenía claro que debería poner el amor primero.

Imaginó la nueva vida en donde todos los días serían como un domingo. La noción de tiempo se desvanecería por completo. Se despertarían con los rayos del sol y se acostarían en medio de la cálida penumbra. A veces en la cama, a veces en la arena para contemplar el cielo plagado de estrellas. Verían tantas fugaces que les sobrarían deseos por pedir. Tantas que no habría gracia en verlas. Las marcas de sus pisadas serían las únicas impresas en la arena blanca. Cuatro huellitas juntas recordándoles que se tenían el uno al otro como única compañía. Harían fogatas en la playa, pescarían y contarían mentalmente los pelícanos a ver si la cifra final coincidía. Hablando de pelícanos, tendría tiempo de sobra para descifrar el asunto de la alineación perfecta. Su nueva palabra favorita sería coco. Agua de coco para los cocteles, carne de coco para los pasantes. Panelitas. Bollitos. Pan de coco. Arroz con coco. El mar de agua tibia los estaría esperando sin falta a tan solo cincuenta pasos de la cabaña. Tendrían que acostumbrarse a su presencia constante, interpretar sus sonidos y entender el efecto de la luna sobre la marea. Nadarían desnudos por la noche y tomarían el sol mañanero. Recogerían conchas, caracoles y caracuchas que colgarían de las vigas de madera para que el viento las hiciera sonar. Tendrían una franja de tierra, un pozo de agua fresca y una cabañita construida por ellos mismos. La llamarían Duermevela, la palabra favorita de Lila. Se tenían el uno al otro. ¿Quién diablos necesitaba un televisor? «Que se joda el fútbol —dijo mentalmente con la mirada clavada en los travesaños del techo—, aunque sigo pensando que el negocio de fichar a la jugadora suena muy bien».

El insomnio continuó, no debido a la angustia, sino a la emoción que le generó imaginar su nueva e idílica vida. Menos mal se desveló, porque pasadas las dos de la mañana su celular silenciado alumbró con el indicio de una llamada entrante. El nombre parpadeando en la pantalla lo hizo poner nervioso. Era un nombre familiar y lejano al mismo tiempo, corrió a encerrarse en el baño para no despertar a Lila. En la pantalla titilante se leía con claridad: Antigua Padilla.

—Antigua, Antigua, llevo más de una semana buscándola.

—Aló, aló, hable más duro —dijo una voz ronca al otro lado de la línea.

—Antigua, es que la estoy necesitando para...

—Aló, aló, habla el comandante de policía de La Seca. La señora Antigua está detenida y un poco borracha... Como tiene derecho a una llamada lo llamé a usted. Hay tal cantidad de llamadas suyas registradas en el historial que, supongo, se conocen.

—Sí, claro, la conozco, pásemela —dijo Miguel. Cuando sintió una respiración pesada al otro lado de la línea supuso que era la de Antigua y añadió—: Sea cual sea el lío en el que esté metida, yo tengo los medios para ayudarla. Usted no me conoce, aun así, yo voy a darle trabajo, dinero y un refugio discreto. Discreto. ¿Me sigue?

—Ajá.

—Dis-cre-to —repitió Miguel como para que quedara bien claro—. ¿Conoce Puerto Arturo?

—Ajá.

—¿Puede llegar la próxima semana?

—Ajá.

—Le prometo que no haré preguntas incómodas. Usted solo llegue y pregunte por la cabaña de Peláez. Cualquier nativo la sabrá guiar hasta ella. ¿Me sigue?

—Ajá.

—Pe-lá-ez —volvió a pronunciar lento, como si le estuviera hablando a una tarada o a una niña pequeña—. Se lo voy a dejar en un mensaje de texto para que no se le olvide. —El último «ajá» no alcanzó a oírlo porque el policía le arrebató el celular.

—Se acabó el tiempo.

—Espere, señor comandante —dijo Miguel—. ¿Está muy borracha?

—La he visto peor. Esperemos que la víctima resista el machetazo, de lo contrario a la señora Padilla se le va a agravar su situación judicial.

—¿Machetazo?

—Sí, normal, cosas de borrachos.

Eso fue lo último que dijo el comandante de policía. Miguel se sentó en la taza del sanitario, suspiró y, antes de volver a la cama, se quedó allí más de veinte minutos pensando qué tan normal debía ser considerado un machetazo. De vuelta al cuarto había concluido que no era muy normal que digamos y, por lo tanto, decidió no relatarle a Lila esa parte específica. Lo otro se lo contó a gritos de emoción mientras se abalanzaba sobre la cama.

—¡Apareció, apareció, Antigua Padilla apareció!

—¿Va a ir a Puerto Arturo? —preguntó Lila incorporándose con brusquedad.

—Ajá.

—¿Qué dijo exactamente?

—Eso, Lila, solo dijo eso: ajá.

—¿Ajá sí? ¿Ajá no? o ¿Ajá no sé?

—¿Cómo así? —preguntó Miguel confundido.

—Los costeños usan el ajá para todo.

Antigua era capaz de dormir en cualquier lugar que tuviera dos árboles con la distancia suficiente para colgar una hamaca. Dormir es un decir, pues las pocas horas en las que conciliaba el sueño la atormentaban las pesadillas. En ellas, siempre había alguien pegándole, insultándola, mirándola con desconfianza por encima del hombro. La historia de su niñez no la abandonaba ni cuando cerraba los ojos y, quizá por eso, de manera inconsciente, evitaba cerrarlos.

La última vez que debió dormir tranquila fue antes de que su madre la metiera entre la caja de cebollas y la abandonara en la puerta del burdel de La Seca. Aquello había ocurrido hacía tanto tiempo y ella estaba tan pequeña que no recordaba ni la caja ni a su madre, solo el olor astringente a cebolla que, desde ese día, se le quedó pegado en el cuerpo. Tampoco olvidaría a las muchachas que trabajaban allá, debido a las muendas que le asestaban con la punta del tacón. Le pegaban si lloraba, si reía, si dormía todo el día o si no dormía en absoluto. Lo más fácil fue añadirle ron al tetero para dejar a Antigua en ese estado medio vegetativo en el que casi no precisaba comida ni cuidados. Era un bonsái en el cual nadie reparaba salvo, de vez en cuando, para preguntarse por qué no crecía, quién diablos le había cortado las raíces. Se reían de ella cuando la encontraban deambulando a oscuras por la casa o acostada debajo de la cama con la oreja pegada al suelo. La tildaban de tarada, debido a la incapacidad de entender a qué se debía el gusto por la dureza de las baldosas y el mugre. Ninguna habría podido adivinar el sosiego que la niña sentía al ser arrullada por el murmullo de las corrientes subterráneas de agua.

Las noches de insomnio, Antigua se la pasaba tapándose los oídos para no oír la música ni los gemidos ni los golpes ni los gritos ni los disparos. Porque los había, en especial cuando iban los narcos. Los distinguía porque llegaban haciendo tiros al aire para que quedara claro quién mandaba a quién. Vestían camisas de chalís que les forraban la panza incontenida por un cinturón de cuero brillante y hebilla dorada, por lo general en forma de caballo o cobra. Pese al calor, usaban botas vaqueras de punta metálica. Del cuello les pendían camándulas y cadenas de oro y diamantes. Nunca se abotonaban la camisa hasta arriba para poder exhibirlas, pues el grosor de la cadena y el tamaño de la piedra daban cuenta de la cantidad de cargamentos coronados. La piel de la cara, a menudo, la tenían grasosa y llena de agujeros debido a un brote de acné antiguo mal curado. No faltaba el tatuaje machetero, la nariz desviada, el ojo apagado o el diente postizo, signos de sus constantes entradas y salidas de la cárcel y de las peleas en las que se embarcaban, cuerpo a cuerpo, antes de obtener su propia pistola y poder solucionar cualquier discrepancia a balazos. A veces ni siquiera necesitaban discrepancias, tan solo decían: «Hoy es un buen día para matar a alguien» y simplemente sacaban el arma y disparaban al azar. Se reían duro, hablaban duro, tomaban a pico de botella, escupían en el suelo y le mandaban la mano a cualquier mujer que osara pasarles por el lado. En vez de hablar, parecían dar órdenes que todo el mundo se apresuraba a acatar con eficiencia, no fuera que se ganaran un pepazo. Con ese mismo tono mandatorio filaban a las muchachas y las hacían poner en cuatro, luego iban de culo en culo palpándolas como si fueran vacas. Despreciaban a las poco agraciadas y a las entradas en carnes, es decir, las que lucían justo como ellos. Antigua vio varias veces cómo las pateaban con la punta metálica de las botas, les jalaban el pelo y luego se burlaban de ellas. Y, sin embargo, la mayoría se peleaba por enfilarse y muchas habrían dado la vida por ser las elegidas. Bien por una noche o por un fin de semana o por el resto de una vida que, con suerte, no sería larga, al menos para ellos. La máxima aspiración de casi todas ellas era lograr enamorar a algún narco y esperar, pacientemente, a que lo mataran en un ajuste de cuentas antes de salir huyendo con una maletada de dinero y joyas. Fue justo uno de esos narcos el que eligió a Antigua y pagó con anticipación por su virginidad.

Cuando cumplió doce años, ocurrió el primero de los augurios de la adivina cubana: una vieja apareció de la nada insistiendo en que era su abuela. Tenía arrugas en las arrugas, la piel flácida le temblaba como gelatina dando la sensación de estar a punto de derramarse. La nariz ancha le abarcaba casi toda la cara y las fosas nasales se abrían y se cerraban igual que las de los perros. Parecía ubicarse de acuerdo a los olores y lo hacía con precisión milimétrica, quizá por ello nadie había notado lo mermada que tenía la vista. No pasó del primer escalón de la entrada y ya estaba poniendo cara de asco mientras decía: «Aquí huele a lo mismo que olía ese pedazo de ser malévolo que parí». Llevaba varias razones en la punta de la lengua para que le entregaran a su nieta. A ninguna de las muchachas le interesó oírlas, en realidad, se la habrían entregado al primero que la reclamara, aunque fuera el mismísimo Satanás. Se suponía que, a los trece, Antigua debía empezar a atender clientes, carne fresca que obligaría a las muchachas a dividir en más partes el botín de cada noche. Ya corría el rumor de que un narco había pagado por Antigua con una pepita de esmeralda. A escondidas sacaron a la niña a empellones por la puerta de atrás. Al dueño del negocio le dijeron que se había volado y, acto seguido, él hizo lo mismo para no tener que devolver la esmeralda. El narco se pasaría treinta noches bajo el bombillo rojo disparando tiros al aire para demostrar su furia y su hombría.

La abuela la miró de arriba abajo, poniendo especial interés en las manchas. Una a una las contorneó por el borde con la punta del dedo índice. Luego puso en acción las fosas nasales, que empezaron a abrirse y a cerrarse simulando ventosas. Fue entonces cuando dijo: «Hueles a cebolla». La agarró de la mano y la hizo andar a trompicones calle abajo sin darle siquiera chance de acomodarse bien la chancla. «No serás coja», mencionó al verla renqueando y antes de que respondiera añadió: «Pensé que eras más alta y más bonita». Antigua le notó un rictus de decepción en la boca, además de cierta laxitud en la mano que la sujetaba. Al final terminó soltándola. La abuela se adelantó unos pasos, había que ver lo rápido que andaba pese a su edad y su dificultad para enfocar las cosas. Antigua la veía avanzar sin tomarse el trabajo de verificar que ella fuera detrás como un perrito faldero necesitado de los cuidados de su dueño. Se agachó para recomponerse la chancla y cuando alzó la vista de nuevo, la abuela iba lejos. Pensó en correr en sentido contrario, en esconderse, en quedarse inmóvil para comprobar si la abuela se devolvía por ella. Así que ahí estaba Antigua frente a su primera decisión importante. Era cuestión de pensar rápido si huir o regresar hacia esa mano. Mientras su cabeza en blanco intentaba tomar la decisión, sus piernas flacuchentas llenas de cicatrices y ronchas empezaron a correr con todas sus fuerzas atraídas por el magnetismo de la abuela, sangre de su sangre. «Si serás lenta», le dijo agarrándola de nuevo con fuerza, un gesto minúsculo, inmenso para ella. Nadie la había tomado antes de la mano. Antigua se preguntó si la fortuna era eso, andar tomada de la mano de una abuela. Pero no, no era eso, pues apenas llegó al caserío en donde vivirían comprendió que su rescate no obedecía propiamente a un cariño surgido a última hora, sino porque la vieja estaba cada vez más débil y ciega, y por lo tanto necesitaba a alguien para vigilar los pozos de agua. A cambio le regalaría su propio péndulo, una vez aprendiera a usarlo. Así es como una niña que pega el oído al suelo para oír el murmullo del agua descubre la existencia de una herramienta que facilita el diálogo. Los movimientos pendulares le mostraban la profundidad, la limpieza, el volumen y la disponibilidad del caudal.

«Ya sé qué hacer para que te respeten —le dijo la abuela al día siguiente después de devanarse los sesos en busca de ideas que le permitieran ocultar la aparente fragilidad de su nieta—: voy a hacerte pasar por un hombre. Con esos trasquilones que traes será fácil raparte. Además, me dijeron que el dueño del prostíbulo anda buscándote, no quiero ni pensar lo que se trae entre manos ese degenerado». Le dio un machete nuevo que, en contraste con su metro y medio de estatura, se veía inmenso. Un machete: ese era su único capital y su primera línea de defensa. También le puso un pantalón viejo y una camisa de manga larga, si se la abotonaba hasta arriba no se le veían las manchas. Sin preguntarle si estaba de acuerdo o no, comenzó a llamarla Antiguo. Agarró unas tijeras y le cortó el pelo. Los cadejos caían en el suelo, a la par con las lágrimas. «Guarda las lágrimas para cosas irrecuperables —le dijo—, el pelo siempre vuelve a crecer». Le pidió que nunca más hablara. Regó el chisme de que su nieto recién llegado del interior era mudo. En La Seca todas las mujeres usaban túnicas y pelo largo; por lo tanto, cualquiera que llevara pantalón y pelo corto era considerado un hombre.

Una mañana le puso enfrente un cabrito recién nacido y le pidió que lo degollara. Antigua lo oyó balar y, contrario a lo esperado, lo tomó en sus brazos y lo arrulló de manera instintiva. En ese momento se dio cuenta de que a ella nadie la había arrullado jamás. «Tonto —le dijo la abuela—, ¿así es como vas a defender el agua? Algún día no tendrás que matar a un cabrito sino a un hombre, de eso dependerá tu vida y puede que la mía». Aun así, Antigua se negó a degollarlo y por eso la abuela los encerró juntos dentro del corral. «Esa es tu próxima comida, Antiguo, tú decides cuándo comerla», fue lo único que dijo antes de poner el candado. El encierro no hizo sino apegarlos, el primer día la pasaron jugando y en la noche se dieron calor con sus propios cuerpos. El segundo día el cabrito baló sin interrupción día y noche. Antigua estaba desesperada por el hambre, la sed y la incapacidad de calmar los balidos. Estuvo a punto de degollarlo muchas veces para evitarle el sufrimiento, pero apenas acercaba la hoja metálica al cuello, el cabrito la miraba con unos ojos quietos, suplicantes y redondos como canicas. Al cuarto día, el animal amaneció inconsciente y con el pulso débil. Al quinto, estaba muerto. Comprobó que no respiraba, le cerró los ojos y le tajó el cuello con un corte limpio y profundo antes de que la abuela se levantara.

A media mañana el cabrito pendía de un árbol. La abuela explicó que lo estaba desangrando. Más tarde le pidió al vecino el inflador de llantas de su bicicleta vieja y se lo insertó por el ano. Accionó una y otra vez la palanca hasta que el cabrito empezó a inflarse como un globo. Antigua fantaseó con el cabrito volando libre por el cielo sin ningún humano a la vista que le hiciera daño. La ensoñación terminó abruptamente cuando la abuela comenzó a arrancarle el pelaje con violencia, como si estuviera quitándole la ropa, un cuerpo rosado igual al de un bebé quedó ondeando al vaivén del viento. Luego cogió el machete y lo rajó a lo largo del vientre, un revoltijo de vísceras y tripas se desplomó por el suelo. Los perros y los gallinazos limpiaron el desastre en cuestión de minutos. Los vecinos pasaban, pero en vez de ver el horror que veía Antigua se mojaban los labios con la lengua y decían: «¡Ay, qué rico cabrito tiene usté!». La abuela sacaba pecho y se enderezaba como si se hubiera tragado una varilla antes de contestar orgullosa: «Lo sacrificó mi nieto». Antigua reparó en que sacrificar era una palabra curiosa para referirse a la muerte de alguien.

La abuela le enseñó a leer, a escribir, a sumar y a conducir el camión del vecino. Él lo usaba para hacer acarreos y la abuela a veces se lo alquilaba para llevar bidones de agua a caseríos más alejados. Antigua asimilaba cualquier conocimiento fácil y rápido. No tardó en descubrir que el hambre por saber cosas era peor que el hambre por la comida, pues la primera jamás se saciaba sino todo lo contrario: mientras más cosas aprendía, más cuenta se daba de todas las que le faltaba por aprender. Le rogó muchas veces que la metiera a la escuela y la abuela no quiso: «Lo verdaderamente importante se aprende a campo abierto», decía. Además, tenía otros planes para ella: cuidar el pozo de agua por la noche y distribuirla por el día. A cambio, la gente les daba dinero que la abuela siempre perdía jugando al parqués. Ningún billete le duró jamás entre el bolsillo más de veinticuatro horas. Sin el asunto del parqués de por medio habrían podido llegar a ser ricas, al menos para los estándares del pueblo.

La primera vez que la abuela la mandó a cuidar un pozo sola, se gastó toda la mañana enseñándole a afilar el machete. Antes de enfundarlo, Antigua se miró en la hoja reluciente: el pelo al rape, la camisa holgada, un pantalón viejo, una masculinidad impostada que no se creía ni ella misma. En ese momento entendió que estaba sola en el mundo, sobrevivir era un verbo que nadie podía conjugar por ella.

«Al menor asomo de peligro hay que blandir el machete sin siquiera pensar. Lo ideal es tajar el cuello a la altura de la yugular, pero a usté, con ese tamaño, más le vale atacar a los genitales, no vaya a ser que descubran que es una mujer y les dé por violarla. Ningún hombre va a desperdiciar esa oportunidad, aquí todos están acostumbrados a tomar lo que creen que les pertenece y las mujeres para ellos no somos más que objetos que pueden tomar y desechar según sus necesidades», le explicó la abuela.

De ahí en adelante, Antigua empezó a pasar las noches al pie del pozo de turno, imaginando ataques y todas sus posibles variaciones. Veía las eses que dejaban las serpientes sobre la arena fina, y aun así se aventuraba a buscar cabritas preñadas para calmar el hambre con la leche que mamaba directamente de sus tetas. Pese a los escorpiones, pegaba la oreja al suelo polvoriento para arrullarse con el murmullo del caudal subterráneo. Su intención era distraer una mínima parte del miedo inmenso que llevaba por dentro y que, por ningún motivo, podía permitir que se notara.

Le bastó emborracharse una sola noche estando de guardia para darse cuenta de que una mujer joven, sola, en la mitad de la nada, no tenía ninguna posibilidad de salir ilesa. Ninguna. Esa noche cayó inconsciente al suelo y no vio cuando llegó un hombre a hurgar entre sus bolsillos vacíos, en donde encontraría algo mejor que dinero: el cuerpo de una mujer inconsciente con el que podría hacer lo que quisiera. No alcanzó a tocarla. El ataque ocurrió antes de ello. Antes, incluso, de que el hombre tuviera tiempo de poner cara de asombro, antes de oír el ruido de su cráneo al desastillarse, antes de alcanzar a gritar implorando por ayuda.

Apenas estaba amaneciendo cuando Antigua abrió los ojos y se percató de que, a su lado, yacían jirones del cuerpo de un desconocido. Lo habían desgarrado a zarpazos. Estaba lleno de sangre. Parecía un muñeco de trapo al que una bestia salvaje hubiera desmembrado tras jugar con él toda la noche. Se aterró al verse cubierta de sangre: en la ropa, en los brazos, en las piernas, en los dedos, en la boca. Le dolía el cuerpo igual que si hubiera participado en la contienda, la cabeza estaba a punto de explotarle a causa de la resaca. Aun así, no recordaba con claridad lo ocurrido. Apenas unos destellos que no conseguía convertir en una escena coherente y completa. Junto a ella permanecía la botella de ron inacabada. La abrió y derramó el líquido ámbar sobre la arena, luego lanzó la botella al pie del cadáver y se quedó mirando la escena con el interés de quien trata de descifrar por qué razón le era tan familiar y, al mismo tiempo, tan distante.

Agarraron la carretera de madrugada con un «ajá» como única certeza. Cada uno tenía sus propias razones para que semejante incertidumbre no les molestara demasiado. Solo sabían que su estancia en Puerto Arturo sería larga; sin embargo, en ese momento, no habrían podido establecer un rango de fechas exactas. Es más, ni siquiera tenían claro el significado de estancia larga. ¿Un mes? ¿Tres meses? ¿Un año? ¿Una vida? Repasaron la lista que les había dado Peláez con el fin de que no se les olvidara nada importante. Parecían llevar todo y hasta más, a juzgar por lo cargada que iba la camioneta: granos, enlatados, comida imperecedera. Botiquín, repelente, antisolar. Ropa fresca y liviana. Cantidades industriales de agua potable y de ron. Una jaula con una gallina ponedora y un gallo de pelea que Peláez iba a darle a Otoniel como parte de pago por sus servicios de mayordomo. Era colorado de cola negra, pico afilado y cresta erigida. Según Peláez el gallo había valido una fortuna y sería bien apreciado por Otoniel, su reputación de peleador estaba en el punto más alto, o al menos eso dio a entender Peláez cuando se los confió, asegurando que había pagado por él un montón de plata. «Otoniel es muy entendido en el tema de gallos —les aseguró—. Ese ojo que le falta es consecuencia de ello. No le pregunten mucho. A él no le gusta dar detalles del suceso».

—¿No te parece que llevamos poco dinero? —preguntó Lila, como siempre preocupada por ese tipo de cosas.

—Es posible, pero llevamos mucho ron. ¿No contó Peláez que los favores y servicios allá se pagan con trago?

—Sí, aunque me sentiría más tranquila con unos buenos fajos de efectivo —dijo pensando, en realidad, que si el proceso judicial prosperaba, a lo mejor le embargaban la cuenta bancaria y volver a ser pobre era algo que no estaba en sus planes.

Hacia el inicio de la tarde seguían viajando con un olor a rila de gallina que los tenía mareados. En especial a Lila, que se preciaba de su buen olfato. El gallo fino, completamente desorientado, se movía nervioso con movimientos rápidos y repetitivos de peleador entrenado. Cuando le daba por cantar lo hacía a deshoras, con una intensidad que los dejaba sordos por minutos. Pararon en la última población que aún tenía calles pavimentadas pues, de ahí en adelante, todo sería trocha y carretera destapada y polvorienta, símbolo inequívoco de la ausencia de bancos y cajeros. Almorzaron en un restaurante de medio pelo y luego entraron al único banco del lugar. El calor era insoportable y Miguel se quedó afuera.

Un moreno de bigotico ridículo y camisa sudada en los sobacos miró a Lila con extrañeza cuando reclamó un monto de dinero más grande que el de todos los clientes locales juntos.

—¿Está segura de que quiere solo efectivo?

—Sí, estoy segura —respondió Lila.

—¿El señor está de acuerdo? —preguntó señalando con la boca hacia el poste de afuera en el cual estaba recostado Miguel.

—¿Y como por qué tiene que estar de acuerdo el señor? Es mi plata y con que yo esté de acuerdo es suficiente —dijo ofuscada.

El funcionario le empezó a pasar los fajos húmedos debido al sudor de su propia mano. Ella los agarró con asco y, antes de meterlos en la bolsa negra de basura que llevaba entre la cartera, se quedó mirándolos y pensando en sus clientes y sintiendo el arañazo de la culpa.

—Disculpe, el aire acondicionado está malo —explicó el funcionario.

—Con que esté buena la máquina contadora de billetes me conformo —dijo Lila. Se sostuvieron la mirada un rato, una especie de duelo que ella dio por ganado cuando él desvió la suya hacia un punto indefinido del suelo.

Antes de montarse a la camioneta tuvieron que abrir las cuatro puertas con el fin de que el interior se refrescara un poco. Estaba tan caliente que Miguel no podía ni asir la cabrilla sin quemarse. La silletería de cuero hervía. Lila sostuvo la bolsa negra como si fuera un bebé pese a que las gotas de sudor le rodaban entre el pecho, luego la escondió debajo de la silletería trasera. A cada rato giraba la cabeza para comprobar que la bolsa estuviera en su lugar y entonces veía a López, Tamayo y Lema clavándole una mirada acusadora. La primera vez que los vio se frotó los ojos, volvió a mirar y allí seguían tan orondos, sentados cómodamente en la silla de atrás.

—Miguel, poné el aire acondicionado al máximo que estoy viendo visiones —dijo.

Siguieron en silencio mirando el paisaje al otro lado de la ventanilla. Todo se tornaba más exuberante y fecundo en la medida en que avanzaban. Los árboles parecían crecer sin límite porque, en efecto, no había nada que los limitara. A veces, por encima de sus cabezas, se juntaban las copas de los que estaban a lado y lado de la vía conformando un túnel vegetal, una especie de portal hacia otro mundo. No demoraron en llegar a la carretera destapada y bajaron la velocidad. Por donde fuera que pasaran, todas las vacas los miraban y los perros callejeros les ladraban sin parar. Los niños parecían brotar espontáneamente de la tierra y corrían tras ellos sin ahorrar energías, agitando sus manecitas sucias hasta caer rendidos al pie de las trochas. Las nubes de polvo levantadas por el carro tornaban sus siluetas borrosas, quizá eso eran en realidad: niños borrosos, niños de nadie corriendo hacia un futuro que jamás tendrían. Unos más rápido que otros se demoraban en entender que, por mucho que corrieran, jamás iban a alcanzar la camioneta, y aun así no paraban de intentarlo.

—¿Te gustaría tener hijos? —preguntó de pronto Lila.

—A mí me gustan los niños —respondió Miguel, imaginándose el cliché de padre querendón con un bebé rubito y rechoncho entre las manos—. Eso sí, nana a la vista para cuando se ponga pesado.

—A mí no me gustan.

—Cómo no van a gustarte las nanas…, con lo útiles que son.

—Hablo de los niños. Me ponen nerviosa. Se supone que son el futuro cuando, en realidad, los niños de hoy son el no-futuro. ¿Acaso no ves a estos? —dijo señalando un punto cualquiera en la ventanilla—. No suman. No existen. No cuentan. Obligados a pedir dinero a los carros que pasan cuando todavía no entienden qué es el dinero. Les lanzan piedras a los perros, pisotean las flores, apedrean a los pájaros, les cortan la cola a las lagartijas, brincan sobre los charcos putrefactos. No van a la escuela, no tienen apellidos, se desencantan de la vida cuando aún no saben ni qué es la vida.

—Vaya, Lila, no seas tan cruda. Nuestros hijos no tienen por qué ser así, ellos tendrán oportunidades y todas esas cosas. Si personas como nosotros no tenemos hijos, entonces ¿quién va a cambiar el mundo?

—El mundo no va a cambiar, Miguel, no seas tan ingenuo. Y menos con tanto hijo no deseado. A veces es difícil querer lo que no se ha pedido. —Dicho esto, se quedó un instante en silencio saboreando la mala leche de su comentario mientras pensaba en su padre tirado en el piso grasoso del taller de motos, mal durmiendo la resaca en vez de hacerse cargo del reguero de hijos que tuvo—. Es fácil adivinar cómo son los padres de estos. Si acaso no han huido de la responsabilidad de criarlos, deben andar borrachos. Esperando que los zapotes y las papayas se caigan de su propio peso para salir a venderlas a la carretera. Esperando que la lluvia les brinde agua y la creciente peces. Esperando el desborde del río para recibir donaciones de ropa y colchones. Esperar. Esperar. Esperar. Hay gente cuya vida consiste nada más en esperar y su mayor legado es enseñarles a sus hijos a hacer lo mismo.

—Yo no soy tan pesimista, Lila. Yo sí quisiera hijos, después de que me case y todas esas cosas —dijo pensando en el anillo que llevaba escondido en algún lugar de la camioneta.

Pensaba entregárselo una vez estuvieran instalados y felices en la cabaña frente al mar.

—¿Supones que sí quieres hijos porque es lo que todos hacen o porque de verdad lo deseas? —preguntó Lila.

—Ni idea, no lo había pensado de esa manera.

—¿Y entonces de qué manera?

—No sé. Esas cosas no se piensan. Pasan y ya. Así es como funciona, dejá de echarle tanta cabeza a todo, Lila —dijo girándose para demostrar que no estaba dispuesto a seguir hablando del asunto.

—Es verdad, esas cosas no se piensan. Creo que si todo el mundo las pensara se extinguiría la raza humana. —Y se quedó meditando acerca de si la extinción de la raza humana le generaba sentimientos de alegría o tristeza. Debería pensárselo más.

El tema los tuvo callados un buen rato hasta que Lila, por romper el hielo, dijo:

—Qué silencio tan grande, Miguel, pongamos música. Ni el gallo volvió a cantar.

—¡El gallo, hijueputa! —dijo frenando en seco y orillándose con el fin de chequear la causa de tanto silencio.

El gallo de pelea colorado estaba moribundo. Tenía los ojos entrecerrados y el pico abierto al límite. Lila se apresuró a vaciarle un chorrito de agua de una de las tantas botellas plásticas que llevaban, gota a gota, hasta que fue recobrando la animación. La gallina, en cambio, yacía desmadejada. Estaba muerta. Miguel la agarró con ambas manos y la zarandeó con fuerza como si de esa manera pudiera reanimarla. El pescuezo se balanceó de un lado a otro, simulando un trapo sucio. De un aventón la mandó a la cuneta. Se miraron preocupados, no era una gallina cualquiera, era de una raza modificada genéticamente para que pusiera el doble de huevos. Lila tomó aire y observó la escena en silencio. Luego dijo:

—Creo que no estamos preparados para tener hijos.

Una camioneta a la vera de un camino olvidado era todo un acontecimiento en la zona. Decenas de niños, muchos de los cuales venían corriendo desde hacía rato, no tardaron en arremolinarse en torno a ellos. Tenían la cara y el pelo llenos de polvo. Los que no estaban descalzos llevaban puestas chanclas tres puntadas llenas de remiendos. Los que no andaban en calzoncillos llevaban pantalonetas sucias y desteñidas heredadas de un hermano quien, a su vez, las había heredado de otro. Sacó un billete gordo y todos se quedaron mirándolo, atentos, con los ojos muy abiertos, como si no hubiera nada más que ver en el mundo.

—Esto es para el que me traiga la gallina más bonita —dijo. No había terminado de hacer su petición cuando casi todos salieron corriendo en medio de un gran bullicio. Unos pocos se quedaron peleando a puños por llevarse la gallina muerta para hacer un sancocho; las plumas desprendidas durante la contienda flotaron en medio del aire denso y polvoriento.

Eligió una saraviada. Era la única que parecía estar tranquila entre tanta gallina nerviosa. Reposaba con serenidad entre las manos de un niño flacuchento que no hacía sino darle besos en la cresta a manera de despedida. Tenía los ojos aguados cuando se la entregó a Lila. Sin decir ni una sola palabra agarró el billete y lo apretó con fuerza como si quisiera desintegrarlo. Tan duro que habrían tenido que cortarle la mano para quitárselo. Salió corriendo antes de que alguien se lo arrebatara. No giró la cabeza ni un solo momento, no podía darse semejante lujo, otros niños ya andaban tras él.

Lila también tuvo que parpadear dos veces para deshacer un par de lágrimas que amenazaban con desbordarse. Miró la gallina a los ojos y le dijo:

—Te pongo por nombre Lluvia.

Como si al nombrarla pudiera invocar un aguacero.

Antigua creció cuidando pozos en terrenos vastos y desérticos que terminaron mordiendo los bordes del pueblo. La Seca era un pueblo diferente a cualquier otro, pues en vez de crecer y desarrollarse, se recogía y se tornaba más precario con el paso de los años. El tiempo retrocedía en vez de avanzar. Los animales morían en vez de reproducirse. Las semillas se resecaban en vez de convertirse en árboles. La máxima aspiración de sus habitantes era borrarse del mapa. Unos se cansaban de aguantar la sed, de lidiar con la invasión de la arena y con la supremacía del sol. A la más mínima oportunidad, empacaban sus cosas y se largaban. Otros, en cambio, se rendían. Esperaban, pacientes, el llamado final. O, si la valentía era mayor que la paciencia, lo aceleraban nadando mar adentro.

Antigua estaba demasiado joven para desertar de su propia vida. Antes de caer derrotada debía, al menos, dar la pelea. Las primeras noches a campo abierto tuvo que soportarlas sola y con miedo, preguntándose cómo era posible que el viento no diera tregua, para qué existían tantas estrellas si todos esos deseos que pedía no se cumplían nunca. Se quedaba al pie del pozo asimilando su propia insignificancia bajo las luces titilantes del cielo infinito, invocando el espíritu protector de los jaguares. Hasta que se le endureció la piel, se le ensanchó la cadera, se convirtió en mujer. El pelo le crecía oculto bajo el sombrero de caña flecha y el pecho despuntaba bajo aquella camisa ancha en la que escondía sus manchas y su feminidad. Se preguntó si ahora que había dejado de ser una niña sería capaz de matar a alguien, si ese alguien, tal y como había pronosticado la cubana, sería su propia abuela.

Le tomó meses entender y perfeccionar cómo cuidar los pozos de agua. La táctica se empezó a gestar justo después de lo ocurrido tras la primera borrachera a campo abierto, cuando amaneció junto al cadáver descuartizado. Desde aquel día la abuela había empezado a presentirlo. La abuela jamás se equivocaba en sus presentimientos. La abuela no se equivocaba en nada. Nacer con manchas en la piel no era algo que le ocurriera a cualquiera. Le habló de los nahuales. Le sugirió adentrarse en el desierto y ayunar cinco días con sus noches para acceder a las visiones.

Entrar en trance fue más fácil de lo que imaginó, su cuerpo y su mente parecían llevar una eternidad entrenándose para ello. Tantos años sin vivir en absoluto y, de repente, toda su vida tuvo sentido en aquel preciso instante. El sonido de su corazón era el sonido del corazón del planeta, latían juntos como si fueran una misma cosa. Si se concentraba podía oír la sangre deslizándose por las venas de la misma manera como oía los ríos deslizándose a través de las cuencas. Escarbó la arena, como los felinos. Se lamió la piel y marcó el territorio con orina, como los felinos. Vio cosas que no pertenecían a este mundo y, por lo tanto, no supo nombrarlas. Mil ojos amarillos la protegieron e iluminaron sus noches como si fueran antorchas. El cielo se componía de rosetas consteladas en frases legibles escritas por una mente absoluta. Era verlas y leerlas de corrido. Más aún: las descifró; las entendió; creyó en la eternidad; encontró respuestas a preguntas que ni siquiera se había formulado. Se supo dueña de los demás animales y de los truenos. Al tercer rugido llegarían las lluvias a reverdecer los maizales. El universo entero le perteneció. Durante cuatro días, fueron una misma cosa indivisible. Al quinto, abrió los ojos. Estaba tumbada sobre la arena caliente: insolada, hambrienta, deshidratada, empapada en sudor. Le tomó un buen rato recobrar la conciencia y apropiarse otra vez de su humanidad. La embargaba la sensación de haber comprendido algo trascendental y, al mismo tiempo, la enorme frustración de no poder recordarlo.

Entendió que solo había una forma de cuidar los pozos de agua. Aprendió a imitar el rugido explosivo y rotundo de los jaguares sacándolo desde el lugar más hondo de sí misma. Le salía más natural que las palabras y más fuerte que su propia voz. Reverberaba hasta el corazón mismo del pueblo, transportado por el viento en aquella vastedad sin horizonte, sin árboles, sin piedras, sin obstáculos que impidieran su avance. Luego aprendió movimientos de elegancia felina con los cuales conseguía pasar inadvertida. Un andar de guerrero sigiloso que, sabiéndose el máximo depredador, jamás baja la guardia porque tiene mil enemigos esperando la caída. Más tarde fue la visión nocturna aumentada que logró perfeccionar a fuerza de necesitarla en cada una de esas noches en las que precisaba de ojos hasta en la espalda. Aprendió a captar la vibración de cualquier movimiento, incluso antes de que se produjera. Distinguía entre el andar de los saltamontes, los alacranes y las lagartijas. O entre el batir de alas de las libélulas, los mosquitos y los cucarrones. Si se concentraba en los olores traídos por el viento era capaz de saber si se acercaban hombres, cabritos, burros o serpientes, además, podía calcular a qué distancia se encontraban. Y entonces le bastaba rugir simulando un jaguar y todos emprendían la huida en busca de un lugar adonde resguardarse del zarpazo mortal. La visión diurna la mejoró tras mezclar resinas vegetales y polvo de carbón formando una pasta sólida con la que se delineaba los ojos a fin de evitar el reflejo enceguecedor del sol.

Un día encontró un colmillo de jaguar semienterrado en la arena, lo sujetó entre los dedos y vio cómo los rayos de sol refulgían al chocar contra el esmalte. Parecía que en vez de un colmillo estuviera sosteniendo una estrella. Cualquiera habría dudado si ella era una mujer jugando a ser jaguar o un jaguar jugando a ser mujer. Ensartó el colmillo en un pedazo de cuero que, a partir de ese momento, pendería eternamente de su cuello. Estudió las huellas de los felinos y las memorizó con exactitud milimétrica con el fin de replicarlas. La gente se asustaba por igual con los rugidos y las huellas. Las imitaba con tal precisión que hasta tuvo dificultad después para saber cuáles eran las reales, si es que las había. Sembró huellas y rugidos alrededor del pozo en custodia como quien siembra estacas para cercar un terreno. La noticia de que estaban invadidos de jaguares hambrientos en las afueras de La Seca se fue regando en esa tierra en la que los chismes volaban a la misma velocidad del viento. Se alejaron los cobardes, los crédulos y, en general, todo aquel que no tuviera una buena arma para defenderse de un animal cuyo zarpazo podía dejar inconsciente a un hombre antes de destrozarlo. Aunque la gente de la región llevaba años sin ver a los felinos, nadie dudó de su existencia, nadie quería ofrecer su carne para comprobarla.

De tanto imaginar jaguares, Antigua a veces creía estar convirtiéndose en uno, y entonces el esfuerzo no era por emularlos sino por traer su humanidad de vuelta.

Con la gallina a bordo, Lila y Miguel volvieron a ser una pareja feliz. Nada les faltaba ni les sobraba. Parecía que todo lo necesario iba empaquetado dentro de la camioneta. Para ese entonces ignoraban que la felicidad no es algo que pueda medirse a punta de cosas y de dinero. Lila llevaba a Lluvia sobre sus piernas porque el gallo intentó picotearla cuando la metieron entre la jaula y les pareció que dos gallinas muertas era demasiado para un solo viaje. La tarde estaba cayendo y aún les faltaba atravesar la parte más difícil. Un bosque tropical seco sin carretera y sin avisos. Tal y como les había advertido Peláez, el celular estaba sin señal. Tendrían que seguir al pie de la letra las instrucciones pintadas a mano alzada en el papelito guardado dentro de la gaveta del carro. Y hacer memoria para recordar las indicaciones.

Hacía rato habían quedado atrás los ruidos de la civilización. No se oían motores ni voces ni pitos ni tractores. Dicen que uno conoce un lugar por sus sonidos, por eso, cuando Miguel se detuvo a orinar y se vio envuelto en un enjambre de sonidos irreconocibles, se dio cuenta de que no sabía dónde estaba ni para dónde iba. De repente su edad disminuyó. El hombre que creía saber acerca de absolutamente todas las cosas que lo rodeaban se tornó en un niño asustado, deseoso de regresar a la seguridad de su casa, pero sin la suficiente valentía para admitirlo. Lila, por su parte, no paraba de acariciar a Lluvia y sentía una enorme paz al hacerlo.

Al otro lado de la ventanilla se oía la algarabía de los pájaros eligiendo sitio para dormir. Las chicharras chillaban tan duro que hacían doler los oídos. Una bifurcación no anunciada en el papelito de instrucciones los tuvo detenidos más de una hora esperando a alguien a quien preguntarle por dónde avanzar hacia el mar. Pasó un niño que se quedó mirándolos, o al menos lo intentó, pues los ojos estaban más separados de la cuenta y cada uno miraba para un lado diferente. Tenía la frente estrecha. Si estiraba los brazos casi rozaban el suelo de lo largos. El cuello se alargaba hacia adelante dando la sensación de que quisiera agarrar con los dientes un trozo de comida que le alejaran continuamente de la boca; viéndolo bien, tenía forma de tortuga. Su caminar era lento y pesado.

Miguel abrió la ventanilla para hablarle y el contraste del calor bochornoso del exterior con el clima artificialmente controlado del aire acondicionado se hizo más evidente que nunca. En menos de un segundo estaba empapado en sudor. Los vidrios se empañaron. Una nube de jején se coló al instante y lo atacó en la cara, haciendo que él mismo se diera cachetadas. «Puerto Arturo, Peláez, Otoniel, el mar», dijo Miguel enumerando, como si fuera una adivinanza, todas aquellas cosas que podrían ser de común conocimiento entre el niño y él. A manera de respuesta solo obtuvo unos sonidos guturales y extraños. El niño intentaba hacerse entender o al menos eso parecía. Andaba descalzo, tenía las piernas llenas de heridas las cuales, a su vez, estaban llenas de moscas que ni siquiera se tomaba el trabajo de espantar.

—Ese niño me da miedo —dijo Lila acariciando compulsivamente a la gallina—. Viéndolo bien, no estoy segura si es un niño o no.

—Es tan solo un muchachito —dijo Miguel intentando restarle importancia, pero lo cierto es que también estaba inquieto. No sabía si por el aspecto físico, por la incertidumbre del camino, por la ausencia de personas competentes que le indicaran por dónde seguir o por la inminencia de la oscuridad amenazando con cubrirlos en cuestión de minutos.

—¿Estás seguro?

—Claro, Lila. Mírale el tamaño, no tendrá ni doce años.

—Mírale la cara, no me parece que sea la de un niño.

Era verdad, ostentaba una edad indescifrable oculta tras su cara tortuguil. Había cierta contrariedad entre sus rasgos físicos y la forma como los expresaba. Una mezcla entre cansancio de vivir y afán de seguir viviendo. Llevaba en la mano un manojito de flores marchitas y lo asía con tal fuerza que las puntas de los dedos se le veían blancas. La piel era lisa, igual a la de un niño y, al mismo tiempo, curtida como la de un viejo. Los ojos, además de bizcos, estaban recubiertos por la misma capa lechosa y opaca que recubre los de los viejos y no se sabía si por haber visto mucho o por no haber visto casi nada. Le chorreaba un hilito de saliva por la comisura de los labios, recorriendo el mismo camino blanco labrado por una sucesión de salivas previas.

Una nube de polvo seguida de un galopeo rítmico se anunció desde la parte de atrás del carro. Eran dos burros solitarios. Parecían conocer tan bien el camino como para prescindir de un amo que les dijera por dónde andar. Iban cargados con arpones, redes de pescar, remos, tablas de madera y bidones de agua a lado y lado del cuerpo. «Van para el mar», dijo Miguel señalando las redes y los remos, así que tomó el mismo ramal de la bifurcación que ellos tomaron. La noche empezó a apoderarse de todas las cosas. Fue tragándose poco a poco las montañas, los árboles, el camino, el suelo, la camioneta.

Empezaron a avanzar a paso de burro y Lila tuvo tiempo de sobra para girar la cabeza hacia atrás una última vez. A pesar de la oscuridad, el niño permanecía inmóvil en el mismo lugar, solo que su silueta era ahora difusa, un fantasma acechando entre las sombras.

Siguiendo a los burros se adentraron por un camino que amenazaba con dejar de serlo muy pronto. El bosque les adormecía los sentidos y los atraía hacia adentro, con aromas embriagantes a resinas de madera y fermentos vegetales. Como hechizados avanzaron sin noción del recorrido, entre tanto, el camino se estrechaba cada vez más, hasta desaparecer casi por completo. No demoró en cobrar sentido la sugerencia de Peláez de llevar el machete a la vista para cuando algún árbol caído se interpusiera. Miguel metió la mano bajo la silla solo para comprobar su presencia. Palpó la hoja metálica que, por alguna razón, le recordó a Antigua Padilla. Un escalofrío le recorrió la espalda. Lila lo interrogó con la mirada y él, para disimular su preocupación, dijo: «Qué hijueputa zancudero», y siguió con otra tanda de cachetadas.

Estaban callados, más conscientes de la realidad. El gallo se había dormido sin siquiera comer o cantar. Era imposible oír la radio a causa del volumen tan bajo. Lila acariciaba a

Lluvia y Miguel seguía espantando el jején con manotazos ciegos lanzados al aire. Con tanto silencio a cuestas se percibía el crujir de troncos, palos y follaje seco bajo el peso del carro. Sonaba como huesos desastillándose. Los crujidos los hacían contraer, de manera involuntaria, cada músculo de sus cuerpos. Los dientes apretados. Los labios sellados. Los pies pisando el suelo con tal fuerza que habrían podido perforarlo. Miles de insectos se chocaban contra el vidrio panorámico.

—Pasame el repelente, me están devorando vivo —ordenó Miguel.

—¿Dónde está?

—Ni idea.

—Pues no lo veo —dijo Lila hurgando a tientas por los recovecos del carro.

—No me vas a decir que lo dejamos porque me devuelvo ya mismo. ¿No ves que me tienen loco?

—Tampoco es para tanto, yo no he sentido nada.

—A ver, te embobaste con esa gallina, soltala y te ponés a buscarlo en el maletero.

Ante el desacomodo, Lluvia protestó con unos soniditos que enternecieron a Lila. La cuñó contra su propia almohada mientras seguía buscando. Hurgó aquí y allá. La luz era poca y se estaba mareando de rodillas en la banca trasera con las narices metidas en el maletero del carro. Ante la mirada de López, Tamayo y Lema revisaba bolsas y cajas, abría cierres solo para volver a cerrarlos, metía la mano por todas partes haciendo una bulla que se magnificaba en medio del silencio. Miguel cada vez más ofuscado gritó:

—¿Acaso no podés quedarte quieta? Me tenés mareado. Ni ese pedazo de gallina es tan molesta.

—Entonces buscá vos el repelente, ni que fuera a mí a quien están picando —dijo Lila sentándose junto a sus clientes en la banca de atrás. Cruzó las manos como una forma de anunciar que no estaba dispuesta a seguir adelante con la búsqueda.

Miguel frenó con brusquedad, abrió la puerta y rodeó la camioneta, con tan mala suerte que tropezó con una raíz y, en la caída, se levantó la uña del dedo gordo de la mano. Minimizó el dolor por dárselas de macho pero, la verdad, quedó viendo chispas. Respiró hondo tres veces, salivó copiosamente de solo verse la uña levantada y la sangre roja y espesa fluyendo abundante, se las ingenió para detener las arcadas y no quejarse. Aunque en otras circunstancias habría pegado un alarido, no le pareció conveniente hacerlo en ese bosque desconocido, lleno de animales salvajes a la espera de una presa herida. Se arrastró hasta la parte de atrás del carro y, al abrir la maleta, parte del equipaje cayó al suelo. La jaula dio tres vueltas, el gallo empezó a aletear nerviosamente dentro de ella. Lila se acercó con la intención de calmarlo. Acusó a Miguel de brusco y primario. Él la acusó de inútil y blanda.

El repelente nunca apareció. Miguel retomó su puesto de conductor, y cuál no sería su sorpresa al comprobar que los burros no estaban por ninguna parte. Habían seguido andando mientras ellos peleaban y ahora estaban solos en medio de un camino desconocido y oscuro. Mientras menguaba el dolor y decidía por dónde proseguir, Miguel apagó el carro y se limpió la herida con agua. Se impresionó al ver que la uña le estaba bailando. Como no paraba de sangrar, optó por meterse el dedo a la boca y empezar a chupárselo igual que un bebé. En el acto su edad disminuyó aún más.

El bullicio de las chicharras y los grillos era desesperante. Al fondo ululaba una lechuza. A oscuras podían sentir el revoloteo de los murciélagos y demás animales nocturnos que, por fortuna, no eran capaces de ver. Los acechaban entre los árboles, la maleza y el tapete de hojas resecas. Gruñían, chillaban, cantaban melodías que más parecían presagios. A veces se percibían sombras entre las sombras, presencias invisibles. Aleteaban, saltaban, se arrastraban, caminaban con el movimiento cauteloso y callado que precisa la vida salvaje. Tendrían que haber aprendido de ellos. De esos millones de ojos que los acechaban por todas partes como un recordatorio de que entre cielo y tierra no hay nada oculto.

Con los ojos cerrados, las luces apagadas, el dedo en la boca y el miedo dentro del cuerpo, Miguel no oyó los gritos de Lila, que se había alejado furiosa tras la pelea. Solo al cabo de un rato los sintió:

«Miguel, Miguel...».

«¡Miguel! Vení rápido...».

«Migueeeeeel...».

Abrió los ojos convencido de que, al hacerlo, solo habría oscuridad, pero no. Chispazos de luz lo obligaron a cerrarlos de nuevo. Se los frotó con fuerza. Lila, entre tanto, seguía gritando a lo lejos. Miguel se demoró en entender que aquellas luces titilantes a su alrededor eran cocuyos: se encendían y se apagaban solo para volverse a encender y apagar. Juntos habrían podido alumbrar la oscuridad de mil noches. Parpadeó varias veces para convencerse de que la visión era real. Hasta cerró la boca y apretó los labios para no tragarse ninguno. Y allí seguían revoloteando, pintando la oscuridad con su danza nocturna. Lila apareció al cabo de un instante dando gritos y saltos, denotando una emoción infantil que Miguel no le conocía. Sonrió sin dejar de mirarla porque le pareció que estaba hermosa con todos esos cocuyos pegados en la piel y enredados en el pelo y en la ropa.

Avanzaron, pese a no contar con la guía de los burros a través de aquel camino incierto hacia Puerto Arturo. El carro se golpeaba por debajo, las latas se rozaban con tantas ramas secas que, a veces, Miguel tenía que bajarse con el machete para terminar de cortarlas. Los árboles habían perdido muchas hojas a causa de la sequía, sus ramas retorcidas se descolgaban desnudas como esqueletos. Las hojas sin vida ocultaban una tristeza de siglos. Pese al miedo siguieron adelante a falta de una mejor opción. Cuando Lila dijo: «Huele a mar», ambos aspiraron con toda la fuerza que sus fosas nasales les permitían. El olfato de Lila nunca fallaba. Olía a mar. El ambiente se tornó húmedo y los labios salados. El rumor de las olas sonaba cada vez más duro. A pesar del jején y del calor dejaron las ventanillas abiertas y, antes de que se dieran cuenta, se colaron cientos de cocuyos que Lluvia no demoró en detectar y cazar. Ambos se pusieron a mirar a la gallina empachándose de cocuyos como si fueran granos de maíz fosforescente.

Pronto la distancia de los árboles se hizo mayor entre uno y otro. Ahora podían ver el cielo, esa franja oscura y misteriosa salpicada de estrellas. El descenso dio paso a un terreno plano y arenoso, indicio de que estaban al nivel del mar. La sensación de ahogo empezó a desvanecerse, dando lugar al sentimiento opuesto. Era igual de abrumador. La vastedad del paisaje no demoraría en hacerlos sentir insignificantes. Dos granos de arena. Fue como si el bosque que antes los había ingerido ahora los estuviera expulsando fuera de sí. Atrás quedaron los cocuyos, el calor reconcentrado, el sudor en la piel, el cielo oculto por las copas de los árboles. El carro dejó de golpearse por debajo y empezó a patinar en dunas de arena suelta, señal inequívoca de la cercanía de la playa. El motor rugía como un animal desesperado acallando los demás sonidos de la noche, finalmente consiguieron llegar a la arena húmeda y firme del frente del mar. Ambos suspiraron aliviados.

Desdoblaron el papelito de la gaveta para repasar las instrucciones, giraron a la derecha intuyendo que la cabaña debería estar a menos de un kilómetro. La franja de arena por la que andaban estaba llena de troncos muertos expulsados por las olas. «¿De dónde diablos saldrá este tronquerío?», preguntó Miguel en voz alta, mientras hacía maniobras imposibles para esquivarlos y pensaba en teorías que pudieran explicar semejante cantidad de madera desechada. Les tomó mucho más de lo esperado recorrer esa pequeña distancia debido a los obstáculos y se les hizo aún más larga debido al cansancio. Estaban desesperados por llegar, ponerse en posición horizontal y cerrar los ojos hasta un nuevo amanecer.

Una luz a lo lejos. No podía tratarse de una alucinación, ambos la habían visto. Especularon si era una estrella bajita o un cúmulo de cocuyos o los ojos quietos de una iguana reflectando las luces del carro. El dueño de la linterna resultó ser Otoniel, lo reconocieron por el hueco que tenía exactamente donde debería tener un ojo y por el diente de oro que no paraba de brillar. Sonrieron a pesar del cansancio, sabiendo que pronto iban a poseer un pedacito de esa tierra. Algún día entenderían que lo que uno cree poseer, en realidad, lo posee a uno. En sus mentes supusieron que habiendo atravesado el bosque y todas sus vicisitudes lo peor había quedado atrás. Se tenían el uno al otro. Añoraban un nuevo comienzo, un nuevo día, una nueva vida. Estaban juntos en un lugar plagado de expectativas por cumplir. La tierra prometida.

Supusieron cualquier cantidad de cosas optimistas, cualquier cantidad de cosas benévolas, cualquier cantidad de cosas maravillosas. Lo que aún no sabían era que se equivocaban en todas ellas.

El día en que Antigua mató a la abuela cayó en cuenta de que las premoniciones de la cubana se estaban haciendo realidad. La abuela, semejante titán que nunca le tuvo miedo a nada, a quien nunca le tembló la mano para defenderse, que había perdido la cuenta de los cuellos rebanados por ella misma, terminó reducida en el suelo vomitando, defecando y orinando sangre. Le salía por la nariz, se le escapaba en hilitos por la comisura de los labios, se le quedaba estancada bajo la piel formando unos hematomas que le cubrían parte del cuerpo.

«Fue por un mosquito. Hay otro brote de dengue hemorrágico en la zona», dijo una vecina con la barriga encumbrada por el embarazo. La fiebre era tanta que Antigua le dejaba caer gotas de agua sobre la frente y de inmediato se evaporaban. Un dolor inexplicable detrás de los ojos la hacía apretar sus manos contra ellos, como si se le estuvieran saliendo de las órbitas y no tuviera más remedio que recolocárselos. Ahí fue cuando empezó a pedir que la sacrificaran. Señalaba el machete y luego se señalaba el cuello, dejando que Antigua hiciera la asociación. Y la hizo, porque recordaba al cabrito y tenía clara la diferencia entre matar y sacrificar. Afiló el machete apostándole a un tajo certero. Puso la yema del dedo índice sobre el cuello, ubicó la yugular, latiendo débil como si fuera un gusano moribundo, y justo allí asentó la hoja afilada. Cerró los ojos, tomó aire, lo retuvo, aplicó presión hasta que salió un chorro de sangre.

El olor ferroso le invadió las fosas nasales. Tomó la mano de la abuela, tal y como ella había tomado la suya años atrás cuando la rescató del burdel. La sostuvo unos minutos hasta que el espíritu abandonó por completo el cuerpo que había habitado por años. Se estremeció al pensar en que no volvería a verla nunca. Nunca. No le rozaría más la mano. No la miraría a la cara. No oiría su voz. Le cortó la trenza. Le cerró los ojos. Morir parecía fácil y liberador. Aun así, hasta el ser más miserable repudiaba la idea de hacerlo. Nadie limpió el charco de sangre por no malgastar agua, nada más lo cubrieron con arena. La vecina ofreció a su marido para deshacerse del cuerpo a cambio de la trenza larga y canosa de la vieja. Su bebé estaba a punto de nacer y no había terminado de rellenar el colchón. El marido cargó el cadáver hasta la hoguera comunitaria recién instalada en las afueras del pueblo. El dengue estaba arrasando con mucha gente y la mejor opción fue que cada quien se encargara de llevar allí a sus muertos. Antigua se asomó por la ventana y vio al vecino alejarse sin ninguna ceremonia. Nada indicaba que llevara los restos de una persona sobre su espalda, habría lucido igual si hubiera llevado un bulto de yuca o un atado de leña.

Antigua se quedó en el rancho, ahora solitario y silencioso. El olor de la sangre persistía como un trágico recordatorio. Se paró frente al espejo, se quitó el sombrero de caña flecha, se desenroscó el pelo, ya largo hasta la mitad de la espalda, se peinó con el cepillo de carey de la abuela y después se apretó una trenza igual a la de ella. Se repasó los rasgos de la cara con la yema del dedo índice. Abrió la boca y la cerró. Sonrió y se puso seria. Dilató las fosas nasales tal y como hacía la abuela. Los labios eran tan delgados, los dientes tan grandes, los pómulos tan altos, los ojos tan oscuros como los de ella, si los miraba fijamente en el espejo le parecía verla. Hasta se pintó los labios con su labial rosa. Iba a ajustar diez años sin hablar con nadie diferente a la abuela y, al hacerlo, cayó en cuenta de que sus voces eran semejantes, usaban las mismas palabras para expresarse. Las túnicas le ajustaron como si fueran propias. Los brazos y las piernas volvieron a quedar a la vista exhibiendo las manchas cada vez mejor delimitadas. Quemó los pantalones y las camisas, así borró lo que quedaba de Antiguo de la faz de la tierra.

El vecino fue a recoger la trenza después de deshacerse del cuerpo. Antigua abrió la puerta y él se quedó mirándole la trenza larga, los labios rosas, la sonrisa estirada. La túnica se movía al vaivén del viento y las manchas se asomaban por los brazos y el cuello. El vecino se puso pálido y se echó la bendición. La mujer que tenía enfrente se parecía a Antiguo pero no era Antiguo; se parecía a la abuela pero no era la abuela. Y eso que no había escuchado su voz. Le bastó oír un simple «gracias por su ayuda» para salir corriendo a los gritos por todas las calles del pueblo. Trasmigración. Posesión. Reencarnación. Esas fueron las palabras que comenzaron a oírse. Cada habitante construyó su propia versión sobre el personaje. La mitad del pueblo comenzó a temerle a Antigua, sin embargo, mientras encontrara agua, no tenían ningún problema en hacerse los de la vista gorda, pues de agua y chismes se alimenta un pueblo desértico y pequeño.

La leyenda estaba servida. Por eso a nadie le extrañó la vez que llegó un periodista a grabar el reportaje que Miguel vería después en la televisión.

El viaje. El cansancio. La cama. La arena. La sangre acumulada en la mano de Miguel. Tres veces el currucutú. Las patitas rasguñando la madera. Despertó, Lila despertó por culpa de las moscas. Asomada al balcón, con todo ese paisaje para ella sola inundándole los ojos, Lila creyó haber despertado, pero no, Lila no despertó, ocurrió algo más rotundo: Lila volvió a nacer. Eso, por supuesto, lo entendería un tiempo después. ¿Qué supo Lila entonces? Que se sintió como otra persona, en otro mundo, con otra vida que en nada se parecía a la de antes. No estaba obligada a ir a la fiscalía. Nadie tocaría a su puerta para llevarla esposada a la cárcel. No tenía citas con clientes ni reuniones con su jefe ni largas jornadas de estudio de los mercados accionarios. No necesitaba idear estrategias para duplicar el dinero ajeno, con la cantidad que llevaba en el carro habría podido vivir sin trabajar unos buenos años. Sonrió de solo imaginarse una vida sin producir, sin madrugar, sin rendirle cuentas a nadie. Y pensar que hace una semana se había negado por completo a la posibilidad de instalarse allá. Un paisaje agreste se desplegaba ante ella. Al frente, el mar interminable. A los lados, kilómetros y kilómetros de playa virgen. Atrás, el bosque tropical seco tragándose lo que se le atravesara. Arriba el cielo desprovisto de nubes, brillando con una luminosidad enceguecedora en aquel lugar en donde siempre amanecía y anochecía exactamente a la misma hora. Tanto espacio, tanta vastedad, tanta exuberancia y ni un solo sitio en donde comprar nada.

Se detalló a Miguel. Lo vio tan dormido que decidió no despertarlo. Olía mal, la hinchazón en el dedo y las moscas se habían triplicado. Volvió a contarlas mientras sobrevolaban enloquecidas en torno a la sangre compactada sobre la herida color aurora boreal. Parte del equipaje había sido apilado a su llegada en el piso de madera tambaleante. Aún no habían desempacado y ya estaba todo lleno de arena. Qué montón de cosas las que consideraban necesarias, y eso que la mayoría seguía dentro de la camioneta. Buscó a ciegas en su mochila y se chantó la primera estola que encontró. Sed. Tenía mucha sed y unas ganas absurdas de lavarse los dientes. La noche anterior no habían tenido tiempo ni de darse las buenas noches debido al cansancio. Zancudos. Perros ladrando. El gruñido de un cerdo. Aullidos. Ronchas. Las uñas rascándose las ronchas. Más aullidos. Calor, mucho calor.

Bajó a buscar un baño. Dio vueltas por toda la casa, aunque casa es una palabra muy compleja, implica cemento, tejas, ventanas, puertas, gente. Allí no había nada de eso. Lo único que generaba el efecto de separación entre el interior de la cabaña y el exterior era la chambrana elaborada con palitos de madera. Tanto esfuerzo por huir de la sencillez, tanto esfuerzo por ocultarla y ahora era lo único que la rodeaba. Tenía la sensación de que la estaban observando y, aunque no había nadie alrededor, la sensación no desaparecía. Se aclaró la garganta. Se hizo un nudo adicional en la estola. Eso es lo que hacen las mujeres cuando se sienten observadas: se suben el cierre de la chaqueta, se atan los tenis por si hay que correr, se ajustan la capucha del saco. Lila se anudó la estola para blindar el cuerpo de posibles miradas. El baño. ¿Dónde estaba el baño? Tenía sed. Quería lavarse los dientes. Necesitaba orinar.

Caminó más rápido. Un impulso incontrolable la incitó a huir, aunque no sabía de qué exactamente. La cabaña se tambaleó al vaivén de sus pasos apurados. Salió a la arena, estaba fresca y suave, lo cual la tranquilizó de inmediato. Muy pronto, cuando el sol estuviera alto, la arena quemaría como un carbón encendido y reflejaría la luz con tal intensidad que dolería mirarla. Caminó alrededor de la cabaña. Vio los brazos de las veraneras aferrados a las columnas en un escándalo de fucsia y de espinas. La prueba de que la belleza y la violencia, a veces, confluyen de manera armónica. Le costó entender cómo las veraneras eran capaces de florecer en un terreno tan arenoso y reseco. Se preguntó si acaso ella podría florecer así alguna vez. En la parte de atrás vio un camino de conchas blancas adentrándose a una especie de cuarto cercado con hojas de palma. No tenía techo. Una palmera llena de cocos a punto de caerse de su propio peso se erigía alta e imponente desde el mismísimo centro. Vio el sanitario en un rincón y la ducha en otro, así dedujo que estaba en el baño. Abrió la llave. No salió nada diferente a un poco de aire. Las lagartijas turquesas reptaban por el suelo blanquecino de conchas, enrollando y desenrollando la lengua para darse un atracón de hormigas. Al verla salieron huyendo con un andar prehistórico y ligero. Varios insectos flotaban muertos en el agua del sanitario. Una pareja de mariamulatas la acechó desde la cima de la palmera con los ojos quietos y el plumaje negro y brillante. Emitían un sonido chillón, como el de un globo cuando comienza a desinflarse. Lila ensayó una torpe imitación a la cual ellas respondieron cantando más duro y más prolongado, toda una demostración de superioridad.

Había varios banquitos de madera que alguna vez fueron troncos escupidos por el oleaje. Más que un lugar privado, el baño parecía un sitio de reunión. Antes de orinar, se asomó por entre las paredes de hojas de palma entrelazada y descubrió que, si se esmeraba en ello, era posible ver de adentro hacia afuera de la misma manera como, supuso, era posible ver de afuera hacia adentro. Orinó inquieta usando la estola para cubrirse. Su orina estaba más amarilla y más reconcentrada que nunca, lo cual le recordó la urgencia de hidratarse. A un costado vio una caneca llena de agua transparente. A falta de espejo se miró en la superficie. Le costó reconocerse, aceptar su nueva imagen sin maquillaje, sin ropa costosa, sin joyas, con el pelo recogido en la simplicidad de una cola. Una versión más real de sí misma. Hizo cuenco con la mano, recogió agua y se la llevó a la boca. Escupió. Tosió. Era agua salada.

Sintió unas risitas ahogadas, pero estaba desesperada por quitarse el sabor salino de la boca y entonces hizo caso omiso de ellas. Salió apurada del baño y subió las escaleras, buscó su termo de agua y lo encontró vacío. Entonces empezó a sacudir a Miguel con fuerza. El enjambre de moscas se dispersó por todas partes.

—¿Qué pasa? —preguntó somnoliento.

—¡Que me estoy muriendo de sed! Eso es lo que pasa.

—Yo también me estoy muriendo —dijo Miguel—. Qué malestar tan berraco.

Miguel extendió la mano hacia el tronco que servía de nochero, buscó a tientas la llave del carro y se la entregó a Lila sin abrir los ojos. Con el gesto indicó la intención de seguir durmiendo. Lila se detalló cuánto había crecido la hinchazón. Se ocuparía de curarla más tarde, cuando encontrara agua dulce para lavarla. Apuró el paso, sabía que adentro de la camioneta estaba lo verdaderamente importante: el agua, el ron, la comida. En algún otro momento habría incluido la bolsa con dinero, pero ya era demasiado obvio que ningún billete iba a quitarle la sed por muy de alta denominación que fuera. Cuando divisó la camioneta tuvo que cerrar los ojos para mitigar el resplandor del sol, cuyo reflejo sobre las latas la encandelilló hasta el punto de dejarla viendo chispas dentro de los párpados. Conforme se iba acercando notó la presencia de López, Tamayo y Lema. «Lárguense de aquí, fuera de mi carro y de mi plata», gritó. Les mostró el dedo corazón, les sacó la lengua, les abrió la puerta para que se bajaran. Ninguno se movió. Miró debajo de la silla para comprobar que allí siguiera el dinero. Apenas se tranquilizó, notó que dos de las llantas estaban pinchadas. Dos de cuatro llantas era un problema, pero de momento era el problema menos urgente de todos. La prioridad era obtener agua, calmar la sed y curar a Miguel.

Ante la imposibilidad de cargar un botellón de los grandes hurgó bajo las sillas de la camioneta en busca de alguna de las botellas pequeñas que habían sobrado del viaje. A menudo quedaban sorbos de agua que nadie se tomaba. Qué lejos parecían los días en los que abría la nevera del apartamento, sacaba una botella y se ponía a observar las gotas heladas deslizarse a lo largo del plástico. Solía frotársela contra las mejillas acaloradas antes de mandarse un trago largo y helado que le hacía doler la cabeza. No era un dolor incómodo, sino placentero. El alivio del agua descendiendo garganta abajo. Sorbo tras sorbo, el agua llegaba al estómago y desde ahí refrescaba el cuerpo entero hasta que la piel se erizaba y el cerebro daba por calmada la sensación de sed. Ni ella sabe cuántas botellas de agua se habrá tomado de esa manera dándolas por sentadas en el mundo moderno que solía habitar. Un mundo en el cual todas las necesidades vitales estaban garantizadas y, por lo tanto, ni siquiera había que tomarse el trabajo de pensar en ellas. ¿De dónde salía el agua? ¿La cantidad era ilimitada? ¿Quién carecía de ella?, eran preguntas que jamás se le habían pasado por la cabeza, ignoraba que a esas alturas de la civilización todavía existiera gente con semejante tipo de carencias. Gente que ahora mismo estaba a su alrededor. Eran sus vecinos, aunque aún no los hubiera visto. A partir de ese día compartiría con ellos no solo el territorio, la vista y el mar, sino también la sed.

Agarró bruscamente la primera botella que encontró, le sacudió la arena y luego sopesó su contenido. Como mucho tendría tres tragos, cinco si acaso eran sorbos cortos. La destapó y para no perder parte del ritual se la frotó por las mejillas, pero en vez de refrescárselas se las rasgó con los residuos de arena adheridos al plástico. Esta vez ninguno de los tres sorbos le hizo doler la cabeza. Ignoraba que el agua helada y abundante sería el recuerdo más precioso de su vida anterior, y el hielo uno de los lujos por los que habría dado parte del dinero guardado dentro de la bolsa negra escondida bajo la silla trasera del carro. Por primera vez, pensó con seriedad en la palabra sed.

Sed: qué palabra tan corta y, al mismo tiempo, tan larga.

Lila debió dedicar más tiempo a reflexionar cómo iban a vivir en un lugar sin agua dulce, sin electricidad, sin internet, sin señal de celular, sin paredes, sin puertas, pero no lo hizo porque la distrajo una voz cuya procedencia no pudo ubicar debido a las fluctuaciones del viento. Ya la había oído antes. La voz sonaba en todas partes y en ninguna. A veces parecía provenir de la parte trasera de la cabaña, a veces del corazón mismo del bosque, a veces del fondo del mar como si su origen fuera una criatura marina olvidada por los relatos mitológicos. Ahora, en cambio, sonaba tan vívida como si alguien la estuviera entonando justo detrás de su oreja. Entonar es mucho decir, pues el estribillo era indistinguible y la voz desafinada de gallina ponedora. En realidad sonaba como un lamento, un quejido persistente, la voz misma de un ser desesperado que no tiene más opción que consolarse a sí mismo. En otras circunstancias le habría causado risa, pero a esa hora y en ese lugar la interpretación tenía algo de inquietante. Se puso estatua. Cerró los ojos. Apretó los dientes. Retuvo el aire como si bloqueando sus demás sentidos pudiera maximizar el de la escucha y descifrar el origen de aquella voz. Dio un brinco involuntario cuando sintió un golpecito en el hombro. Al girarse lo primero que vio fue una montonera de dientes asomados detrás de una sonrisa que no supo si era de alegría o de burla. Lo segundo que vio fue una cicatriz de bordes queloides marcada en la mejilla. Lila se quedó mirándola sin parpadear, como si no hubiera nada más que ver en el mundo. La mujer debió percibirlo porque se apresuró a dar una explicación no pedida:

—Un anzuelo. Un anzuelo. De niña, me arañó la cara.

—Al ver que Lila permanecía callada, desistió de seguir explicando y cambió de tema—: El desayuno está listo. Hoy le ayudé porque está recién llegada. A partir de mañana usté es la única responsable de no morirse...

—¿Morirme? —la interrumpió Lila.

—Sí. De hambre. Usté es la única responsable de no morirse de hambre.

Se llamaba Carmenza y como los demás nativos tenía el don de aparecer de forma espontánea. Era como una ola de las que se rizan al último segundo, cuando nadie espera nada de ellas, y embisten sin dar tiempo de salir del agua. Parecía un satélite, siempre orbitando alrededor de la cabaña sin apenas ser notada. Sus movimientos eran silenciosos, caminaba despacio y a pie limpio. Un espectro de piel endurecida y coloreada, igual que la madera, por el sol, los años y el viento. Nadie habría podido adivinarle la edad. Salvo la cicatriz, no tenía arrugas ni facciones demasiado acentuadas en la cara. Su figura era ligera, el cuerpo se le bamboleaba de un lado a otro debido a la dificultad para asentar las piernas.

Lila la siguió obediente, más movida por la curiosidad que por el hambre, ignorando que había una tercera cosa para ver. Esa cosa eran sus pies. Los tenía ligeramente torcidos hacia adentro y, a falta de dedos, se asomaban unas carnosidades que los simulaban. Las contó varias veces con disimulo para comprobar que en cada pie tenía seis remedos de dedo en vez de cinco. No existía chancla que le ajustara y por eso se mantenía descalza. Se tambaleaba al andar, dando la falsa sensación de estar a punto de caerse, pero de alguna manera la mujer lograba conservar el equilibrio y avanzar con la seguridad propia de quien conoce el terreno que está pisando. Había que verla andar para convencerse de que ni iba a caerse ni estaba bailando al son de una extraña melodía que solo ella oía en su cabeza. Era necesario dedicarle unos minutos a la observación de sus piernas para entender el particular mecanismo que las ponía en marcha.

Divisó otra sombra en la cabaña revoloteando en torno a la mesa y tuvo que mirar dos veces para saber si era una niña con cara de adulta o una adulta con cara de niña. Se decidió por lo primero, más por intuición que por cualquier otra cosa. Había algo de infantil en sus movimientos y en la vitalidad aplicada a las tareas más mínimas, en contraposición con la seriedad con la que las llevaba a cabo. Además, era muy alta para su edad. Más tarde Lila se enteraría de que tenía trece años y, por lo tanto, estaba atrapada en algún lugar impreciso entre mujer y niña. Tatareaba ella también una canción y balanceaba la cabeza con tal ritmo y método que parecía tenerla sujetada al resto del cuerpo con un resorte. El pelo era grueso, negro y abundante, distribuido en cientos de trencitas. Hacerlas debía ser un trabajo dispendioso y demorado, un trabajo comunitario en el que seguro intervenían los dedos hábiles de muchas mujeres. La niña había dispuesto todo de manera impecable, incluso arrancó un manojo de flores de la veranera y ahora salpicaban la mesa de fucsia. Pisó las servilletas con caracoles para que no se las llevara el viento. Las hojas de plátano verde servían como individuales. Se presentó como Matilda y no paraba de hablar.

En menos de un minuto, Lila se enteró de que era hija de Otoniel y Carmenza. La familia vivía en uno de los ranchos del caserío de atrás y nunca habían salido de Puerto Arturo. Para ellos el mundo empezaba y terminaba allí mismo. Según contó, debía caminar seis kilómetros todos los días para ir a la escuela, doce en total si sumaba los del regreso porque no siempre se encontraba a algún primo que le diera un aventón en burro. Explicó que esa mañana no había ido a clase porque quería conocer a los cachacos y acompañar a Carmenza con el asunto de la bienvenida. Por alguna razón llamaba a Carmenza por el nombre en vez de decirle mamá, de la misma forma como todo aquel proveniente de la ciudad era denominado cachaco y cualquier habitante de la zona, primo. Esto último era más o menos verdad, pues la comunidad era tan pequeña y estaba tan aislada que todos eran familiares y, por lo tanto, la endogamia cobraba altas cuotas de deformidades y síndromes.

Lila la miró de arriba abajo con la boca abierta mientras hacía el cálculo mental de cuánto eran seis kilómetros. Reparó en las piernas largas, esculpidas y macizas. Entre tanto, la niña seguía hablando, sin notar el deslumbramiento que estaba causando en Lila. Aseguró que le gustaba mucho estudiar, en eso no se parecía a sus hermanos.

—Si hasta me pusieron como sobrenombre Tilda, porque a la hora de tildar palabras no hay quien me gane, de hecho soy la mejor de la clase, la única en toda la escuela que sabe deletrear desoxirribonucleico: de-e-ese-o-equis-i-ere-ere-i-be-o-ene-u-ce-ele-e-i-ce-o —dijo orgullosa—. No como mis hermanos. Ángel, el mayor, no puede ir a la escuela..., se la pasa mirando al cielo, esperando a que le salgan alas, a lo mejor un día de estos nos sorprende y sale volando. El otro hermano era pescador. Hablo de él en pasado porque se ahogó. El mar se demoró en devolver el cuerpo lo mismo que se demora una gallina empollando sus huevos, si no es por las visiones de Encarnación no lo habríamos encontrado nunca. Lo que más me impresionó fue que los peces se le comieron los ojos. Y lo pálido que estaba, así transparente, casi blanco, todo desabrido, igualito a usté.

Lila se miró la piel y, por contraste, se la vio aún más descolorida que nunca, con la textura y tonalidad de los enfermos que pasan temporadas largas en algún hospital. Las ronchas se le habían inflamado en unos rosetones amplios lacerados por las marcas de sus propias uñas. Las piernas estaban hinchadas y grisáceas, la curva del tobillo prácticamente había desaparecido. Se tocó la cara y la sintió grasosa, no demoraría en llenarse de granos. No quiso ni imaginarse el desorden de su pelo, menos mal no había espejo. La piel de Tilda, en cambio, era suave y tenía un saludable color dorado. Lila no resistió la tentación de tocarle el pelo, jamás había visto uno tan natural y abundante. Habría podido cubrir al menos otras tres cabezas. Lo rozó primero con timidez, luego se agarró confianza y lo sujetó con ambas manos para calcular el peso de las trenzas.

—Pesan, ¿ah?

—Sí, mucho más de lo que quisiera... Carmenza no me las deja cortar.

—¿Por qué?

—Porque eso es algo que se hace solamente cuando una está en capacidad de tomar sus propias decisiones.

—¿Con qué te las lavas?

—Con el mar.

—¿Nada más?

—A veces, me aplico leche de coco.

—¿Y ya? —preguntó Lila desconcertada, pensando en la enorme fortuna que ella gastaba en productos para el pelo que, ciertamente, nunca le dieron un resultado ni medianamente parecido.

—Y ya.

En un cambio abrupto de tema, Matilda pasó a relatar cómo había preparado la arepa de yuca que estaba sobre la mesa implorando un mordisco.

—La clave es rallar la yuca para que quede blandita y luego mezclarla con queso salao. ¿Café? No, seño, aquí no hay de eso..., se lo podemos encargar a mi papá la próxima vez que vaya al pueblo. Si se antoja de algo debe informar con un mes de anticipación. Pruebe la aguapanela, le va a gustar, mejor que el agua salada que tomó en el baño, y prepárese para comer ñame, yuca y patacones, desde la última lluvia es lo único que queda. El secreto de los patacones es aplastarlos después de la primera fritura y después meterlos en un recipiente con agua y ajo antes de la segunda.

Lila agarró la taza de aguapanela y, a pesar de la sed, se quedó mirándola sin atreverse a dar el primer sorbo. El aroma dulzón se le coló en la nariz, aun así, no podía saber si la turbieza de la bebida se debía al tono natural de la panela o a la dudosa calidad del agua. Que ella supiera, nadie había bajado aún los botellones de la camioneta.

—Tranquila, seño, es agua del pozo, está turbia pero Carmenza la hierve, así no nos enfermamos de la tripa. No del pozo de la anaconda, no, a ese no volvimos porque nos da miedo. ¿Sabe? El otro día se tragó entero a un niño. Los huesitos aparecieron días después, si los viera, ahí siguen arrumados en la orilla a manera de advertencia. Tuvo que ser una muerte asfixiante y terrible, a las anacondas hay que tomárselas en serio, por eso nos toca ir a hacer fila a otro pozo más lejano, uno que administran ellos. Ahora mismo mi papá se fue en burro a conseguirles agua. Con la llegada de ustedes le toca hacer doble fila para obtener un bidón adicional, si quieren mi consejo, úsenlo solo para lo verdaderamente necesario.

Lila tendría que haber indagado más sobre la anaconda, el niño y los huesitos. O sobre quiénes eran *ellos* o qué era lo verdaderamente necesario en lo que a gasto de agua se refería. ¿Era más importante lavar la ropa? ¿Los platos? ¿El pelo? Tendría que haberle echado cabeza a cuestiones prácticas como esas, pero su mente solo captó un segmento del discurso: si había otro pozo lejano adonde Otoniel iba por agua, era cuestión de buscar hasta encontrar un pozo propio y vigilarlo bien para que otra posible anaconda no se lo apropiara. Después de todo sí había aguas subterráneas. Solo faltaba que llegara Antigua Padilla y las buscara.

Matilda continuó despachando su monólogo. Lila ya no la oía. Era experta en captar solo aquellas cosas que le interesaban y aislar todas las demás. No conseguía sacarse de la cabeza el pozo de agua que Antigua iba a encontrar. Pensaba en eso mientras masticaba la arepa de yuca, mirando al lugar indeterminado al cual se mira cuando se piensa en algo importante. De vez en cuando observaba de reojo a Matilda. Evitaba mirarla de frente para no otorgarle una importancia que la alentara a seguir hablando. En ese momento aún creía que la indiferencia podía hacerla callar, qué equivocada estaba. La niña parecía tener palabras acumuladas desde hacía años y un deseo enorme de expulsarlas. Como si recién hubiera descubierto el don del habla y sintiera una necesidad irreprimible de ponerlo en práctica. Por el rabito del ojo, Lila le veía la boca abriéndose y cerrándose de manera constante, simulando una ventosa.

Lila masticaba cada bocado de arepa como si fuera la última del mundo y temiera que alguien fuera a quitársela. Casi llegó a atragantarse. Tilda le señaló la aguapanela con una mueca.

—Coma sin afán, seño, o acaso quién la está esperando.

Lila la miró por un instante adentro de los ojos negros, tan brillantes que parecían espejos, y se dio cuenta de que la niña tenía razón. Nadie la esperaba, nadie la acechaba. No tenía citas por cumplir, de hecho, no tenía nada urgente que hacer ese día, ni el siguiente ni el de más allá. A la par con ese pensamiento relajó los músculos del cuello, bajó los hombros, exhaló aire despacio solo para volver a tomarlo. Es posible que nunca hubiera respirado así, sin el afán propio de quien tiene mil cosas por hacer. Como si respirar rápido no fuera la consecuencia del agite sino la causa. Con solo tomarse el tiempo necesario para que el aire entrara y saliera de sus pulmones, el proceso de masticación fue ralentizándose por sí solo. Ahora percibía el olor y el sabor de la yuca como nunca antes lo había percibido. La consistencia algodonosa pegada de los dientes y del paladar: ni dulce ni salada, ni dura ni blanda. Un aroma terroso y almidonado. Segundos después fue consciente del mágico proceso por medio del cual era capaz de tragar. Hasta le pareció sentir la llegada del alimento al estómago, y entonces se sorprendió pensando en que llevaba más de treinta años comiendo y nunca había reparado en el proceso; de la misma manera como llevaba esos mismos años respirando sin percatarse de que era el acto más vital de su existencia. ¿Por qué no se había fijado nunca en esas cosas? No supo si era exceso de afán o falta de tiempo, lo cierto es que ahora, cuando le faltaba afán y le sobraba tiempo, se percató de que había estado viviendo sin enterarse de nada. Al menos nada de lo importante. Es claro que sabía, por ejemplo, interpretar un mercado abstracto como el bursátil; sabía, incluso, cómo obtener dinero de ese mercado, pero no tenía ni idea de cómo respirar o comer de manera más provechosa para el organismo. Pensó en la inutilidad de todo su conocimiento. Si Tilda no le hubiera dado el desayuno, por ejemplo, ella no habría sabido ni dónde comprar la arepa.

—¿Dónde compran las arepas? —se sorprendió preguntando en voz alta.

—¿Comprar? Qué tontería, seño, ¿quién va a comprar una arepa?

Lila, avergonzada, pensó en que ella había comprado todas las arepas que se había comido a lo largo de toda su vida.

—Es decir —rectificó—, ¿de dónde las sacan?

—Pues de la yuca.

—Sí, claro, y... ¿de dónde sale la yuca? ¿La traen del pueblo?

—Nosotros la cultivamos.

Lila reparó en que nunca había visto la planta. Llevaba mucho tiempo comprando la yuca del supermercado pues venía pelada, partida en trozos y empacada al vacío entre un plástico grueso con el que posiblemente ahora mismo se estaba atragantando una tortuga en medio del océano.

—¿Y cómo la cultivan?

—Fácil, seño Lila. El esqueje se entierra a unos diez centímetros de profundidad. Hay que haberlo limpiado antes y curado muy bien, le gusta la aridez, no necesita casi agua. Pasado un tiempo se jala con fuerza y salen los tubérculos.

—¿Salen?

—Sí, salen, la yuca es un tubérculo. ¿O usté cree que los tubérculos nacen en el aire? —Lila no contestó porque ni sabía que la yuca era un tubérculo ni que los tubérculos crecían bajo tierra, es más, tampoco sabía qué diablos era un esqueje, pero le dio pena preguntar—. Después de recoger la yuca —prosiguió Tilda— debe curarse unos días antes de consumirla.

—O sea que esta arepa que me estoy comiendo la hicieron ustedes con yuca cultivada aquí —dijo explicándose a sí misma, aunque, la verdad, hubiera querido preguntar qué significaba curar la yuca.

—Exacto. Para usté poderse comer esta arepa ha debido pasar el mismo tiempo que se demora en crecer la panza de una mujer preñada.

Nueve meses. Lila pensó en todas las cosas que ocurrían en nueve meses. No solo se formaba un bebé, también se adquirían compañías, se vendían y se compraban acciones, el dinero se multiplicaba o se desaparecía. En nueve meses Lila se comía alrededor de doscientas arepas de las cuales no preparaba ninguna. Nueve meses, todo ese tiempo se tomaba el cultivo de la yuca. Ciertamente cada cosa que consumía escondía tras de sí una cadena larga en la cual participaban muchas manos invisibles para ella. Era una vulgar consumidora, jamás se había llegado a preguntar quién llevaba los tomates a la estantería del supermercado por la sencilla razón de que en la estantería del supermercado siempre, absolutamente siempre, había una montaña de tomates y, por lo tanto, todos los compradores los daban por seguros. A nadie se le ocurría preguntarse qué pasaría si alguna vez se agotaran, cómo diablos harían el hogao, la salsa boloñesa o la sopa de tomate.

—¿Qué hora es? —preguntó de pronto Lila, tras caer en cuenta de que no tenía reloj y su celular estaba sin batería.

—Es la hora de después del desayuno —respondió Tilda. Lila sonrió pensando que era un chiste, pero más tarde, cuando le preguntara a la niña a qué horas almorzaba y oyera como respuesta que cuando tuviera hambre, entendería la lógica tan particular por medio de la cual regía sus actividades.

Tilda continuó atropellando una palabra contra otra. Habrían de pasar muchos meses antes de que Lila cayera en cuenta de la importancia de haber escuchado cada una de ellas. Si no lo hizo fue por andar pensando en el mar y en las aguas subterráneas y en la zahorí que iba a encontrarlas.

Después de guardar algunas migajas de arepa entre el puño, después de oír a Matilda sin oírla, después de contemplar el mar sin llegar a resolver el problema artístico de por dónde comenzar a pintarlo, después de imaginar la llegada de la zahorí, después y solo después de todo eso, Lila salió a la playa para llevarle a Lluvia el sobrado del desayuno. Le desató la pata. Esperó a que se comiera las migajas de arepa, cuando terminó, la gallina salió detrás de Lila. Caminaron a lo largo de la playa, sorteando algas y troncos muertos. De solo verlos, imaginó a Miguel teorizando sobre si la tala de árboles era culpa de los cárteles ilegales de la madera. O del afán de expandir terreno de los ganaderos. O de los narcos que mandaban a arrasar cientos de hectáreas diarias de bosque para sembrar plantas de coca. O de todas las anteriores. Como buen experto en nada, Miguel creía saber todo.

La gallina avanzaba por la orilla empachándose de insectos encallados en la arena húmeda, sorteando el lengüetazo de las olas, demostrando una temeridad impropia en ella. Lila, por su parte, iba hablando sola. Recién se había dado cuenta de todas las cosas que ignoraba y necesitaba decirlas en voz alta para que no se le olvidaran:

No sé respirar.

No sé masticar.

No sé cultivar yuca ni tomates.

No sé qué es un esqueje.

No sé qué es un tubérculo.

No sé curar la yuca.

No sé hacer arepas.

No sé antojarme con un mes de antelación.

No sé medir el tiempo sin reloj.

No sé si es más importante lavar el pelo, la ropa o los platos.

Se puso a mirar el mar, agobiada por todas aquellas cosas que debía aprender para vivir allá. Contó cinco tonos diferentes de azul, lo cual la hizo preguntarse si los colores que había llevado para pintar sí serían suficientes para plasmarlos todos. El mar no era la simple raya que ella estuvo pensando: era un ser vivo, su aliento olía a salitre, si la sal tuviera memoria, el recuerdo del mundo residiría en cada una de sus partículas. Lila podía admirarlo, rezarle una oración, adorarlo igual a un dios. Podía hacer todo lo que quisiera, menos beber su agua. No lograba entender cómo el mar era capaz de dar vida y matar de sed; de ofrecer tanto y tan poco al mismo tiempo. A lado y lado, la playa se extendía en una franja infinita. La bruma levantada por las olas tras su estallido daba una apariencia de borrosa irrealidad que la hizo dudar varias veces si acaso estaba soñando. Ese mismo paraje idílico había estado allí desde siempre, mientras vivió en el barrio con su familia, mientras actuó de chica universitaria, mientras se quemó los sesos consiguiendo plata. «Y sin embargo, la riqueza es esto y no tiene nada que ver con el dinero», pensó.

Todo el tiempo en la caminata tuvo la sensación de estar siendo observada pero, al girar la cabeza, en búsqueda de lo que fuera que desencadenara esa sensación, no llegó a ver nunca a nadie. Avanzó hasta más allá de donde creyó haber entrado en la camioneta la noche anterior, más allá de donde se amontonaba la madera solo para descubrir que, tras ese cúmulo de troncos apilados, había más y más troncos. La playa entonces le pareció un cementerio de árboles traídos por el mar, un cementerio que no escondía los restos, al contrario, los exhibía sin pudor.

Matilda apareció de la nada, igual como había aparecido Carmenza en su momento, como lo hacían Otoniel y en general todos ellos. En un abrir y cerrar de ojos aparecían y desaparecían sin dejar rastro alguno de su presencia o ausencia. Nunca se sentían llegar ni tampoco irse. Nunca se quedaban ni se iban del todo. Estaban y no estaban. Su presencia era silenciosa, casi fantasmagórica. Sus pasos no sonaban. Sus sombras no los perseguían. A pesar de verlos con sus ojos brillantes, sus pieles brillantes y sus dientes brillantes, daban ganas de zarandearlos para comprobar que eran reales.

—Seño Lila —dijo Matilda jadeando—, venga pa' ve lo que está pasando.

Dicho eso salió corriendo. La única razón por la que Lila tuvo certeza de haberla visto fue por las huellas impresas en la arena tras su partida. Intentó alcanzarla con los pasos inseguros de quien no conoce bien el terreno. Lluvia, veloz como un aguacero, salió detrás. Cuando llegó a la cabaña encontró a Miguel delirando. El dedo gordo de la mano estaba hinchado, casi a punto de explotar.

—Esta mierda se me infectó, me voy a morir —fue lo único que dijo mientras se miraba el dedo verdoso y sanguinolento con una mezcla de asco y miedo.

—Y no trajimos antibióticos —fue lo único que ella respondió.

Ambos se quedaron callados mirando el dedo, pensando en cómo algo tan pequeño podría joderles esos planes tan grandes que tenían. Luego se embarcaron en una discusión absurda acerca de quién era el responsable del botiquín. Las recriminaciones iban y venían como dardos ponzoñosos, cada vez más fuertes en tono y en contenido. Al final, Matilda logró hacerse oír:

—Eso no es ná que la seño Encarnación no pueda curar.

—¿Y esa quién es? —preguntó Lila. Y antes de obtener una respuesta añadió—: Decile que venga.

—Ustedes van a tener que ir. Ella no puede moverse.

—¿Está enferma? —preguntó Miguel intentando entender cómo una curandera no era capaz de curarse a sí misma.

—Enferma no, se está convirtiendo en un elefante y no cabe por la entrada del rancho. Además, necesita estar quieta y concentrada para oír los mensajes.

—¿Mensajes?

—Sí, los que ellos le transmiten para que todos los oigamos.

—¿Ellos? ¿Quiénes son ellos? ¿Adónde están?

—A ellos es mejor no verlos.

—Bah, chorradas —dijo Miguel tapándose por completo con la sábana—. Yo no voy a ir donde ninguna bruja ni quiero conocer seres invisibles.

Se quedó dormido vencido por el sopor y la fiebre. De tanto en tanto se sacudía con espasmos delirantes y pronun-

ciaba frases ininteligibles. Los dientes le sonaban como casca-
beles. Lila no sabía muy bien qué hacer. A esa preocupación
se sumó la llegada de Otoniel con el bidón de agua. Lo descargó en el suelo frente a ella, levantando cientos de partículas
de polvo que quedaron suspendidas en la humedad del ambiente. Las gotas de sudor le rodaban copiosamente por el
cuerpo. Lila se detalló los brazos fuertes y fibrosos, pura mus-
culatura de quien ha tenido que hacer trabajos físicos desde
niño. Tendría la misma edad de Miguel y ya su cara reflejaba
el cansancio de quien ha vivido mil vidas y no ha dejado de
trabajar en ninguna.

—Este bidón debería durarles tres días. Cada vez hay más
fila y menos agua —dijo.

Tres días, se quedó pensando Lila mientras observaba el
bidón de plástico amarillo lleno de abolladuras, de arena y de
pelitos del burro. Calculó unos veinte litros, es decir, diez
para ella, diez para Miguel. Diez litros era lo que ella solía
desperdiciar en su apartamento dejando correr el agua antes
de que estuviera lo suficientemente caliente a la hora de bañarse. Esa misma cantidad la usaba lavando apenas un par de
platos o unas hojas de lechuga para la ensalada. No quiso sacarle cuentas a la bañera para no sentirse mal. Ni pensar en
todas las veces que hizo lavar el patio sin necesidad o cuando
dejaba la ducha abierta pensando en cualquier tontería sin importancia mientras el chorro de agua hirviendo le masajeaba
la nuca y se derramaba por la espalda antes de desaparecer
casi intacta por el desagüe. Diez litros era mucho menos de lo
que ella se daba el lujo no de usar, sino de desperdiciar.

Abrió el bidón y pegó el ojo a la rosca. Ahí estaba toda el
agua que le correspondía: turbia, de olor terroso, llena de al-

gas y sedimentos. El estómago comenzó a crujirle de solo mirarla, como una advertencia de que no estaba dispuesto a recibirla sin un buen hervor que matara todos los gérmenes. En otras circunstancias a duras penas la habría usado no más para regar las matas. Pensó en los botellones. Debería reservarlos solo para beber y cocinar, la de los bidones, en cambio, la emplearía en lujos menores. Así fue como acciones tan cotidianas como asearse, lavar los platos o la ropa terminarían volviéndose lujos tan valiosos que ni con todo el dinero de la bolsa negra habría podido comprarlos.

Por la tarde llegó Tilda con un atado de raíces gruesas y redondeadas de malanga y un frasco lleno de sangre de dragón. La niña recitó las instrucciones obtenidas por parte de la curandera. A la malanga era necesario sacarle tres hervores: el primero para respirarlo; el segundo para beberlo y el tercero para sumergir la mano afectada en él, explicó. En cada hervor se gastó un litro entero de agua y ese fue el primer indicador concreto de que diez litros de agua era una cantidad ridículamente escasa. Lo de los hervores debía hacerse tres días seguidos al término de los cuales era menester bañarse en el mar para que la infección terminara de salir.

—El mar todo se lo lleva —dijo que había dicho la curandera.

El ungüento era una secreción rojiza y espesa. Al parecer tenía grandes poderes curativos y debía aplicarse sobre la herida una vez disminuyera la infección. Según Tilda, se obtenía tras sangrar al dragón con un corte profundo en una de sus extremidades.

Lila miró ambos remedios con una actitud entre perpleja e incrédula. Esbozó una sonrisa y ni ella misma supo si era de alivio o de burla. Como se quedó paralizada, Tilda tuvo que buscar una olla para poner a hervir las raíces pues nadie en Puerto Arturo jamás había rechazado un tratamiento mandado por Encarnación.

—Unos porque temen desobedecerla —explicó—, otros porque de verdad creen en sus conocimientos heredados de la abuela de la abuela de la abuela de la abuela, que fue la primera habitante de Puerto Arturo. Quienes intentaron asentarse después murieron de malaria, de fiebre amarilla, de dengue hemorrágico y de otras enfermedades exóticas sin nombre ni cura.

Según Tilda, todas las descendientes se habían llamado igual, como si el mero nombre les permitiera encarnar unas en otras. Todas debían dejar legado su conocimiento ancestral en una hija que llevara el mismo nombre como una forma de perpetuarlo.

—Encarnación no es un nombre sino una forma de vivir —explicó—. Así, por los siglos de los siglos, hasta que nació la Encarnación que conocemos, la misma que en vez de hijas no tuvo sino abortos. En su rancho conserva los ocho fetos suspendidos en un líquido ámbar dentro de unos frascos de vidrio. Reposan sobre el escaparate y son custodiados por una pantera negra cuya función es espantar las moscas con la cola. Hay quienes han visto a Encarnación comiéndose el contenido de los frascos, ¿sabe? —dijo bajando la voz—. Según he oído, ella hace abortos con la condición de que le den los fetos porque tiene la creencia de que ingerir carne de bebé rejuvenece. No se lo sostengo a nadie y menos mal las paredes no oyen, o bueno, sí oyen, pero aquí no hay paredes —dijo mirando alrededor—. Yo creo que es verdad, según mis cálculos ella tiene más de cien años y no los aparenta, ya la verá. Pertenece a una estirpe de dragones longevos de cuya boca aún sale fuego.

—¿Fuego? Qué peligro. ¿Cómo hace entonces para besar al marido? —preguntó Lila sonriendo.

—¿Marido?

—Sí, una no se embaraza sola ocho veces.

—Ah, sí, Rodrigo es un cerdo.

Tilda calló unos instantes calculando lo que iba a contar. Entre tanto, la palabra cerdo quedó flotando en el aire y Lila se preguntó si con ella se refería a que el señor era cochino en el sentido literal de la palabra o un maltratador. Cuando retomó el discurso, la niña confirmó ambas cosas. No de la forma como Lila se estaba imaginando, sino mucho peor. Según Tilda, el marido era un mal tipo al que Encarnación mediante un maleficio había convertido en un cerdo maloliente y resabiado, de pelos gruesos iguales a agujas y una trompa carnosa y flácida por la cual supuraba mocos, babas y otros fluidos.

Mientras el agua hervía, Tilda siguió contando cosas tan raras que parecía ser ella quien alucinaba en vez de Miguel. Dijo que Encarnación era capaz de curar lo incurable de la misma forma como podía dañar lo sano. Que hacía flotar las cosas con la mente. Que era capaz de echar fuego por la boca o de convertirse en lechuza para merodear por ahí y enterarse de todo sin ser vista por nadie. Que la conversión en elefante le había salido mal, concretándose solo de la cintura para abajo.

—La gente dice que a mujeres como ella no las acaban ni las balas, la única forma es quemándolas o pegándoles con un palo de yuca por la espalda, y como sabrá aquí hay palos de yuca por todas partes, esa es otra de las razones por las que no sale del rancho.

»También está el asunto de las moscas —prosiguió Tilda—. El otro día me asomé y todo el rancho estaba cubierto por ellas. Había moscas en las paredes, en el techo, en la mesa. Las tenía en el pelo, en los brazos, en la cara. Las usa para espiar conversaciones ajenas. Fíjese que fui a pedirle el remedio para Miguel y ya lo tenía listo, estaba al tanto de la infección en el dedo. No crea que es tan generosa con todo el mundo y menos con la sangre del dragón. Desde el inicio de la sequía el pobre casi no sangra. A mí ella me tiene cariño porque, a menudo, voy a leerle los periódicos en los que vienen envueltas las verduras de la tienda del pueblo. Mientras estoy leyéndole se concentra y hace flotar objetos sobre nuestras cabezas.

Lila la miraba sin parpadear, intentando descifrar en qué momento la realidad había dado paso a semejante fantasía tan grande. Y eso que aún faltaba más.

—Encarnación es capaz de anticipar las malas cosechas, de hablar con los muertos, de encontrar a los ahogados en el mar, de mandar a eliminar a quienes tengan algún comportamiento reprochable, de indicar cuál agua de cuál pozo está buena o envenenada. Fue ella quien alertó sobre la anaconda de la laguna de atrás de su rancho. Fue ella quien predijo la sequía. Fue ella quien maldijo las uniones no aprobadas, condenándolas a tener hijos deformes. Por ella, Ángel, mi hermano mayor, no puede sino mirar pa'l cielo.

—¿Y qué le pasó?

—Cuando era niña siempre me decían que era un ángel sin alas, ahora no sé qué es.

—¿Es hijo entonces de Otoniel y Carmenza?

—No, es hermano medio, hijo de Oto con mi tía.

—Vaya lío. ¿Otoniel se relacionaba con una hermana de Carmenza?

—No, con una hermana de él. Yo no alcancé a conocerla, murió el mismo día en que nació Ángel. Hay quienes dicen que fue por la maldición.

Lila no terminó de asimilar lo del ángel sin alas ni la relación incestuosa de Oto con su hermana. La niña siguió hablando de corrido con un tono tan bajo y una voz tan misteriosa que debió contener la respiración para poder escucharla. Aseguró que las únicas que iban a verla eran las mujeres cuando querían abortar o curarse o amarrar a un hombre, bien fuera para ellas mismas o para casar a sus hijas.

—Deben purificarse con extracto de ruda durante una semana y luego llevarle sangre menstrual y un papelito en donde esté escrito el nombre del tipo que desean amarrar. Yo por eso no le he contado a Carmenza que ya me vino la regla —dijo en un susurro—, me quiere casar con el primo Juvenal, que de joven solo tiene el nombre. Es un viejo asqueroso, consiguió plata entrenando gallos de pelea. Las malas lenguas dicen que no le gustan las mujeres.

—¿Y entonces para qué se quiere casar si no le gustan las mujeres?

—Pa' lo que se casan todos: necesita quien le cocine y le cuide los gallos y las burras mientras él se emborracha. Y también pa' tener hijos, a ver si logra dejar atrás esa fama de maricón tan bien ganada que tiene. Le voy a decir algo: aquí, por norma, el que no tiene hijos es maricón.

—¿Entonces Miguel es maricón? —preguntó Lila riendo.

—Todavía no, pero muy pronto lo será. Es cuestión de tiempo.

Las raíces de malanga estaban a punto de hervir cuando Tilda continuó:

—Encarnación es el canal por medio del cual ellos se comunican. Dentro de su rancho se condenan personas, se pactan y se deciden los asuntos comunitarios. Allá se implantan en el brazo niños en cruz cuya función es dotarlos a ellos de fuerza excepcional, salvarlos de morir ahogados y cerrarles el cuerpo de manera que ni las balas ni el machete puedan penetrarlo. Pero, sobre todo —añadió—, la buscan para que les rece la oración de la invisibilidad.

Acto seguido, así sin más, cerró los ojos y comenzó a decirla de memoria:

Que las fuerzas oscuras me defiendan de mis enemigos.
Que las balas no me entren.
Que esté libre de todo mal y peligro.
Rey de las sombras y del fuego:
sus ojos, que no me vean,
sus manos, que no me toquen,
sus armas, que no me disparen.
Rey de la oscuridad que habitas en mí,
alumbra mis pasos en las noches sin luna
para recorrer el camino,
sin que mis enemigos me vean.

—¡Ay, no te volviste invisible! —dijo Lila burlándose.

—Porque tenía los dedos cruzados y así la oración no funciona —dijo Matilda muy seria.

—¿Y a ellos sí les funciona?

—Claro, por eso es tan difícil verlos.

—¿Y quiénes son ellos?

—Shhh —dijo sellándose los labios con el dedo índice—. Ellos no pueden nombrarse: todo lo saben, todo lo ven, todo lo castigan. Ellos son los que mandan. Ellos solo se comunican a través de Encarnación. Toca obedecerles.

—¿A cambio de qué?

—De protección, de seguridad. Así como usté en la ciudad obedece las reglas de las autoridades, aquí debe obedecer las de ellos.

—¿Y si uno no está de acuerdo con lo que dicen o deciden?

—Se tiene que ir.

Irse. ¿Eso no era lo que había hecho ella? ¿No andaba refundida en ese lugar justamente para esquivar la citación de la fiscalía? Estaba tan concentrada en ese pensamiento que no se dio cuenta de que el agua burbujeaba zarandeando las raíces de malanga con furia, como si tuvieran vida propia, como si fueran cucarrones gigantes y quisieran salirse de la olla. Cuando la voz de Carmenza sonó, pegó un salto enorme y casi se cae al suelo.

—Ya vino esta niñita a molestarla con sus fantasías. No le haga caso. Tiene una imaginación endemoniada, debería hacerse escritora en vez de estar por ahí metiendo las narices por todas partes y haciendo cosas de hombres. Agradezca que le hirvió el agua, porque ahí donde la ve, no es capaz ni de montar el arroz. Yo a esa edad ya estaba preñada, atendía un marido y una casa. Más bien súbanle el remedio al enfermo, desde aquí lo oigo gemir.

Para cuando llevaron el menjurje distribuido en tres recipientes, Miguel estaba delirando malamente. Gemía. Manoteaba. Hacía muecas extrañas. Se retorcía cual serpiente sobre la cama húmeda de sudor. Sudaba tanto que estaba mojado por completo, como quien no alcanza a resguardarse de un aguacero y termina empapándose de cabo a rabo. Le arrimaron uno de los cuencos a la cara y lo obligaron a respirar el primer hervor: la calma fue inmediata. Al rato lo obligaron a beber el segundo hervor, que lo mandó directo al reino de los sueños. Aprovecharon la quietud para sumergirle la mano en el tercer hervor, tal y como rezaban las instrucciones. Pasó tres días sumido en una intensa duermevela que no le permitía estar enteramente ni del lado de la vigilia ni del lado del sueño. Mientras dormía, Lila aprovechaba para aplicarle la sangre de dragón. Sabía que en plena posesión de sus sentidos Miguel jamás habría permitido que le aplicaran un remedio tan raro. El ungüento era rojo y pegachento, tenía un olor extraño que no se parecía a nada que hubiera olido antes. Tras la primera aplicación, la herida pareció cerrarse milagrosamente y Lila se tuvo confianza para seguirla aplicando sin mencionar jamás la procedencia. Las moscas desaparecieron a la par con la herida sin dejar el más mínimo rastro. Poco a poco, Miguel fue recobrando la conciencia.

El paso siguiente era asear el cuarto para neutralizar el hedor infeccioso. Sacaron el colchón al sol y, cuando Lila preguntó dónde podían lavar las sábanas, Tilda levantó los hombros, torció los ojos como cada vez que le hacían una pregunta obvia y señaló al mar. Al rato, Lila insistió en barrer la arena. Tilda se sentó a mirarla, asegurándole que semejante actividad allá era una pérdida de tiempo.

—Tiempo tenemos de sobra, ¿o no? —dijo Lila entusiasta, agitando la escoba de un lado al otro.

La arena eran esas partículas infinitas de las que nunca más podrían librarse. Estaba en la piel, en los labios, entre las uñas, en los pliegues y recovecos de las orejas. La sentían con los dientes cada vez que masticaban algo. La veían en el fondo del vaso después de beberse el último sorbo. Pasaban tardes enteras sacándose un solo granito incrustado en alguno de los ojos. Les arañaba la piel y las pantorrillas cuando salían a caminar por la playa y soplaba un poco de viento. Se metía en todas las ranuras, las grietas, los agujeros y las superficies porosas. Se escondía en el pelo, se atascaba en los desagües, se acumulaba en los rincones. No importaba cuántas veces pasaran un trapo húmedo por las superficies y barrieran el suelo con la escoba, jamás de los jamases lograrían erradicarla. La arena los atormentaría hasta el día en que la arena y ellos fueran una misma cosa.

Matilda agarró una pluma que se encontró bajo la cama y se puso a analizarla. Aseguró que pertenecía a una lechuza. Nada más verla, Lila recordó su sueño y las patitas. Tilda le había hablado acerca de las brujas convertidas en lechuzas y las lechuzas convertidas en brujas. Desde ese momento le agarró tal respeto a Encarnación que evitaría caminar en dirección hacia su rancho y, más aún, pasar cerca de él. Miguel la regañó por crédula cuando empezó a revelarle las cosas relatadas por Tilda.

—Toda una profesional creyendo semejantes tonterías. ¿No sabes que una historia repetida infinitas veces se vuelve verdad? Todavía hay quien cree en embarazos sin sexo y muertos que reviven al tercer día. Esa pobre bruja y sus antecesoras llevan más de quinientos años propagando esa misma versión con el fin de defenderse. Ser minoría en un país como este las deja en desventaja, en el punto más bajo de la sociedad, y pues algo tienen que inventarse para que, al menos, no se metan con ellas —dijo Miguel orgulloso por su análisis histórico de la brujería.

Lila lo acompañó en la inmersión marina para finalizar el tratamiento. Desde el mar admiraron la forma armónica como la cabaña se insertaba en el bosque tropical seco. Había que mirar dos veces para percatarse de que no estaban alucinando, la cabaña existía de verdad, era increíblemente sencilla, mucho más bonita de lo que se apreciaba en las fotos. Sonrieron entusiasmados de solo imaginarla enmarcada en medio de una vegetación exuberante apenas pasara la sequía y las plantas reverdecieran. Sonrieron aún más cuando se imaginaron construyendo la suya propia. Vieron juntos ponerse el sol. Vieron la raya donde acababa el mar conocido y empezaba el desconocido. Vieron pasar los pelícanos, pero no se tomaron el trabajo de contarlos ni de debatir acerca del misterio de su alineación. Fue uno de esos raros momentos en que se dicen muchas cosas sin tener que decir ninguna en voz alta. Bajo el agua, Lila sintió los dedos de Miguel apretando los suyos. Cuando el sol terminó de ponerse, tiñó las nubes de naranja y de morado. La superficie del mar era una placa metálica y reluciente en la que el cielo admiraba su propio reflejo de colores. Y allí estaban juntos, sumergidos en una tibieza acogedora como un vientre. La espuma les hacía cosquillas en la cara. La piel mojada les brillaba con la misma iridiscencia de las escamas de los peces. Se miraron a los ojos y supieron que jamás volverían a estar así de unidos, de necesitados el uno del otro.

—Durante el delirio, soñé con tres aguaceros —dijo Miguel—. Tres veces la lluvia. ¿Creés que va a venir?

—¿La lluvia?

—No, Antigua Padilla.

—No estoy segura.

—Yo tampoco.

—Nos vamos a quedar sin agua —dijo Lila con una mueca de gravedad.

—O tal vez llueva, como en mis sueños.

No estaba lejos de Puerto Arturo. Aun así, Antigua Padilla se tomaría su tiempo en llegar. Primero se interpusieron unas semanas de cárcel por «machetaso en membro inferior isquierdo», según había escrito un funcionario, a mano, con letra temblorosa y mala ortografía en el informe del Centro Penitenciario Mixto de La Seca. A la gente del pueblo le gustaba comentar muchas cosas, en especial si Antigua estaba vinculada. Los supersticiosos aseguraban que la habían dejado en libertad porque hacía sangrar a los guardias con solo mirarlos, que las gotas se asomaban, poro a poro, de manera espontánea y escandalosa cuando la rabia se apoderaba de ella. A los morbosos, por su parte, les encantaba imaginar que la causa de la liberación de Antigua eran los favores ofrecidos a los guardias. Tantos años después y aún especulaban si era una prostituta, si los guardias hacían fila todas las noches frente a su celda o si habían dispuesto un lugar especial para los encuentros. El problema de Antigua era haber crecido en el burdel de La Seca, el mismo frecuentado por quienes la difamaban, porque la única manera de disimular una consagrada afición a las putas es hablando mal de ellas. Pero, como siempre, ese era el menor de sus problemas. Además, estaba cansada de explicar que haber crecido rodeada de prostitutas no la convertía en una, así como el hecho de que su abuela la hubiera rapado y vestido con pantalones durante un tiempo no la convertía en un hombre.

Los que se enteraron del verdadero motivo por el cual Antigua salió de la cárcel preferían seguir divulgando y creyendo en las versiones inventadas. Eran más divertidas y más excitantes. Por eso, muy pocos supieron de su inocencia. Si tajó la pierna de ese hombre a machetazo limpio fue para defender a la niña que estaba violando al pie de un pozo a cambio de un bidón de agua. Los padres no querían denunciar, se notaba a leguas que no era la primera vez que ofrecían a sus hijos para calmar la sed. Tenían siete, ninguno era virgen ni mayor de edad. Así lo comentaba la gente y quizá por eso tampoco era una versión confiable.

Una vez fuera de la cárcel, la única razón por la que le devolvieron sus pertenencias fue porque valían tan poco que a nadie se le ocurrió robárselas. Tenía una hamaca raída, un celular con la pantalla quebrada, un colmillo de jaguar, un péndulo y un machete. La hoja de metal aún estaba teñida con la sangre emanada de la pierna del violador. Cuando la vio, se apresuró a escupir sobre ella y a limpiarla con la palma de su propia mano hasta que el metal quedó reluciente. Luego comprobó el filo con la yema del dedo índice. Sonrió satisfecha apenas asomó una gota de sangre, de inmediato procedió a limpiarla con la punta de la lengua. Conocía bien su sabor metálico y ligeramente dulzón.

Sopesó sus posibilidades. El herido y los amigos del herido debían estarla buscando. Los padres de los siete niños también, pues por su culpa habían perdido la oportunidad de seguir transando a los niños por agua. Todos en La Seca sabían que eso ocurría y solo hasta el incidente se habían hecho los indignados. Era cuestión de esperar a que el asunto se olvidara o a que los niños crecieran y dejaran de ser atractivos para los traficantes de agua. Seguro ocurriría lo primero, pues en los lugares donde la supervivencia es la norma la gente tiene la costumbre de olvidar con facilidad ciertas cosas. De momento, Antigua estaba en una situación compleja. No tenía familia. No tenía dinero. No tenía nada. En realidad nunca había tenido nada, la diferencia era que ahora le importaba. La búsqueda de agua había dejado de ser negocio en La Seca. La sed era mayor que los pozos y, por lo tanto, la competencia por controlarlos se tornaba cada vez más sangrienta. Estaba harta de buscar fuentes subterráneas para que otros se las apropiaran a la fuerza. Las huellas de los jaguares cada vez eran menos intimidantes. Partir debería ser fácil cuando se ha perdido tanto que no queda nada más que perder.

La llamada, justo ahí se acordó de la llamada, sin duda estaba borracha cuando ocurrió. Aunque odiaba estar borracha, no conseguía dejar el trago por completo. Reconstruyó la escena: tenía las manos recién esposadas aún bañadas en sangre, el policía marcó al último número del historial del móvil. Vagamente recordó haber hablado con un señor acerca de un trabajo. Imaginó a un riquito del interior, seguro podría sacarle unos buenos pesos, le caerían de maravilla, en especial ahora que atravesaba por un mal momento. Encendió el celular en busca de indicios. En efecto, tenía más de treinta llamadas perdidas de un número desconocido y un mensaje de texto de ese mismo número. Le costó descifrarlo por el mal estado de la pantalla. Debió haberlo tomado como premonición de que la vida podía ser así de frágil, partirse en mil pedazos imposibles de arreglar. Ahora, lo único que necesitaba era agarrar el poco dinero que tenía escondido en el rancho y huir, justo en ese mismo orden. Quedarse allí constituía un peligro tan palpable que casi podía agarrarlo con las manos. Atender el encargo de un nuevo cliente le permitiría resolver ambos asuntos: el de la huida y el del dinero. No tenía nada que perder, como mucho, desgastaría la suela de sus chanclas. Qué importaba, siempre se supo una de esas personas que llegan al mundo con las suelas gastadas.

Buscó en el mapa desteñido de la estación de buses. Preguntó a dos vendedores de tiquetes. Llamó a un par de conocidos. Ninguno había oído hablar de Puerto Arturo. Devolvió las llamadas al teléfono del historial, pero ahora era Miguel el que no tenía señal. Puerto Arturo debía ser otro de esos pueblos olvidados, como el suyo, como tantos otros lugares que no le importaban a nadie en un país gobernado desde el centro y para el centro. Se preguntó si terminaría metiéndose en un problema mayor yendo allá. «Pueblo chiquito, infierno grande», solía decir la abuela. Aun así, decidió ir al acueducto privado y preguntar por Puerto Arturo o cualquier otro lugar donde arreciara una sequía. Metió la mano en la mochila y apretó el péndulo mientras pensaba que una zahorí podría trabajar en cualquier pueblo con sed. El funcionario podría informarle de varios sitios a los cuales despachaban carrotanques con frecuencia. Era cuestión de elegir uno e ir a ofrecer sus servicios como buscadora de agua.

—¿Tiene dinero? —le preguntó el funcionario mirándola de arriba abajo, deteniéndose en las manchas asomadas por el

cuello—. A lo mejor puedo llevarla en alguno de los carrotanques.

—No mucho. Algún día lo voy a tener. Está escrito en la
palma de mi mano —dijo Antigua pensando en el presagio—. No tiene que llevarme, tan solo dígame cuál de todos
esos lugares resecos queda cerca del mar.

Como habitante de una zona costera, no podía pasar muchos meses sin sentir el murmullo del agua, «el llamado del
mar», así era como ella se refería a la necesidad de oírlo todo
el tiempo. Según el funcionario, el problema más grave lo
registraba un pequeño pueblo al que nadie iba. Los ojos de
Antigua se iluminaron apenas oyó el nombre de Puerto Arturo salir de la boca del funcionario.

—Es una pena —aseguró el hombre mostrando sus en-
cías prominentes—, porque alcancé a conocerlo hace muchos años y, según recuerdo, era un lugar encantador. No
porque tenga grandes desarrollos, sino precisamente por la
escasez de estos. Está bastante incomunicado, creo que todavía no tiene electricidad, ni carretera, es toda una odisea
llegar. Una vez se alargó la temporada seca y tuvimos que ir
a despacharles agua. Estando allá, nos agarró un aguacero
seguido de otro y otro más, al final las lluvias que se habían
negado a aparecer cayeron con intensidad acumulada. No
podíamos salir, pues el pantano hacía patinar el carrotan-
que, casi terminó tragándoselo, estuvo semienterrado en
una cuneta como tres meses. No, no me haga esa cara, lo
que suena tan malo es precisamente lo bueno, créame, nos
peleábamos por hacer ese viaje, es que el mar —dijo mirando con nostalgia a un punto transparente a través de la ventana—, el mar de allá, es de un azul que contiene todos los

azules. Y los manglares son una declaración de fecundidad. Jamás he visto tantos pájaros, iguanas, micos y osos perezosos y fíjese, yo he visto muchas cosas, porque si algo tiene este trabajo es la obligación de desplazarse a sitios recónditos. La primera vez que navegué entre los manglares me quedó doliendo la nuca tres días de tanto mirar para arriba. No sé cómo andará Puerto Arturo ahora que la sequía le ha pegado tan fuerte. Lástima que no podamos llevar carrotanques, ya sabe, a donde no llega el gobierno por lo general resulta alguien que ocupa el hueco. Ahora les ha dado por pedirnos una cuota inmensa por dejarnos comercializar el agua. Ni que fuéramos nosotros los que nos estamos muriendo de sed. Ellos son así, a donde llegan imponen sus propias reglas y la pobre gente no tiene más remedio que cerrar los ojos y obedecerlas.

Hubo un silencio entre ambos. La cabeza del funcionario claramente seguía en Puerto Arturo, sentado frente al mar, comiendo cocos y pescado, deseando quedarse para siempre en ese lugar paradisiaco que parecía de otro mundo y, sin embargo, quedaba en este. La cabeza de Antigua, por su parte, intentaba imaginar cómo eran *ellos*, si eran los mismos de La Seca, si eran otros diferentes que actuaban de forma similar. Al cabo de un rato el funcionario sacó un mapa de un cajonero viejo y oxidado. El chillido retumbó como si lo estuvieran torturando. Acto seguido lo extendió sobre el escritorio y empezó a desdoblarlo en varias partes. Con la punta del dedo índice recorrió el borde marino muy despacio. Antigua notó el esfuerzo del hombre por enfocar un punto específico que solo parecía ver él. Lo vio trazar una cruz diminuta con un lápiz afilado.

—No lo anuncia el mapa, pero aquí queda —dijo exhibiendo su sonrisa de caballo—. Ahora que hay sequía la llevaría gustoso pero, como le dije, no estamos yendo por allá.

Antigua se quedó callada mirando la cruz, mirando el mar quieto e inerte sobre el papel. En ese momento lo supo con la fuerza de las cosas dictadas por la intuición. Iría a Puerto Arturo, encontraría varias corrientes subterráneas de agua y recibiría mucho dinero por ello, a lo mejor el presagio de la cubana iba a hacerse realidad, pensó mirándose las líneas de la palma de la mano. Se permitió fantasear con la idea de que en Puerto Arturo la esperaba una inmensa fortuna. Sonrió de solo pensarlo, aunque en el fondo sabía que los lugares pequeños traían inconvenientes grandes como los que estaba a punto de enfrentar. Se le borró la sonrisa de la boca cuando recordó que la abuela solía decir que los problemas siempre empezaban antes de que uno los viera realmente. Era verdad. El suyo ya había empezado, pero aún no se había dado cuenta.

Los nativos vivían en la parte de atrás de la cabaña, en pleno bosque, alrededor de un caserío que no albergaba más de una veintena de ranchos de tablas pintadas de colores vívidos. A primera vista llamó la atención de Lila el hecho de que todas las puertas estuvieran abiertas. Mucho después se daría cuenta de que no, no estaban abiertas, lo que pasaba era que ni siquiera había puertas. Frente a cada casa se apostaban una o dos sillas plásticas descoloridas, a menudo con las patas remendadas. Sobre las sillas, sin falta, siempre había algún hombre reposando en medio de una inmovilidad parecida a la de las iguanas cuando se estiran para tomar el sol mañanero. Quieto, mirando a un punto fijo, con los ojos tan extraviados como sus pensamientos. O dormido, dejando caer la cabeza a un lado y al otro como si fuera tan pesada que su propio cuello no pudiera sostenerla erigida. El que no estaba borracho estaba aletargado a causa de la resaca: las noches eran de ron, de gallos, de billares y de percusión. Esa rutina se rompía solo cuando debían coger la cosecha, cazar o lanzarse al mar. Lo anterior constituía lo que ellos llamaban el camello y solo ocurría por la fuerza de la necesidad. No pensaban en el mañana, quizá porque la vida bajo tales circunstancias solo admitía el presente y mirar más allá del presente requería un ejercicio de perspectiva que nadie les había enseñado.

Las mujeres, en cambio, revoloteaban de un rancho a otro intercambiando yucas, ñames, plátanos, huevos, arroz, cangrejos, en fin, ingredientes para cocinar. El suelo permanecía lleno de cáscaras sin recoger, de juguetes destartalados que eran de todos y de nadie, de hojas secas, racimos podridos, hilachas de ropa, huesos, plumas, llantas, pedazos de electrodomésticos, en fin, cosas inservibles que no sabían cómo desechar o cosas que expulsaba el mar y ellos recogían con la absurda idea de sacarles algún provecho. De cada rancho salía música gangosa de una radio mal sintonizada con vallenatos y, últimamente, después de una bonanza que nadie confesaba a quién atribuirle, con reguetón y otras canciones que ellos denominaban modernas.

En la parte de atrás se oían los chillidos de un cerdo encerrado en un corral tan pequeño que no podía ni darse la vuelta. Protestaba día y noche con tanta regularidad que nadie en el caserío oía sus chillidos, o si los oían parecían tenerlos como un sonido ambiente imposible de acallar. Los nativos decían estarlo engordando para el Gran Acontecimiento, y cuando hablaban de la comilona épica que iba a proporcionarles debían limpiarse la saliva que se les escapaba por un rinconcito de la boca. Lo que más le impresionó a Lila fue la cantidad de perros: andaban por todas partes, dormidos bajo cualquier sombra, echados en la arena, apostados en cada entrada de cada rancho. Estaban sin falta al pie de las hamacas o junto a la olla hirviente en donde se cocía el almuerzo. Hurgaban entre la basura y si no encontraban qué comer al menos se deleitaban con el olor de las cosas descompuestas. A menudo, las mujeres los agarraban a escobazos y los borrachos les cortaban la cola a machetazo limpio, aun así, no faltaban perros en la cocina, en los billares, en los bailes, en los partidos de fútbol y las peleas de gallos. Nadaban en el mar, en los manglares y en los caños. Se enlodaban en los charcos putrefactos. Se perdían en el bosque. Se revolcaban en la arena y sobre el tapete de hojas secas en donde, a veces, las serpientes y los alacranes los picaban. Nadie los extrañaba cuando morían. Había que verlos correr a lo largo de la playa persiguiendo pájaros y cangrejos para entender el verdadero significado de la palabra libertad. Adoraban las noches de luna llena con un coro de aullidos sincronizados. En su sangre latía la reminiscencia de un pasado lobuno que los dejó atrapados en algún lugar a medio camino entre lo salvaje y lo doméstico. En medio de esa tropa revoltosa, Lila encontraría a Cumbia unos días después.

El caserío vivía inmerso en una nube persistente de humo, producto de los fogones de leña sobre los cuales reposaban ollas recubiertas por el curado negro que se formaba tras muchos usos, mucho fuego y ningún lavado. Una vieja revolvía el guiso contenido en una de las ollas. Lila le calculó más de cien años. Intentó conversarle, pero jamás obtuvo respuesta. Luego se enteraría de que evitaba hablar a toda costa para no mostrar la muequera. No paraba de mover el guiso como si fuera una autómata programada para realizar esa única actividad. Era imposible saber dónde terminaba la mano y dónde empezaba el cucharón de madera con el cual revolvía los alimentos bajo su custodia. Daba la sensación de que mano y cucharón se habían convertido en una misma cosa imposible de separar. La vieja se aplicaba a su labor con la rigurosidad de quien se cree el último poseedor de conocimientos culinarios tan antiguos como la raza humana. Guardiana de recetas que de boca en boca y de migración en migración fueron a dar a los rincones más recónditos de la tierra. Mezcla de fuego lento con sabor a humo, madera y especias ancestrales que solo ella sabía adónde recolectar.

Sin falta se oía en cada rancho el llanto de algún bebé. Las mamás se las ingeniaban para colgarlos del pecho o de la espalda, un entrenamiento de suspensión al aire para que se fueran acostumbrando a dormir en hamacas. Una vez empezaban a caminar, los niños corrían libres y desnudos por el caserío junto con los cerdos, las gallinas, los perros, las guacamayas y algún mico domesticado que actuaba y se movía igual que ellos. A Lila, en primera instancia, le impresionó la cantidad de animales, algún día se daría cuenta de que, en realidad, eran muy pocos, pues la sequía los había menguado. También le impresionó una niña que salió persiguiéndola en un intento por agarrarla de la mano. Algo no cuadraba en su fisionomía. La piel demasiado oscura contrastaba con los ojos demasiado claros. Una combinación imposible. No parecía de este mundo ni de ninguno. Todos la llamaban La-sin-palabras. Lila no tardó en deducir que la niña era muda.

En el escalón de la entrada a los ranchos dormitaban gatos cuya función era nocturna y consistía en mantener a raya las chuchas y las ratas, que tenían la terrible costumbre de mordisquear los dedos de los recién nacidos. Los niños entraban y salían de las casas como si todas les pertenecieran, se aferraban a cualquier falda de cualquier mujer de la misma manera como se aferraban a las de sus madres. Cada cierto tiempo alguna familia sacrificaba una gallina, un cabrito o un cerdo y montaban una olla comunitaria que revolvía la vieja Mano-de-cucharón y rendía hasta para los vecinos de otros caseríos. Eran muy pocos y por lo tanto todos se conocían y estaban emparentados, razón por la cual nacían niños deformes, mudos, con extremidades de más o de menos, con algún tipo de retraso o con síndromes tan raros que ni siquiera habían sido estudiados y aún carecían de nombre, de tratamiento y de cura. Celebraciones, entierros y nacimientos los pasaban juntos comiendo y bebiendo. Había que consumir el contenido de los calderos con prontitud ante la imposibilidad de refrigerar nada. La digestión de semejantes manjares se tomaba unos buenos tres días de cama.

Cuando Lila se asomó por primera vez, todas las mujeres la llamaron por el nombre y le ofrecieron patacones y carimañolas: «Venga, seño, Carmenza y Tilda nos han hablado mucho de usté», le dijo una de ellas tomándola con confianza del brazo. Era morena y altiva, se presentó como la mamá de «El Guasa». A Lila le pareció que tenía forma de ave a causa de la cara de triángulo, la escasa longitud que mediaba entre un ojo y otro y lo afilado de la nariz, asomada como si fuera un pico. Además, al parecer la mujer era conocida por comunicarse con las aves, pero no solo les hablaba a los pájaros, sino que lo hacía como ellos, con sus mismos sonidos. Viéndola bien, era más ave que humana. Había que detallarse la particular manera de actuar cuando estaba en sus días de pájaro. Si necesitaba a alguien no lo llamaba por el nombre, más bien ponía la boca en forma de O y dejaba salir silbidos diferentes de acuerdo a la persona que necesitara convocar. Cada quien aprendió a identificar el suyo.

Las demás mujeres querían mostrarle confianza a la cachaca entregándole a sus bebés. «Este es Ervin, esta es Katerine con K, para que suene más internacional, y aquel es Wilson y la de más allá se llama Yuri». Las más atrevidas le tocaban el pelo o las mejillas: «Pobre cachaca con ese pelo delgado igual a hilo barato, venga, úntese aceite de coco, debería ponerse al sol a ver si agarra color, mírese la piel toda desteñida y llena de ronchas, parece enferma. ¿No tiene hijos? Y entonces qué se la pasa haciendo todo el día, cuando quiera la convidamos a lavar la ropa».

Lavar la ropa era una actividad exclusivamente femenina. Si algún día se extinguieran las mujeres, sus compañeros habrían preferido retroceder unos buenos siglos y andar desnudos dentro de sus cavernas antes de tomarse el trabajo de ejercer el oficio. Lavaban al pie del acantilado, entonando canciones tan viejas como la marea. Cualquiera habría dicho que les gustaba desempeñar ese trabajo cuando lo que les gustaba en realidad era la posibilidad de comadrear. Al son del mar se contaban los sueños y se compartían dolencias y remedios. También se quejaban de los hombres, de los hijos, de *ellos*, de cualquiera que les jodiera la vida. Lanzaban las penas al agua a ver si las corrientes se las llevaban. Rara vez lo hacían. Después del lavado ponían las prendas al sol y luego las sacudían vigorosamente para que el viento les desprendiera los restos de arena y de sal adheridos a las fibras. Era imposible remover todas las partículas, por lo tanto, la antigüedad de una prenda se calculaba según su peso, era entonces cuando decían cosas como: «Esta camisa pesa unos seis años».

La curiosidad que Lila despertaba en las mujeres era inversamente proporcional a la de los hombres. Ninguno la miraba, si ella preguntaba algo, lo más seguro era que se quedaran callados como si nadie hubiera hablado. Hay que ver, en cambio, cuando iba Miguel: «Venga, Miguel, le ofrecemos un trago y una silla cómoda. Mija, tráigale algo de comer al cachaco. ¿No hay nada listo? Pues apure el paso, sirva para algo. Anímese una noche de estas y nos acompaña a la gallera. ¿No tiene hijos? El problema será de su señora, qué va a ser suyo. Ojalá le salga varón, las mujeres son muy complicadas, uno de macho que tiene varias por ahí. ¿Alto el volumen de la música? Qué va, hombre, usté tiene el oído delicado, vaya entrenándolo pa' cuando lo llevemos al billar, eso sí es música dura y sabrosa».

Después de visitar el caserío, Lila y Miguel, frente a sus rones sin hielo y sin música, se embarcaban en los mismos debates interminables acerca de si la gente allá vivía bien o mal. A veces, les parecía que llevaban una vida sencilla, sin preocupaciones ni problemas demasiado grandes: peleas de borrachos, cosechas arruinadas, gallos heridos, partos complicados que terminaban donde Encarnación. Si el bebé no sobrevivía, no era tan grave, siempre se podía hacer otro y esperar nueve lunas, qué tanto era eso. Percibían la muerte sin dramas ni misterios, un trámite más de la existencia. Una vez le preguntaron a Carmenza qué hacían cuando alguien se enfermaba de gravedad. Ella levantó los hombros como cada vez que se va a dar una respuesta obvia y dijo: «Pues esperar a que se muera y después enterrarlo».

En otras ocasiones, las conversaciones de Lila y Miguel tomaban rutas más espinosas:

—Nos vamos a volver como ellos.

—Una cosa es vivir así por obligación y otra por gusto propio —se defendió Lila—. Nosotros estamos aquí porque queremos.

—Ellos también. ¿O acaso los ves amarrados a una silla?

—Claro que los veo amarrados. El trago amarra, la falta de educación sexual amarra, no tener trabajo estable amarra.

—¡Yo los veo felices! —insistió Miguel—. Viven sonriendo, se bailan hasta un velorio, son solidarios unos con otros, trabajan solo lo necesario, se entregan sin remordimientos a lo que más les gusta, es decir, el trago y los gallos, todo lo comparten...

—Hasta las mujeres... Yo creo —dijo Lila— que la aparente felicidad no es otra cosa que carencia de puntos de comparación. Se creen felices porque no conocen nada más.

—¿Serían verdaderamente felices si conocieran algo más? —preguntó Miguel—, porque yo conozco muchas cosas y, aun así, todos los días me pregunto si soy feliz. ¿Soy feliz?

Más de cinco años juntos y jamás habían abordado el tema de la felicidad, y ahora, en cambio, parecía que no podían pensar en otra cosa. Cada uno hurgaba en su propio interior buscando trazos de ese sentimiento tan anhelado y tan esquivo. Lila asimilaba razonablemente bien la idea de vivir en un lugar idílico, por supuesto, con algunas incomodidades las cuales no consideraba mayores ni peores a las que había enfrentado en su infancia. Con el paso de los días se había dado cuenta de que adoraba la lentitud y la tranquilidad. No extrañaba su vida de antes. De cierta manera le gustaba la simplicidad de la de ahora. Levantarse con el sol y acostarse con la luna. Bañarse al aire libre. Comer solo cuando tuviera hambre. Tener tiempo de pensar en otra cosa que no fuera hacer dinero. O de pensar en nada sin sentirse mal por ello. La idea de la cárcel parecía lejana e improbable y eso le generaba una gran tranquilidad. Podía pasarse horas enteras sentada sobre un tronco en la playa, así Miguel la interrumpiera con la misma pregunta de cada día:

—¿No estás cansada de no hacer nada, Lila?

—¿Y quién dijo que no estoy haciendo nada? Estoy contemplando el mar. El que no hace nada sos vos, Miguel.

—¿Yo? Yo me la paso durmiendo. ¿Te parece poco? Si por eso pagaran sería millonario.

Aunque intentara aparentar otra cosa, Miguel batallaba contra sentimientos más confusos, no importaba adónde fuera, qué hiciera o cuánto dinero tuviera acumulado, nada parecía llenarlo. En su vida anterior mantenía a raya el vacío o, al menos, lo ocultaba muy bien. En Puerto Arturo era diferente. Las reglas eran otras, sus discursos no impresionaban a nadie. Sus opiniones no eran tenidas en cuenta. Había que obrar para sobrevivir y él era un hombre que nunca había obrado. Había nacido con la vida resuelta, su familia y sus nanas lo orbitaron sin tregua con el fin de anticiparse y resolver las posibles dificultades antes de que se configuraran en problemas reales. Siempre se sintió privilegiado y especial por ello, ahora veía todo de manera muy distinta.

—Me resolvieron la vida, Lila, como si yo no fuera capaz de hacerlo. Todos mis emprendimientos fracasaron porque mis padres me hicieron creer el dueño del universo pero no me prepararon para gobernarlo. Por preparación no me refiero a credenciales, diplomas o estudios, me refiero a algo más importante: la capacidad de gestionar las situaciones más básicas de la existencia. No soy capaz de comandar un burro para ir a recoger mi propia agua. Si no fuera por Oto nos moriríamos de sed. Jamás he sembrado una semilla ni abonado una planta. No sé ni hacerme un huevo sin que me quede muy duro, muy flojo, muy salado o con pedacitos de cáscara como la que se me clavó esta mañana en la encía. Pensándolo bien, Lila, no tengo ni puta idea de cómo lavar mi propia ropa, desatascar el baño o limpiarlo. ¿Para qué se usan esos escobillones raros que pusiste al pie del inodoro? ¿Con qué tipo de jabón se limpia la taza? ¿Con el verde? ¿Con el cloro? ¿Con el azul? Dime cómo diablos voy a construir y a sostener una cabaña en un lugar tan precario donde el óxido arrasa con todo y los gorgojos dejan montoncitos de madera que no serán propiamente barridos por mí. ¿Barrer? Ni siquiera recuerdo la última vez que tuve una escoba en la mano, es posible que jamás la haya tenido, con este hijuemadre arenero podría morir ahogado en la sola arena que soy incapaz de barrer. Nunca he pescado porque en el supermercado es más fácil meter la mano en la sección de congelados. Tampoco he ordeñado una vaca, pobre iluso, dizque pretendiendo limpiar parte del bosque para hacer un potrero. Jamás he empuñado un hacha ni extraído leche de otra parte que no sea una bolsa. Tengo muchas cosas que demostrarme a mí mismo. No voy a permitir que nada me quede grande. Esta vez no. A lo mejor mi infelicidad reside en el hecho de no haber logrado nada por mis propios méritos. ¿No creés? —Lila no respondió, se sentía aturdida como si tuviera un abejorro zumbándole dentro de la cabeza, así que Miguel continuó con su monólogo—. Son felices, Lila, ellos son felices porque hacen todo por sí mismos, resuelven sus propias vidas. Esa es la fuente de su satisfacción. Tengo que empezar a hacer cosas, no pensar más en el dinero. ¿A ver, para qué diablos nos ha servido aquí esa bolsada de billetes que trajiste? Voy a comenzar con el potrero, espero tenerlo despejado para que cuando Antigua llegue y encuentre agua, no sea sino llenarlo de vacas. Y también tengo otro par de ideas, voy a cultivar camarones y perlas. ¿Te imaginas, Lila? Nos vamos a hartar de comer camarones, vas a poder ensartar el collar de perlas más largo del mundo. ¿Cómo se hará el arroz con camarones y el cebiche? ¿Cómo se les abrirán los huequitos a las perlas?

Lila siguió callada, mirándolo sin apenas parpadear. Nunca lo había visto desprenderse de su coraza ni exhibir sin pudor su vulnerabilidad. Intentó recordar qué la había enamorado de aquel hombre que, de repente, parecía un completo desconocido, un niño necesitado de una madre que le sobara la cabeza con un gesto de aprobación y le dijera que seguía siendo el rey. El problema era que Lila no quería ser madre de nadie, ni aprobar a nadie, ni sobarle la cabeza a nadie. Es más, odiaba a los reyes por ostentar un poder que no había sido obtenido por el propio esfuerzo. Además, no es que le gustaran mucho los camarones y, como si todo lo anterior fuera poco, tampoco le interesaba tener el collar de perlas más largo del mundo.

Llegó la luz. Se fue la luz. Volvió a llegar. Se volvió a ir. Un día. Dos días. Cinco días sin luz. ¿En serio? En serio. Lila y Miguel nunca supieron exactamente qué era lo que ocurría, pero la luz llegaba, los ilusionaba y luego se iba. Lo de llegar es un decir, porque era lo mismo tenerla que no tenerla. Las neveras prendían, pero no enfriaban. El televisor solo encendía el piloto, nada más. Los bombillos no iluminaban más que las velas, tan débil era la potencia que no servían para alumbrar sino para atraer una muchedumbre de insectos. Había que ver la insistencia de los bichos por cubrir las fuentes luminosas, pese a quemarse las puntas de las alas seguían acercándose, como atendiendo un llamado antiguo más fuerte que ellos mismos. Los insectos actuando en masa hicieron que Lila se preguntara cuáles de sus actuaciones eran heredadas, cuáles instintivas y cuáles genuinas. «Creemos tener más poder sobre nuestra vida del que realmente tenemos», dijo en voz alta mirando el foco cubierto por el enjambre. La apabullante cantidad de insectos los tenía en la penumbra de tal manera que, con electricidad o sin ella, igual pasaban las noches a oscuras. Noches eternas. Sin televisor, sin internet, sin libros y sin juegos de mesa, las noches eran eternas. Eternas. Que no importa, que así podemos ver más estrellas, decían para consolarse. Que no importa, que conversemos sin vernos la cara. Que no importa, que contémonos historias. Que no importa, que si los hombres de las cavernas fueron capaces de vivir sin refrigeración, nosotros también. Llegó la luz. Se fue la luz. Volvió a llegar. Se volvió a ir. Un día. Dos días. Cinco días. Toda la vida.

—Estamos aburridos, aburridos, aburridos. ¿Qué hacen ustedes por las noches? —le preguntaron a Tilda una vez.

—Pues lo mismo que hace todo el mundo —contestó ella.

—¿Y qué hace todo el mundo?

—Pues qué va a ser: dormir.

Era verdad, no necesitaban luz para dormir. Necesitaban aprender a vivir al mismo ritmo de la naturaleza. Cuando menos se dieron cuenta se estaban acostando poco después del canto del último gallo. Eternas, por eso las noches eran eternas, por eso convenía apurarse un trago de ron. Y, sin embargo, las noches de doce horas estaban lejos de ser el asunto más grave, el asunto más grave era el de las neveras. Llegó un momento en que la sensación de frío fue un recuerdo lejano e inalcanzable. Un lujo imposible de tener allá. Antes de que el frío fuera un recuerdo fue mucho lo que insistieron en llamar al técnico con la esperanza de que pudiera hacer funcionar las neveras. El técnico se llamaba Trulfio, su nombre lo había hecho ganador de «El sin tocayo», el famoso concurso del festival del pueblo. Nunca lograron aprenderse el nombre y por eso se referían a él como El-sin-tocayo. De un tiempo para acá empezaron a necesitarlo todos los días y Miguel bromeaba diciendo que iba a instalarle una oficina dentro de la cabaña. No importaba a qué horas llegara, siempre tenía la lengua enredada y una botella de whiskey dentro de la jíquera. Cuando la motobomba empezó a sacar la mano, el técnico apareció con su hijo quien, según él, era un experto en ese tipo de aparatos. Se llamaba Regal. «Mero homenaje», dijo Miguel cuando oyó el nombre. Lila se tardó más en hacer la asociación porque había entendido Regan en vez de Regal y no captaba la razón por la cual un hijo de El-sin-tocayo tenía nombre de expresidente.

Peláez había comprado la motobomba para subir el agua lluvia que recogía en el aljibe hacia un tanque ubicado en el techo de la cabaña. De esa manera podía llevar agua dulce a la ducha, el lavamanos y el sanitario. Ahora, con el aljibe seco y ninguna amenaza de aguacero, era absurdo usar la moto-bomba, pero Miguel se negaba a bañarse y a soltar el sanitario a totumazos, decía que ver salir agua del grifo y jalar la palanquita del sanitario era el último reducto de la civiliza-ción, por eso se empeñó en meter la bomba al mar para lle-nar el tanque así fuera con agua salada.

—El agua salada corroe todo, seño, no puede meter la bomba al mar porque se daña —le explicó Regal, mostrán-dole lo oxidado que estaba el mecanismo.

—Para eso lo tengo a usted, para que me la arregle.

—Ay, Miguel —se quejaba Lila—. Dejá de joder. ¿Qué tiene de malo echarse agua con la totuma?

—Todo, Lila, tiene todo de malo. Uno aquí se va resig-nando a que nada funcione como debería y cuando menos piensa está convertido en un salvaje. Bastante tenemos con usar un baño al aire libre. ¿Qué sigue? ¿Que se dañe el sanita-rio y nos toque cagar en un hueco en la tierra? ¿Que nos mu-demos a una cueva?

—Comprá aire acondicionado pa' instalar acá es una idea que solo pudo ocurrírsele a un cachaco —lo interrumpió Trulfio—. ¿Cómo piensan retené el frío si ni siquiera hay paredes? Además, mire, están oxidaos.

—¡Están nuevos! —exclamó Miguel—. ¡Usted mismo los sacó de la caja!

—¿Y a usté quien le dijo que el óxido respeta las cajas? Ustedes los cachacos tienen muy idealizada la vida frente al mar. Quieren tomá partido de las cosas buenas que ofrece sin hacerse cargo de las malas.

—Hablando de óxido —le dijo Miguel a Lila—, no sé si has notado que los botones metálicos de las bermudas están oxidados y los cierres de las maletas y la rosca de los bombillos y la hebilla de la correa y el cortaúñas. Por cierto, también las pinzas con las que te sujetas el pelo y todos los broches de todos tus sostenes y las esponjillas metálicas y el papel de aluminio y los tornillos del caballete y las esquinas de las neveras y la palanquita del sanitario y las bisagras y las canillas y el mofle del carro. Por si no te has dado cuenta, Lila, todo lo metálico se está oxidando. ¡Todo! ¿Ya mencioné las ollas? Por Dios, ni siquiera sabía que una olla pudiera oxidarse. Es algo en lo que simplemente no había pensado, una preocupación que antes no tenía. No sé por qué diablos estoy hablando de ollas. A lo mejor porque sospecho que estamos comiendo óxido, vamos a morir intoxicados.

—Sí..., ya me había dado cuenta. El grado de salinidad aquí no puede ser normal —dijo Lila—, creo que no ha sido lo suficientemente estudiado por la ciencia. Aunque, pensándolo bien, el grado de estupidez de los seres humanos tampoco es normal. Había una nevera encallada en la arena esta mañana. Oíste bien. Una nevera. ¿Quién diablos arroja una nevera al mar? Supongo que el mismo tipo de idiota que arroja televisores, muebles, llantas y zapatos. Hay como un millón de Crocs desperdigados a lo largo de la línea de playa. ¿De dónde salen tantos? Si la fábrica de Crocs viera adónde van a dar los zapatos que fabrica, cerraría su operación de la pura vergüenza, aunque, aquí entre nos, me parece que la mayoría son copias piratas y copias de las copias piratas.

—¿Has revisado los billetes, Lila? Nada raro que les haya dado mal de tierra, te vi el otro día en el carro revisándolos, habría jurado que estabas hablando sola. ¿Te estás volviendo loca? ¿O soy yo? ¿O somos ambos? No me mires así. Ya sé por qué vives con ese pedazo de escoba en la mano. Bajo las sillas y las columnas de la casa y la mesa del comedor y la cama y las repisas siempre hay montoncitos de ripio. ¿Sabés lo que significa?

—Polilla, comején, broma, hongos —dijo Trulfio antes de mandarse un trago largo de whiskey.

—Vamos a morir sepultados entre óxido, microplástico, ripio y arena. Aquí todo se oxida, se cristaliza, se decolora, se vence, se desmorona. Todo pierde el brillo y la textura. Todo se refunde, se deshace, se carcome, se desvanece, se destiñe. Todo se reseca, se evapora, se pudre y se mancha. A todo le da moho, le da mal de tierra. ¿Qué nos pasará a nosotros? Venga ese whiskey, compadre —dijo Miguel arrebatándole la botella a Trulfio—. Vivir aquí a palo seco es muy berraco.

—Muy berraco, compae —dijo Trulfio.

—Muy berraco, compae —dijo Regal.

Miguel se zampó media botella mientras pensaba que su mayor preocupación, fuera de la motobomba, fuera de las neveras, fuera de los aires acondicionados, fuera del óxido, fuera de los hongos, fuera del comején, era no poder usar el televisor. Se estaba perdiendo la Copa América, la Champions League, el Mundial y, en general, el movimiento de las ligas menores masculinas y femeninas. Trulfio lo frustró aún más, asegurándole que el televisor jamás funcionaría: era demasiado grande, consumía más energía de la suministrada por el cable madre, por el cual Peláez había pagado un buen dinero. Y eso que no les contó acerca de los cientos de cablecitos piratas que se desprendían del cable madre para iluminar los ranchos más apartados. No les contó, obviamente, porque la mayoría de los cablecitos habían sido instalados por él. Una red hechiza desplegada con una mezcla de ingenio y descaro a lo largo y ancho del bosque. Con semejante intermitencia en el fluido eléctrico, Lila y Miguel desde hacía días se venían oliendo el asunto del robo de energía. Lo delataba el eco de una música lejana: bum, bum, bum. Los fines de semana la situación tendía a empeorar: bum, bum, bum. Sonaba aún más duro en las noches: bum, bum, bum. Y en los múltiples momentos en que todos los caseríos cercanos parecían tener luz y ellos no.

—Vida cagada la nuestra, ni aquí nos libramos del reguetón. Tras de ladrones, los malditos tienen pésimo gusto musical. Un día de estos voy a ir yo mismo a cortarles la luz.

—¿Vos a quién creés que Peláez le pagó la instalación del cable desde el pueblo hasta aquí? —le preguntó Lila.

—Pues al El-sin-tocayo, a quién más.

—Ahí está, Miguel, somos tan ladrones como ellos. Compartimos la misma clandestinidad. ¿O acaso esta mañana fuiste al buzón y recogiste la factura de la electrificadora para ir al banco a pagarla? ¿O fue por internet que la pagaste y por eso no me di cuenta?

Eran muchas las razones por las cuales la electricidad no funcionaba a la perfección. Que la energía la cortara Trulfio a propósito para cobrar por la reparación, tal y como sospechaba Miguel, era tan solo una de ellas. Otra era la sobrecarga. Y los múltiples cortos generados por alguno de los cablecitos piratas. En ocasiones, la culpa se debía al desplome de un árbol. O a un ventarrón. Otras veces eran *ellos* quienes cortaban el fluido eléctrico cuando necesitaban llevar a cabo un operativo que precisaba absoluta oscuridad. Llegó la luz. Se fue la luz. Volvió a llegar. Se volvió a ir. Un día. Dos días. Cinco días. Toda la vida.

Otoniel tenía que ir al pueblo a comprar aceite, gaseosas, granos, azúcar y antojos en general. Estaba a punto de partir cuando Miguel intentó pegársele.

—¿Y adónde se piensa acomodar? Porque usté no tiene pinta de ser capaz de aguantar la caminada a pleno sol. Además está bebido. Tenga cuidado, el alcoholismo de Trulfio es contagioso.

—Yo me voy en el burro.

—Ni se le ocurra. No pienso sobrecargarlo, con esa manada de pendejadas que pide Lila no hay espacio para ná. Dizque un espejo. No joda. Me encargó un espejo de cuerpo entero. Cómo se nota que la cachaca nunca ha montado en burro. Está loca si cree que voy a correr el riesgo de que se quiebre y me caigan siete años de mala suerte. Siete años salado es mucho tiempo. ¿Cuándo será que aprenden a vivir con lo que tienen a mano?

—¡Si no tenemos nada a la mano! —se quejó Miguel.

—Sí lo tienen..., el problema es que no saben verlo ni mucho menos aprovecharlo. A propósito, de una vez le advierto, si necesitan algo excepcional deben avisarme con tiempo pa' yo mandar al dueño de la tienda a encargarlo. ¿Estamos?

—Estamos. Entonces inclúyame en los encargos dos llantas para la camioneta, una motosierra y bastante gasolina.

—¿Llantas? Quién diablos le va a traer dos llantas tan grandes y tan pesadas. Ubíquese, seño Miguel. En el pueblo es incluso difícil conseguir una llanta de bicicleta.

—¿Y la motosierra?

—Voy a convencer al tendero de que la traiga solo porque a mí también me sería de gran utilidad. Eso sí, no estoy seguro de que haya gasolina.

—¿Vio? Aquí cuando no falta una cosa falta otra —dijo Miguel—. ¿Y cómo hago para hablar con Peláez? Llevamos varias semanas aquí y nunca me he reportado.

—Usté no se preocupe, yo cada vez que voy al pueblo aprovecho para rendirle cuentas. La conversación es siempre la misma: Los cachacos están bien. No, no ha caído ni media gota de agua, toca rogarles a ellos para que nos llenen los bidones. No, tampoco ha venido gente rara. ¿Quién va a venir por acá? ¿A la seño Lila? ¿Buscándola? Se lo diré, claro que sí.

—¿Buscándola? —interrumpió Miguel alarmado—. ¿Y eso quién? Ella ni con la propia familia tiene contacto.

—¿Yo qué voy a saber quién? Ahora que lo pienso, eso mismo me dijo Peláez la vez pasada que lo llamé.

Miguel corrió a contarle a Lila la noticia. Ella puso cara de asombro cuando en realidad quería poner cara de susto. Que la estuvieran buscando solo significaba que su proceso judicial había avanzado. A lo mejor ya era una prófuga y ni siquiera se había enterado. Su único consuelo era que tenía el mejor escondite del planeta. Hasta allá no llegaría ni el escuadrón de búsqueda más sofisticado. ¿Y si la ciudad entera y los aeropuertos y las terminales de buses estaban empapeladas de carteles con su cara y un aviso que decía: SE BUSCA? Intentó calmarse. Mientras estuviera refundida en Puerto Arturo no podía hacer nada, salvo rezar para que en los carteles hubieran usado una foto en la que saliera bonita.

Recién salida de la prisión, Antigua Padilla viajaba ahora hacia Puerto Arturo. Había memorizado bien el punto del mapa que dibujó para ella el funcionario con cara de caballo de la empresa de acueducto. De tanto recorrer el desierto buscando pozos de agua, se había acostumbrado a la vastedad, a prescindir de puntos de referencia, a mimetizarse con la arena, a borrar las propias huellas antes de que dejaran constancia de sus pasos. Tenía más expectativa que miedo; más necesidad de dinero que instinto de conservación. Dinero. Últimamente no paraba de imaginarlo entre sus manos con una avidez impropia en ella. Nunca había poseído nada y ya estaba deseando lo contrario.

A un costado de la carretera echó dedo a camiones, volquetas y buses de escalera. El viento le zarandeaba la túnica con furia, como si quisiera arrancársela de un tirón. De lejos, parecía una niña indefensa huyendo de casa. Abordó un bus destartalado. Los pasajeros le miraron con curiosidad las manchas en la piel. A los hombres no les cuadraba la forma casi infantil de su cuerpo con la cara de adulta hecha y derecha que ha visto de todo en esta vida y no se ha escandalizado con nada. Las mujeres, por su parte, la observaban con curiosidad y desconfianza. No era normal pararse sola en la carretera a echar dedo. Andaba en edad de tener un niño en brazos, en la barriga o en el pensamiento, pero ella no tenía pinta de llevarlo ni en los planes más futuros. Unas miraban de reojo y otras cerraban los ojos para no verla, como si de esa manera pudieran eliminar aquellas cosas que no terminaban de encajar por completo en sus cabezas moldeadas a punta de sermones domingueros.

Su destino era avanzar, como fuera, pero avanzar. La perpetua búsqueda del agua. A lo mejor, en el fondo, huía de sí misma. A lo mejor, en eso se parecía a su madre. Se detuvo en varias tabernas de mala muerte al pie de la carretera. Pedía de todo y luego aprovechaba su invisibilidad para escabullirse sin pagar. No siempre funcionó: esquivó dos balazos, siete botellas al aire y cuatro puñetazos. No existían medios de transporte que abarcaran la última parte del trayecto. La caminada fue larga y agotadora. Cuando llegó a Puerto Arturo había perdido tres kilos y el poco dinero que tenía. Estaba sedienta, cansada, sudorosa y aún le faltaba buscar la cabaña. Según dedujo, el tal Miguel debía ser un riquito del interior, un cachaco de esos que se las dan de exóticos y naturalistas cuando en realidad no distinguen un roble de una bonga. De aquellos que resuelven todos sus problemas con dinero ignorando que cosas esenciales como el agua y la sombra no pueden comprarse. No necesitó esforzarse mucho para deducir que la cabaña debía estar asentada en un lugar idílico, lo suficientemente alejada del pueblo maloliente y polvoriento al cual había llegado, sin duda, frente a una playa de arena blanca, aguas verdeazules y palmeras repletas de cocos, pues justo eso suelen buscar los cachacos: colonizar los mejores lugares sin tomarse el trabajo de entender la dinámica del entorno donde están asentados. Hacen caso omiso de las necesidades y formas de vivir de los habitantes originales, quienes terminan arrinconados e ignorados, al menos hasta que los nuevos colonizadores se percatan de que todos esos conocimientos adquiridos por años en las universidades más costosas allá no les sirven para nada: los inútiles ilustrados, así solía llamarlos su abuela.

Conocía bien la historia. Pasaba de boca en boca y de generación en generación. Antes, mucho antes de que La Seca se volviera un desierto, el frente marino había sido adquirido y colonizado por inútiles ilustrados. Construyeron cabañas inmensas sin respetar el retiro de los manglares ni la franja de playa. Por supuesto gestionaron los permisos, esa a menudo es la parte más fácil, solo se necesita dinero y un funcionario de turno corrupto y es bien sabido que mientras haya lo primero, siempre habrá lo segundo. Hasta desviaron el único río de la zona para aprovisionar las cabañas de agua sin importarles las necesidades de una comunidad con más de medio siglo asentada allí. Sin agua, los nativos perdieron sus cosechas, se murieron sus animales y dejaron de ser autososteniblés para quedar dependiendo económicamente del trabajo ofrecido por los dueños de las cabañas. Trabajo, por supuesto, ingrato y mal pago. Trabajo de temporada. A ningún nativo le gustaba limpiar baños ni lavar platos ajenos, y menos con el agua que antes les pertenecía. Aun así, si no les llevaban el pescado a los cachacos, si no les recogían leña para sus asados, si no les tumbaban los cocos de las palmas, si no les advertían sobre tiburones o corrientes subacuáticas, los inútiles ilustrados habrían terminado muriéndose ahogados, de hambre, de sed o de malaria. Y no, no terminaron muriéndose de nada, pues apenas dejó de llover y el río se secó, no volvieron a vacacionar en sus lujosas cabañas y entonces los nativos se quedaron sin trabajo, sin dinero, sin río, sin cosechas, sin manglar, sin animales y sin frente de playa. Las cabañas no demoraron en ser devoradas por el óxido, el salitre y la humedad. La mayoría terminó desplomándose, dejando la arena llena de ruinas en donde solían jugar los niños y maldecir los adultos, en especial los que alcanzaron a conocer el esplendor de esa playa y sabían que jamás volvería a ser igual.

Justo en eso pensaba Antigua mientras recorría Puerto Arturo e imaginaba cómo sería la cabaña de Miguel. Sin duda estaba lejos del pueblo, del polvo y de la basura en perpetuo remolino a causa del viento. Lejos de las calles mal trazadas o no trazadas en absoluto, rasguños torpes que no iban ni llegaban a ningún lugar. Laberintos sórdidos que invitaban a la huida, aunque no ofrecían opciones para emprenderla. Lejos de cunetas empozadas de aguas negras y fétidas que no conocían ni conocerán un acueducto. Lejos de la pereza suspendida en el aire a causa del marasmo de la media tarde. El pueblo le pareció un infierno, un tipo de infierno conocido bien por ella a fuerza de haber vivido entre el fuego. Un lugar escondido, lo suficientemente olvidado para que ellos generen un temor sutil capaz de convencer a los débiles de que necesitan ser defendidos por alguien.

Esa era, más o menos, la misma situación de todos los pueblos olvidados. En Puerto Arturo no había ni un solo poste de luz y, por lo tanto, la maraña de cables clandestinos se extendía caóticamente a lo largo de estacas improvisadas, clavadas a la fuerza sin orden ni estructura ni legalidad. A esa hora, con el sol alto, hasta las gallinas estaban haciendo la siesta resguardadas bajo alguna sombra. Una tropa de perros flacuchentos orbitaba las únicas cuatro cuadras que componían el pueblo, demasiado sedientos para ladrar, demasiado hambrientos para pensar en otra cosa diferente a buscar algo de comida. A la vera se asentaban ranchos de madera improvisados sin puertas, sin zócalos, sin baldosas que se interpusieran entre la tierra y las plantas de los pies. Del hueco que usaban como ventana se asomaban cabezas para espiar a la recién llegada y luego, apenas se alejaba, volvían a ponerse frente al televisor. Al fondo, vio una iglesia en ruinas, a leguas se notaba que hacía años no era pisada por nadie. Antigua pensó que un pueblo en donde ni siquiera entraba la mirada de Dios debía ser el pueblo más olvidado de todos los pueblos olvidados. A los curas suelen gustarles plazas así, pues venden fácil el miedo para cobrar después la salvación.

Se puso de pie frente a las ruinas de la iglesia cuando una señora alta y flaca con un vestido amarillo pasó junto a ella. Tenía un lunar oscuro que le abarcaba media cara.

—Si está esperando al cura le van a salir raíces —dijo dándole un mordisco al mango que llevaba en la mano.

—En realidad no espero a nadie. ¿Qué le pasó al cura? —preguntó Antigua intentando mirarla a los ojos cuando, en realidad, estaba mirando el lunar.

—Se murió.

—¿Y eso?

—Le cortaron... la cosa, lo encontraron abusando de un niño y..., ya sabe, ellos no le perdonan ni media a nadie.

—Entonces no murió: lo mataron.

—Lo mataron, sí. La curia no volvió a mandá otro cura, y eso que los fieles imploraron por alguien.

—¿Para qué? —preguntó Antigua.

—Para que exorcizara el espíritu del mutilado, ya lo oirá, se mantiene quejándose.

Antigua se asomó entre las ruinas y entonces supo que los chillidos no obedecían a un espíritu en pena sino a los murciélagos que pendían de las vigas del techo y a la manada de ratas apropiadas del recinto entero. La más pequeña era del tamaño de un gato recién parido y la más grande era capaz de mordisquear las extremidades de un bebé, tal y como había ocurrido en varias ocasiones, según se enteraría después.

Desde la iglesia divisó la totalidad del pueblo y comprobó la gravedad de la sequía. Según sus cálculos, unos años más sin caer agua convertirían a Puerto Arturo en un desierto. Así había ocurrido en La Seca: confiaron en la temporada de lluvias con la misma fe con la que daban por segura la salida del sol cada mañana. Hasta que llegó el día en que fallaron las lluvias y quedó el sol reinando sin límite y sin medida. De esa forma se secaron los arroyos y se evaporaron las lagunas, desaparecieron bosques y cultivos, se agrietó la tierra, murieron los animales, se fueron los jaguares, cambiaron el rostro y el carácter de los hombres. Ese tipo de cosas no pasaron de un momento a otro, sino que fueron paulatinas y, quizá por eso, nadie se percató a tiempo de la gravedad, debido a ese vicio tan humano de olvidar el pasado, de permitir que una partícula de sal tenga más memoria que un pueblo entero. Un día, así sin más, miraron alrededor y estaban viviendo en un desierto, recordó.

Deambuló sin rumbo en busca de indicaciones sobre la ubicación de la cabaña de Miguel. Unos niños revoltosos le jalaron el pelo antes de salir corriendo muertos de la risa. Una voz conocida les gritó: «Respeten, respeten». Resultó ser la señora de amarillo, que agarró a Antigua de la mano y la arrastró hasta la tienda porque, según ella, el tendero conocía a todos los habitantes de la zona. Una vez llegaron, la señora la soltó y se quedó mirándole las manchas:

—Somos iguales —dijo tocándose el lunar de su propia cara.

—¿Iguales cómo? —preguntó Antigua.

—Dios usó nuestra piel para escribir. Eso decía mi abuela cuando yo era pequeña y los demás niños se burlaban de mí.

—¿Y qué escribió?

—Ni idea. Dios es un ser muy extraño, ¿no cree? Manda mensajes pero no proporciona las herramientas para entenderlos.

La mujer desapareció antes de que pudiera responder. Antigua entró a la tienda y preguntó:

—¿Quién es la señora de amarillo?

El hombre alzó la vista y se quedó por un instante paralizado con una hachuela al aire, seguro tratando de entender quién diablos era esa mujer tan pequeña y qué hacía sola en un pueblo tan recóndito.

—¿Cuál mujer?

—La que me trajo, la de amarillo.

—Yo no vi a ninguna mujer —dijo el tendero mientras bajaba el volumen de su radio mal sintonizada.

—Estaba hace un instante aquí conmigo, tuvo que verla, tenía un lunar gigante en la...

—Que no, seño, que no vi a nadie.

La tienda resultó ser no solo una tienda sino también una suerte de carnicería improvisada. Afuera, una docena de perros hambrientos esperaba con paciencia el momento de agarrar al vuelo algún bocado de carne. El tendero descuartizaba un cerdo sobre una mesa de madera cerca del mostrador. Un charco de sangre teñía el piso de tierra dura. Las moscas sobrevolaban enloquecidas por el olor a carne y a orina.

—¿Conoce la cabaña de Miguel? —preguntó Antigua.

—No —respondió dejando la hachuela a un lado y frotándose las manos salpicadas de sangre—. Espere... ¿No estará usté buscando la cabaña de Peláez? Hasta donde sé, allá está viviendo un cachaco. Debe ser el mismo que usté anda buscando. No es que lo conozca, sin embargo, vea usté, es mi mejor cliente. Al menos no hay que fiarle. Verá, Otoniel viene una vez al mes a comprarle agua, comida y a llamar al patrón pa' rendirle cuentas. ¿Va pa'llá?

—Ajá.

—¿Es amigo de usté?

—No, sí, bueno, es que Miguel...

—Es un buen tipo, según Otoniel. La mujer, en cambio, es más bien complicá.

—Ajá —dijo Antigua en voz alta.

—Como todas, seño, se lo cuento yo que he tenido varias, por eso hay que estarlas cambiando —dijo aclarándose la garganta, escupiendo en el suelo y mirándola de arriba abajo con una risita tontarrona de seductor barato—. Yo me iría por la playa, con esta sequía tan brava el bosque de atrás está cada vez más impenetrable, lleno de maleza, chamizos, pencas y guijarros, es fácil perderse, aunque usté tiene pinta de dominar terrenos complejos, ¿no? Otra opción es que siga el cable de luz que sale justo de aquel estacón, atraviesa todo el bosque y llega hasta donde Peláez. Trulfio lo instaló pa' que la cabaña tuviera electricidad, debería servirle al menos de guía, porque pa' llevar luz no ha funcionado.

—¿Me fiaría una botella de ron?

—Yo no le fío a desconocidos. Y menos trago. A propósito, dígale al cachaco que la motosierra ya llegó. El problema va a ser la gasolina. Está muy escasa, igual pasa con los botellones de agua. A ellos les dio por pedirles vacuna a los proveedores y por eso no quieren despachar. Llegó en mal momento, le digo. Prepárese pa' la sed.

Perros, perros por todas partes. Perros sin dueño. Entraban y salían dejando la cabaña llena de arena que Lila no demoraba en barrer. En los lugares más insólitos parían cachorros que llegaban al mundo con el hambre acumulada de todos sus antepasados, un hambre tan grande y tan prolongada que no les alcanzaba la vida para saciarla. Parecían vivir del aire. Se curaban solos las enfermedades, se lamían las heridas, no sabían lo que era una caricia. Eran capaces de predecir una patada antes de que se produjera. Lila los vio varias veces rendirse sobre la arena caliente. Morían en medio de una gran resignación: no gemían, no lloraban, no cerraban los ojos. «¿Por qué será que los humanos siempre arruinamos todo lo que tocamos? Les iba mejor cuando eran lobos y aún no los habíamos domesticado», pensó. Intentó no encariñarse con ninguno. Desviaba la mirada. Cerraba los ojos. No les daba comida. Blandía la escoba para espantarlos. Ellos eran insistentes. Esperaban. Volvían. No tenían nada mejor que hacer, salvo anhelar caricias y comida, salvo buscar una sombra para dormir sus hambres atrasadas. A veces agarraban desprevenida a Lila y conseguían echarse a sus pies. Al cabo de un rato emprendían la retirada con el rabo entre las patas, convencidos de que no sería ella quien los alimentara. No esa vez.

Hasta que llegó ella. No tenía nombre, pero la llamó Cumbia. Entró con sigilo. Daba un paso. Se devolvía dos. Hizo varias escalas hasta llegar a la silla donde Lila reposaba. La perra la miró. Lila cometió el error de mirarla a ella. Era tan feúcha que generaba ternura. Las pulgas se le veían saltar. Las costillas revelaban cómo estaba armada por dentro. Las orejotas le caían, graciosamente, a lado y lado de la cara. Una cicatriz le atravesaba el lomo. Los ojos eran de miel. El hocico alargado. El pelaje mostaza. Le acarició la cabeza y, al hacerlo, la oyó gemir con fuerza, quizá porque nunca antes la habían acariciado. No tardó en tumbarse y mostrarle la panza. Le lamió la mano. Lila puso a hacer arroz nada más para darle. La vio devorárselo sin bajar la guardia, temiendo que otro perro fuera a quitárselo. Le preguntó cómo era la vida en el bosque, si tenía su propia manada, si sus genes conservaban la reminiscencia de un pasado lobuno. Quería seguirle preguntando muchas más cosas, pero Miguel la interrumpió a gritos desde el segundo piso:

—Lila, ¿estás hablando sola?

—No.

—¿Entonces con quién?

—Con una perra que acabo de adoptar. Se llama Cumbia.

Pese al descontento de Miguel, la perra se las arregló para dormir la primera noche afuera de la cabaña. La segunda en las escalitas de la entrada. La tercera junto a una silla dentro de la casa. La cuarta en el descanso de las escaleras. La quinta en un rincón del cuarto. La sexta coronó junto a la cama, justo al lado donde dormía Lila. Miguel hizo hasta lo imposible por

evitarlo: «Pulgas, rabia, tos ferina, garrapatas, sarna, toxoplas-
mosis, conjuntivitis, moquillo. ¿Qué más quieres, Lila?». Lila
quería a Cumbia y por eso la perra se quedó. A veces por la
noche oían los aullidos de los demás perros sin dueño, llamán-
dola desde algún lugar incierto del bosque. Cumbia levantaba
la cabeza, congelaba el cuerpo como resolviendo un asunto
importante que requería su absoluta concentración. El asunto importante era decidir si atender el llamado de la manada o
no. Lo peor eran las noches de luna llena, pues los aullidos
eran tan potentes que la piel a Lila se le erizaba y un escalofrío
la recorría desde el cuello hasta la parte baja de la espalda.
Cumbia abría los ojos, se desenroscaba, tensaba las orejas, abría
y cerraba las fosas nasales. Lila estiraba la mano para acariciar-
la. La perra bajaba la guardia, la lamía y volvía a quedarse dormida. En noches de plenilunio a Lila le costaba conciliar el
sueño y podía quedarse horas observando a ese ser que, de repente, se había vuelto tan importante en su vida. Pensaba en la
paz que le generaba verla dormir, ver aquella panza subiendo
y bajando porque estaba viva y estaba a su lado. Pensaba en los
vínculos. Tantos perros pasando por la cabaña todos los días
y ninguno le había hecho sentir nada semejante. Pensaba que
Cumbia y ella se habían elegido porque se necesitaban. Pensaba si era más importante quererse o necesitarse. Pensaba si ella
quería a Miguel. ¿Lo quería? Pensó que si lo quisiera no se lo
estaría preguntando. Quizá no fuera la luna llena sino tanta
pensadera lo que la tenía con insomnio.

La siguiente ida al pueblo le encargó un bulto de cuido a
Otoniel. Él la miró con cara de «aquí ningún perro se da el
lujo de comer cuido». Ella le devolvió la mirada con cara de
«Cumbia será entonces la primera en comerlo». Él no se que-

dó con la duda y corrió a preguntarle a Miguel si estaba de acuerdo con la traída del bulto. «Con que Lila esté de acuerdo es suficiente», contestó. Siempre pasaba lo mismo. Si ella le pedía un coco, Otoniel decía: «Ajá» y nunca se ponía en acción. Si lo pedía Miguel: «Claro, Miguel, como diga, ahora mismo». El ahora mismo de Otoniel no era propiamente ahora mismo, pero al menos hacía caso. Un día cualquiera Lila se cansó de ser ignorada y explotó:

—Ni que le estuviera diciendo que me regalara el bulto de cuido, Miguel, para eso tengo una bolsada de dinero entre la camioneta. ¿Sabés por qué encargué un espejo en la pasada ida al pueblo? Para comprobar que no soy invisible. ¿Soy invisible? Mirame, por Dios, mirame al menos cuando hablo. ¿Hace cuánto que no me mirás? Me ponen más atención López, Tamayo y Lema que vos.

—¿Qué estás balbuceando, Lila? ¿Quiénes son esos? Ya me tenés preocupado. ¿Estás viendo visiones? ¿Estás hablando sola? ¿Estás borracha?

—¿Ves? Nunca me ponés atención cuando hablo —exclamó furiosa, resoplando como un caballo.

Había muchas otras cosas que quería decirle, pero no valía la pena gastar saliva. Tenía la boca seca y le daba pereza encender el fogón para poner a hervir agua. Lo miró pensando que ojalá no estuviera cerca cuando aprendiera a bajar por sí misma un coco de la palmera, porque corría el riesgo de lanzárselo con fuerza y tumbarle la cabeza.

El equipo de fútbol comenzó con Miguel chutándole el balón a las olas y esperando a que ellas se lo devolvieran. Siguió con pases a Cumbia y a los demás perros que merodeaban por la playa. Después se unió El Guasa, quien convidó a El Cacao, quien convidó a El Jorobado. Más tarde llegaron otros muchachos de otros caseríos cercanos. Pronto hubo personal suficiente para armar equipos y equipos suficientes para armar campeonatos. Con el paso del tiempo, los partidos de fútbol en la playa se convirtieron en una cita imperdible. Los jugadores se convocaban para cuando cayera el sol y bajara la marea, por lo tanto, apenas caía el sol y bajaba la marea llegaban puntuales con los torsos al aire, los pies descalzos y las bermudas desteñidas. Intentaban jugar a diario. Todos sabían que el partido no duraba lo que dura un partido, sino hasta que la oscuridad les impedía ver el balón. El próximo juego, en vez de convocarse para el día siguiente, se convocaba para un atardecer después. O si acaso pretendían jugar temprano decían: «Nos vemos puntuales antes de que la arena se caliente». Y, en efecto, antes de que la arena se calentara, allá estaban todos, a la misma hora, listos para empezar a jugar.

Lila observaba atenta desde la baranda, pegadita a Cumbia, frente al lienzo sobre el que aún no se atrevía a dibujar nada. Desde la playa le llegaban ecos de las risas, los bailes, los insultos cariñosos con acentos y palabras que a ella le sonaban chistosas. Veía a los jugadores pelar esos dientes tan grandes y tan blancos; dejando salir carcajadas que más parecían estruendos; sudando a mares debido al calor furioso y reconcentrado que, entre partido y partido, calmaban con zambullidas rápidas en el agua salada. Salían con las pieles brillantes y turgentes y el pelo domado a causa de la humedad, listos para seguir el juego. A veces, no podía dejar de mirarlos, tratando de entender dónde guardaban tanta dicha y tanta belleza, qué los mantenía con esa disposición inacabable al gozo y al jolgorio. Se movían con una gracia natural inexplicable, como si adentro de sus cabezas oyeran una música imposible de acallar.

El Jorobado, por ejemplo, parecía más feliz que nadie, como si su malformación no lo hiciera diferente en absoluto, como si el resto de la humanidad también llevara semejante carnosidad pegada en la parte alta de la espalda. El Cacao, por su parte, tenía el cuerpo musculoso y dorado, de ahí su sobrenombre. Sus facciones eran bruscas y parecían haber sido esculpidas con afán. Las muchachas iban a ver los partidos de fútbol solo por verlo sin camisa. El espectáculo de su torso era tal que todas pasaban por alto el hecho de que le faltara uno de los dedos índices, pese a que sabían lo que eso significaba, la falta que ellos habían pretendido corregir cortándoselo. El Guasa, definitivamente, era el líder. Grande, fuerte, temerario. Su cuerpo parecía una escultura, su voz era la voz misma del trueno, su pelo, un nido de gulungos: frondoso y abundante, siempre contenido con una balaca. Usaba una argolla de oro en el dedo gordo de la mano izquierda, Miguel lo molestaba diciéndole que en la ciudad le habrían cortado el dedo por robársela. El Guasa nunca quiso decirle de dónde la había sacado. Era maciza y brillante, jamás se la quitaba. Orgulloso como era, hacía alarde de su pelo en constante crecimiento hacia arriba. Estaba convencido de que allí residía su encanto y tenía toda la razón. Lo hacía ver más alto, más imponente y más cabezón de lo que en realidad era. A él le encantaba ser percibido de esa manera porque le ayudaba a reforzar su imagen de líder nato. La mayoría de las veces le bastaba con hablar para que todo el mundo le hiciera caso. Quizá por el vozarrón que se mandaba, por los músculos que templaba haciendo lagartijas para que todo el mundo los admirara, por el espíritu temerario de quien se ha lanzado al vacío y ha regresado para contarlo.

Y así, cada uno se mostraba como era sin sentirse mal por ello. Viéndolos, Lila se sentía fatal por haber renegado toda la vida de su aspecto físico. Se odió por los químicos con los que pretendió alisarse el pelo y eliminar todos los vellos del cuerpo. También por las dietas, por los dolorosos masajes que soportó para, al final, seguir siendo la misma de siempre, la misma que ahora, a falta de espejo, se asomaba en la superficie del agua quieta de la caneca del baño o intentaba adivinarse en el envés de las cucharas. Cada vez le gustaba más lo que veía. Habían quedado atrás los días de agitar el agua con la mano para desdibujar su propia imagen.

Las muchachas solían sentarse al pie de la cancha a conversar y a hacerse trenzas, con el interés no tanto en el juego, sino repartido entre el chisme de turno, la cabeza de la compañera y la figura de El Cacao o El Guasa, que eran los más gustadores. Charlando se trenzaban las hebras de pelo unas a otras, con dedos expertos y rápidos, como si al hacerlo estuvieran trenzando palabras y destinos. Así se mantenían ocupadas todas, excepto Matilda, que nunca se interesó por aprender a peinar a nadie y sin embargo prestaba su pelo para ser trenzado, más por practicidad que por cualquier otra cosa. Así evitaba los nudos y el despeluque. Podía nadar, subirse a los árboles y jugar sin que se le enredara. Solo ella sabía que habría preferido tusarse en vez de cargar con el peso, el estorbo y el bamboleo de las trenzas. Carmenza, a menudo, se lamentaba diciendo que su hija no hacía trenzas porque no le gustaba hacer cosas de mujeres. Según ella en la cabeza de su hija solo había espacio para los libros, las ensoñaciones y el balón. Sobre lo último nadie tenía duda, pues allí sentada sobre la arena, mientras sus amigas y primas la peinaban, Tilda imploraba que le permitieran jugar fútbol. No se cansaba de rogar, pese a las burlas de los muchachos.

—Niñata —gritó El Cacao chutándole a la cara un balón imaginario.

—A jugar a la cocinita —dijo El Jorobado.

—A hacer bebés, que es pa' lo único que las mujeres sirven —gritó El Guasa meciendo los brazos como si tuviera un bebé imaginario entre ellos y lo estuviera arrullando.

Lila, furiosa, poseída por un espíritu maternal que no conocía, corrió hasta la arena, se paró en la mitad de la cancha y gritó: «¡Dejen jugar a Tilda!». Todos estallaron en carcajadas y siguieron pateando el balón. Parecía que nadie hubiera hablado. Ni siquiera la miraron. Como si ella no existiera, como si no estuviera estorbando en media cancha, como si fuera transparente. Miguel retuvo el balón y se quedó quieto. Por un instante se debatió entre permitir que el juego siguiera siendo enteramente masculino o hacerle caso a Lila. Todos lo miraron con expectación.

—Está bien —dijo Miguel, más por darle gusto a Lila que por cumplir un deseo genuino—. Vamos a dejar que Tilda juegue un ratito.

—Buuu —dijo El Guasa y abandonó el partido tronando un eructo. Los demás salieron tras él dando chiflidos e imitando el mismo tumbado que ostentaba el líder al caminar.

Contrariado, Miguel apretó los dientes y ambos puños. Acto seguido, le chutó el balón a Tilda con furia, casi con ganas de tumbarla. Ella lo atajó con la cabeza y lo hizo rebotar una vez, diez veces, veinte veces, cien veces. Sin dejarlo caer, lo pasó al empeine y allí siguió rebotándolo sin parar hasta que Miguel, asombrado, perdió la cuenta. Al final se lo chutó con tal potencia que no alcanzó a reaccionar y el golpe lo mandó al suelo. Una vez allí, con la boca desajustada y llena de arena, se quedó mirándola desde abajo hacia arriba. Vio sus piernas largas, larguísimas y duras como piedras, durísimas. Vio que era flexible, rápida, sagaz. Vio que tenía ganas, muchas ganas de patear el balón, como si al hacerlo pudiera patear a quienes nunca la dejaban jugar, a quienes se reían de sus ganas de cargar un balón en vez de un bebé, a quienes para defender su hombría minimizaban su talento gritándole que era una marimacha.

—¿Dónde aprendiste eso? —le preguntó Miguel con una sonrisa que le atravesaba la cara casi de oreja a oreja.

—Primero sola —respondió—. Me la pasaba todos los recreos chutando el balón contra una pared hasta que un profesor me vio y se puso a enseñarme. Me dijo que si seguía entrenando podría ser una jugadora profesional. Desde eso no he parado de entrenar.

—¿Y eso es lo que quieres?

—Claro.

—¿Nada más? No quieres casarte, ni tener hijos, ni un hogar, ni...

—No quiero nada de eso, solo jugar fútbol. Bueno, y si me sobra tiempo, también quiero escribir un libro y ser reportera de noticias.

—¿Y por qué no habías hablado sobre esto?

—Yo sí hablo, estoy cansada de hablar, hablo y hablo todo el tiempo, pero aquí nadie pone atención a lo que digo.

Miguel se quedó como una estatua, con los ojos muy abiertos y esa risita tontarrona que Lila le había visto antes cuando imaginaba negocios, creaba empresas y tenía ideas que, según él, lo iban a volver millonario. No tuvo que esforzarse mucho para adivinar lo que estaba pensando. Lo miró atenta, como si su cabeza de repente fuera una bola mágica y ella pudiera ver el contenido a través del vidrio transparente. Antes de que Miguel recuperara el habla, antes de que los ojos le dejaran de brillar, antes de que la risa le permitiera cerrar la boca, ella puso el mejor tono sarcástico que encontró y dijo:

—Vea pues, ya tiene a su jugadora de fútbol para patrocinar. A ver si, al fin, este es el negocio que lo va a volver millonario.

Ambos sonrieron, y era increíble pensar que una misma sonrisa pudiera producirse por dos razones tan diferentes.

A veces querían menos. Menos bulla, menos arena, menos viento zumbando en los oídos. Menos calor, menos sudor, menos días llenos de la misma nada de otros días. Querían apagar el sol, apagar las olas, apagar la brisa, apagarse a sí mismos. Ser los insectos que se estrellan contra los bombillos y se queman la punta de las alas. Querían embriagarse con el aliento del diablo y navegar las aguas difusas de la inconsciencia. Ser osos, hibernar, no tener que hablar con nadie, no mirar a nadie, no tocar a nadie. Querían menos ronchas, menos quemaduras, menos sal, menos resequedad en la garganta y en los labios. Querían levantar las manos, rendirse, ponerse de rodillas, quietos, muy quietos, y esperar a que el zarpazo del agua se los llevara hasta el punto en el cual es imposible un regreso. Querían menos consciencia, menos verbo, menos deseo, menos roce, menos piel. Prescindir de su humanidad y convertirse en caracoles de los que se llevan las corrientes y nadie echa de menos. Querían llorar en silencio, dar por perdida la lucha, entregarse, desvanecerse, desaparecer, olvidar el mundo y hasta el recuerdo del mundo. Esas veces hablaban pasito, como si se les hubieran acabado las palabras y la voz para pronunciarlas. Se anulaban, se secaban, se diluían, se empequeñecían, se enfermaban. Se sentían derrotados por la naturaleza, por los nativos, por la sed, por ellos mismos. No sumaban, no restaban, no eran nadie, no servían para nada. Esos días de angustia, esos días perdidos con sabor a arena, esos días de fiebre y delirio, esos días de sed, esos días vacíos, se miraban el uno al otro y con un hilito de voz decían: «Vámonos».

Pero no se iban. Habían aguantado lo suficiente como para saber que no todos los días querían menos. A veces era todo lo contrario. A veces querían más.

Más estrépito, más olas violentas que los pusieran a prueba, más ventarrones que les arrebataran hasta los pensamientos, más patadas, más balonazos. Querían más, mucho más. Que el mar sonara más duro y fuera más hondo y pudieran meterse con el agua hasta el cuello y aun así sentirse tan invencibles como para gritar: «¡Somos los putos reyes del mundo!». Querían huracanes para enfrentarlos en el balcón y zarandear las sábanas como piratas ondeando sus banderas de conquista. Querían aullar como perros y volver a aullar después de que recibieran contestación de los demás perros del bosque. Querían más bulla, más ron, más descontrol, más euforia. Pararse en los riscos empinados, extender los brazos e imaginar que eran pelícanos. Lanzarse de cabeza en la ensenada de aguas profundas. Llegar al fondo y más abajo del fondo y luego salir y tomar una inmensa bocanada de aire para que el universo supiera que estaban vivos, estaban respirando y estaban felices. Querían ser los dueños del aire, del mar, del territorio que abarcaban sus ojos; dueños de todo lo visible y lo invisible; dueños de lo real y lo imaginado. Querían exprimirles agua a las entrañas de la tierra y lanzar conjuros para atraer las lluvias. Reclutar las nubes con el fin de armar su propio ejército y mandarlo y que obedeciera. Perseguir bandadas bullosas de pericos para enseñarles la verdadera algarabía. Abarcar, poseer, poseerse. Sobre todo poseerse. Querían masticar los atardeceres, comerse el sol de un solo bocado, lanzarle piedras a la luna para que quedara claro quiénes eran los que mandaban. Querían que sus risas sonaran tan duro como para poner a temblar la tierra. Gritar, chiflar, seguir gritando hasta perder la voz; correr desnudos por la playa solitaria y luego tumbarse en la arena y atragantarse de besos salados y nadar entre algas luminiscentes. Querían atar las estrellas fugaces con una cuerda para subir al cielo y comprobar si eran eternos. Querían ser eternos. Querían ser lobos. Querían ser jaguares. Esos días de euforia, esos días de animación, esos días de arrebato, esos días de jolgorio en los que no cabían ni en sus propios cuerpos tenían que atajar el sartal de palabras con las que se atragantaban y elegir solo una. Siempre coincidían y siempre era la misma: «Quedémonos».

Y entonces se quedaban.

Se quedaban porque los días de querer más eran más que los días de querer menos. Se quedaban porque aún tenían deseos y esperanzas. Se quedaban porque seguían esperando a Antigua Padilla y aún pensaban que iban a encontrar agua, a saciar su sed infinita, a construir su propia cabaña y a ser felices por el resto de sus vidas.

Apareció así de la nada, de un momento a otro, en un abrir y cerrar de ojos. Habían imaginado mil formas de ver llegar a Antigua Padilla y ni se enteraron cómo lo hizo. Tal vez no era muy distinta a los nativos en su forma sutil de aparecer y desaparecer. Lila se despertó una mañana a causa de los ladridos de Cumbia y la vio ahí desparramada en las escalitas de la entrada, bajo el tablón de madera pulido por el oleaje en el que alguien había tallado con letra temblorosa el nombre de la cabaña. Decía: CASA PELÁEZ. Antigua tenía los ojos en una posición que era imposible saber si estaban abiertos o cerrados; si por desconfianza o genuino cansancio. Olía a cebolla y tenía la ropa harapienta, el pelo enmarañado, los pies sucios engarzados en unas chanclas de tres puntas aún más sucias y gastadas, sin duda llevaba varios meses a la deriva, lejos de casa.

Lila la miró con una mezcla de curiosidad y expectación. Le sorprendió que su equipaje fuera nada más que una mochila tejida y un machete. El delineado de los ojos, la piel manchada y el colmillo de jaguar se robaron toda su atención. Antigua la miró con la misma expresión vacía con la que se mira un árbol o un perro sin dueño. Mirar era un verbo muy concreto, en realidad lo que Antigua hizo fue atravesarla con ojos incapaces de ver nada. No respondió cuando Lila le preguntó cómo estaba. Era muy pronto para juzgar si la actitud de la recién llegada era de desprecio, timidez o cansancio. Lila notó que la parte blanca de los ojos la tenía llena de caminitos enrojecidos, en el lagrimal se cuajaban varias legañas. Cada parpadeo parecía arañarle la retina y quizá por eso dejaba los párpados en un punto intermedio donde era imposible adivinar si estaban abiertos o cerrados. Respiraba con dificultad, siempre por la boca, dejando ver la saliva espesa y la lengua roja, igual a una llamarada. La sed podía adivinarse en la resequedad de la piel, de los labios y de los ojos.

Subió las escaleras de dos en dos para despertar a Miguel, la cabaña tembló entera durante el ascenso. Tuvo que sacudirlo tres veces y, antes de que exhibiera el mal genio por haber sido despertado, ella le acercó la boca al oído y le susurró:

—Antigua Padilla llegó.

—¿Dónde está? —preguntó Miguel nervioso, mientras se incorporaba y se ponía una bermuda.

—En las escalitas de la entrada. Mira si es curioso, aquí mismo, en nuestras propias narices, la buscadora de agua está a punto de morirse de sed.

Sobre el suelo, moribunda como estaba, Antigua parecía un gatito frágil y asustado al que su madre hubiera rechazado y apartado de la camada. Cumbia le seguía ladrando. Miguel le extendió un vaso y una jarra grande de agua de la poca que aún quedaba en los botellones. Bien racionada habría durado tres días, pero Antigua se la despachó en escasos diez segundos. No se tomó el trabajo de servirse su ración en el vaso y la bebió directamente de la jarra con tanta avidez que cada trago sonó al pasar garganta abajo. Conforme bebía, el gatito se fue agrandando, la silueta se modificó de inmediato. Los ojos le brillaron como chispazos. La piel antes arrugada ganó turgencia, recobró elasticidad y color. Los labios se humectaron, la lengua roja se volvió aún más roja, como si estuviera a punto de escupir fuego, manchas de sudor empezaron a traslucirse a través de la túnica a la altura del sobaco.

Una vez terminó de beber se puso de pie, se sacudió el polvo de la ropa, se desenredó el pelo con los dedos y se lo ató en una cola. Cumbia retrocedió con el rabo entre las patas. Miguel la miró aterrado. Lila la miró aterrada. El aterramiento de cada uno obedecía a razones opuestas. Miguel no lograba ver a Antigua más allá de su aspecto físico, razón por la cual solo reparó en su metro y medio de estatura. No pudo evitar decepcionarse, en la televisión parecía una mujer más normal, incluso a ratos se veía grande, tal vez a causa del contrapicado de la cámara. ¿Y si todo lo que había visto a través de la pantalla estaba así de alterado? ¿Y si el mundo que tenía en su cabeza no era del tamaño que él pensaba? ¿Y si estaba equivocado en la perspectiva de las cosas? Lila, en cambio, empezó a verla inmensa, no supo entender por qué y no intentó hacerlo, era una grandeza que trascendía el cuerpo y no tenía nada que ver con la estatura. Parecía otra persona que en nada se correspondía con la que hacía un segundo estaba tumbada en el suelo. Empezó a sentir cosas raras para las que no halló explicación alguna: el corazón le palpitó con más fuerza, la respiración se hizo más profunda, el olfato se le agudizó y trajo hasta su nariz un extraño olor a cebolla. No podía despegar sus ojos de las manchas en la piel, no las miraba con desagrado sino con la curiosidad de quien intenta leer algo en un idioma incomprensible. Cumbia, por su parte, no paraba de gemir y de buscar cobijo al pie de Lila. Seguía con el rabo entre las patas, el pelo erizado y una mirada que no se sabía si era exceso de miedo o de respeto.

Miguel observó el machete que le pendía de la cintura. Se preguntó si acaso ese era el mismo machete del incidente por el que la habían detenido, si había matado a alguien con él, si se había escapado de la cárcel y veía a Puerto Arturo como un escondite ideal. Debía tener cuidado de no mencionarle a Lila que estaban conviviendo con una supuesta fugitiva.

—Venga le muestro su cuarto —dijo Miguel disimulando el impacto que la nueva presencia le generaba—. ¿Trajo usted equipaje?

Antigua dirigió la mirada hacia la mochila tejida, dando a entender que eso era lo único que tenía. Hizo caso omiso al ofrecimiento del cuarto y, antes de ponerse a deambular alrededor de la cabaña buscando dos palmeras en donde colgar la hamaca, sacó el péndulo de su mochila y lo sostuvo entre sus dedos índice y pulgar. Miguel lo miró hipnotizado con una sonrisita estúpida en la boca al comprobar que estaba frente a la misma mujer de la televisión. Pensó en su propia cabaña aunque no la hubiera construido. Pensó en el potrero y en las vacas. Pensó en una ducha larga con agua dulce recién salida de las mismísimas entrañas de la tierra. Pensó en la máquina de hielo que le regalaría a Lila. Y mientras pensaba en todo eso siguió mirando el péndulo que tenía Antigua entre sus dedos.

Estaba quieto, inmóvil, casi inerte.

Como si no fueran suficientes las obsesiones de Miguel por la naciente estrella del fútbol femenino y por el potrero que iba a llenar de vacas, ahora arreciaba la amenaza de una nueva obsesión. Esta vez una que tenía nombre, apellido y oficio: Antigua Padilla, buscadora de agua. Semejante personaje había causado desde su llegada a Puerto Arturo un entresijo de sentimientos amplios que empezaban en la curiosidad y terminaban en la desconfianza. Era una mujer que se gobernaba a sí misma, andaba por su cuenta, poseía códigos e intereses diferentes a los de las demás mujeres y no tenía ninguna intención de hacer amigos. Los nativos tomaron la decisión no pactada de ignorarla. Secretamente la catalogaban de peligrosa, en sus cabezas diminutas solo cabían pensamientos del mismo tamaño, por lo tanto, no podían entender que una mujer pudiera valerse por sí misma en plena época de sequía, al pie de un mar indómito y de un bosque plagado de posibles fatalidades. En muchas ocasiones intentaron espiarla. Ella los detectaba y ponía en marcha inexplicables mecanismos para escabullirse antes de que pudieran encontrar su paradero. Su forma de aparecer y desaparecer era un completo misterio. Era imposible adivinar los lugares que frecuentaba y las razones que la motivaban a frecuentarlos. Nadie hablaba con ella y ella no hablaba con nadie. Parecía invisible. Era mejor así. Lila y Miguel no habían hecho explícita ante la comunidad su intención de buscar agua, y menos aún con la técnica del péndulo: habría generado una expectación que podía poner en riesgo la búsqueda. Lo mejor era dejar a Antigua hacer su trabajo lejos de miradas curiosas y escrutadoras que la distrajeran.

Un día corrió el rumor de que Antigua había atraído a los jaguares de vuelta y eso era bueno porque los rugidos invocaban los truenos y los truenos desataban las tormentas, y si algo necesitaban en Puerto Arturo era una tormenta que pusiera fin a la sequía. Lo cierto es que los nativos vieron las huellas del felino impresas en la tierra seca y dejaron de asomarse por el bosque temerosos de una emboscada. Ahí nació la idea de invocar a los hombres de dos caras, pero antes de que llegaran Antigua tuvo el bosque íntegro para sus andanzas. Otro día, el rumor fue que la habían visto nadando en la laguna de la anaconda y eso era malo porque, según Tilda, la bruja se había enfurecido y lanzado aquel presagio que quedaría flotando en el aire: «El agua es el principio y el fin».

—¿En serio? ¿Eso fue lo que dijo? —preguntó Lila varias veces.

—En serio, seño Lila. Me lo dijo cuando fui a leerle las noticias.

—¿Y eso qué querrá decir?

—Las palabras de Encarnación no se entienden en el momento en que las dice, necesitan tiempo de reposo y asimilación. ¿Antigua tiene poderes mágicos?

—Los poderes mágicos no existen, solo existen los dones.

—¿Todo el mundo tiene un don?

—Sí, pero no todo el mundo es capaz de descubrir el suyo propio y, menos aún, de desarrollarlo.

—¿Cuál es el suyo?

—Antes era multiplicar el dinero, ahora no sé.

—¿Y ya no puede multiplicarlo?

—Poder, puedo. Pero aquí no sirve para nada.

—Es una pena tener un don tan innecesario. Yo espero que el mío —dijo Tilda dándose golpecitos en las piernas— me lleve bien lejos de aquí. —Se quedó un rato en silencio y luego comentó—: Creo que Antigua va a vivir por siempre y que su don es el de la inmortalidad.

—A lo mejor podrías preguntarle si su don tiene relación con su nombre.

—Prefiero quedarme con la suposición. Las suposiciones son verdaderas hasta que se constatan —dijo Tilda muy seria.

—¿Y qué supones tú?

—Eso, que va a vivir por siempre. Es una idea que me gusta. Constatarla sería arruinarla.

—¿Y qué hay de los presagios? —preguntó Lila.

—Los presagios son verdaderos hasta que ocurren.

—¿Y si no ocurren?

—Entonces no eran verdaderos.

La lógica de Tilda siempre descolocaba a Lila. Primero la hacía reír y, al cabo de un rato, se daba cuenta de que la ponía a pensar y también a dudar de sus propias certezas. Recordó la vez que le había preguntado cuál era la mejor hora para bañarse en el mar. «La mejor hora para bañarse en el mar es cuando una tiene calor», había sido su respuesta. La lógica se caía de su propio peso y, sin embargo, Lila nunca se había bañado por el calor sino por la costumbre. ¿Quién tenía la lógica adecuada?

Con respecto al presagio, no existía otra opción diferente a esperar. Puede que ocurriera. Puede que no. La inquietud de Lila residía, exactamente, en la palabra fin. Solo tres letras unidas por el capricho del lenguaje; tres letras a las que podían atribuírseles una cantidad considerable de interpretaciones. Fue ese el momento exacto en el que Lila, por la proximidad de los términos acuñados en una sola frase, había entrelazado las palabras agua y fin hasta concluir que su fin iba a estar en el agua. Dicha conclusión la llevó a ensimismarse tanto que hasta Miguel alcanzó a percibir cierto alejamiento entre ellos. Se lo atribuyó a la compra de la motosierra, con la que ella nunca estuvo de acuerdo. Parecían tener ideas muy diferentes acerca de muchas cosas y ninguna intención de alinearlas.

En una de las tantas peleas, Lila había mencionado que discutir con él era terrible porque seguía siendo un niño mimado al cual nadie se atrevía a llevarle la contraria y, por lo tanto, las opiniones discordantes se convertían en afrentas personales. Según ella, a causa de lo anterior, su mundo era un territorio minúsculo, habitado y gobernado nada más por él, un mundo aburrido e impermeable en el que nunca pasaba nada. Lila notó que el comentario lo había dejado muy contrariado. Después de todo, en plena treintena, un hombre podía descubrir que equivocarse era también una posibilidad, que no era obligatorio tener siempre la razón. Y aun así se demoraría en hacer algo al respecto, motivo por el cual la distancia entre ellos se agrandaba cada vez más. Miguel tardó en reconocer que Lila andaba con un pie afuera de su minúsculo mundo y se preguntó si ella sería como los jugadores de fútbol que cuando amenazan con irse ya se han ido. Pese a todas las señales no se atrevió a preguntarle directamente qué estaba pasando entre ellos, como mucho reunió unas migajas de valor y le preguntó por qué estaba tan ausente, a lo que ella respondió: «Porque me estoy mirando a mí misma». Lejos de aclarar la duda, no hizo sino acrecentarla. Miguel fue incapaz de ahondar en la respuesta, no quería ahogarse en esas aguas. ¿Y si al mirarse a sí misma Lila comprobaba que él ya no encajaba en su vida y en sus planes? ¿Por qué estaba hablando de finales? ¿Por qué la sentía tan lejos si estaba cerca? ¿Estaba cerca?

A pesar de que estuvo frente a la hoja en blanco hasta que el sol se llevó los últimos rastros de luz, Lila no dibujó nada. Era muy difícil verse porque estaba en una fase de cambios y temía que, si empezaba a pintar algo, se quedaría obsoleto antes de terminarlo. Cada mañana amanecía una Lila diferente a la que se acostaba por la noche. Desde su llegada a Puerto Arturo, había comprendido que ciertas cosas cambiaban para seguir siendo las mismas. La arena se movía de lugar y seguía siendo arena; las olas iban y venían y seguían siendo olas. Las nubes se dispersaban sin dejar de ser nubes. Sus pensamientos y deseos se transformaban, pero seguían constituyéndola. Su amor era el mismo y, sin embargo, parecía estar a punto de cambiar de lugar.

Apenas oscureció y cantó el último gallo se acostaron a falta de nada mejor que hacer. No había estrellas, no había luna, no había tema de conversación, no había electricidad. Miguel se acostó a la derecha, como siempre. Lila a la izquierda, como siempre. Oían las respectivas respiraciones entrando y saliendo por la nariz. Percibían el vaho caluroso que expelían sus cuerpos. Los zancudos zumbaban y ninguno hacía nada por espantarlos. En aquella cama no podían darse el lujo de tener más de treinta centímetros de separación y, sin embargo, en aquellos escasos centímetros cabía el océano entero, cabía la cordillera de los Andes, el océano Atlántico y el río Amazonas. Cabía el Chiribiquete entero y las visiones cósmicas de todos sus chamanes. Cabía la inmensa soledad de los jaguares y el mensaje sagrado de los dioses escrito en cada una de las rosetas de su pelaje. Y también el sistema solar y sus planetas, incluso aquellos que no habían sido descubiertos. Estaban tan lejos que si abrían la boca era para decirse solo lo estrictamente necesario. Parecían hablar diferentes idiomas. Miguel no entendía las palabras de Lila y Lila no entendía las palabras de Miguel. Y ninguno entendía bien por qué ya no se entendían. No habían peleado. No habían ni siquiera discutido. Tan solo estaban descubriendo que el mundo se veía diferente dependiendo del lado de la cama desde donde cada uno lo mirara.

Y entonces, antes de levantarse y pretender seguir siendo los mismos, se preguntaban si debían cambiar de lado.

O de cama.

O de ojos.

O de mundo.

Lila madrugó más de la cuenta, la mañana estaba especialmente húmeda, necesitaba aire, tenía calor y sed y rasquiña. Habría matado por un cubito de hielo. Hielo. Hielo. Hielo. No hacía sino pensar en hielo. Eran curiosas las cosas que extrañaba. Cosas domésticas y cotidianas. Cosas en las que no solía pensar antes porque las daba por seguras. Decidió ir hasta la playa en busca de un poco de brisa. Cuando pasó por la hamaca de Antigua notó que estaba vacía. Supuso que la zahorí se había levantado desde hacía rato, porque la brisa había desvanecido sus huellas por completo. O quizá ni siquiera se había acostado. Una vez más se preguntó cómo se las ingeniaba para que fuera imposible seguirle el rastro.

Avanzó despacio a lo largo de la orilla como quien camina por caminar o por matar el tiempo, en vez de dirigirse hacia algún lugar específico. Cumbia andaba a su lado meneando la cola y persiguiendo los martines pescadores que aprovechaban la retirada de las olas para darse un banquete de crustáceos. Por un instante miró alrededor, y todo era tan hermoso que el malestar se esfumó. De alguna manera le gustaba saberse retirada del mundo. Se sentía segura e ilocalizable. Llevaba tiempo sin pensar en su situación judicial. No esperaba nada de absolutamente nadie, se tenía a sí misma y eso era suficiente. Inmersa en un silencio de pájaros, de mar y de viento pensó en lo mucho que todavía la asombraba estar viviendo allá. Se preguntó si el recuerdo le haría justicia a ese momento. Se miró los pies descalzos, las uñas sin pintar, las huellas imprimiéndose en la arena a un ritmo que en nada se parecía al afán.

Semejante tranquilidad fue interrumpida por los ladridos de Cumbia. Luego por el rebuzno desesperado de un burro. Caminó hasta la siguiente ensenada y vio a Otoniel intentando ahogar al animal. El agua le llegaba hasta el hocico y, aun así, el hombre lo seguía empujando hacia lo hondo. Las olas le estallaban con furia, lo enceguecían, se le metían por las orejas, le inundaban la boca abierta con la que protestaba a rebuznos. Cumbia seguía ladrando. Lila gritó todos los insultos que se sabía, agarró un puñado de arena y lo lanzó con fuerza. Lanzó caracoles y troncos y botellas escupidas por el mar. Otoniel ni siquiera la miró. Regresó corriendo a la cabaña hecha una furia. Tenía la boca seca llena de partículas de arena. Necesitaba sentir algo frío corriendo garganta abajo.

—¿Qué pasa? —preguntó Miguel aún somnoliento cuando la vio tan agitada.

—Pasa que quiero hielo. Hielo, Miguel, ¿entiendes? Hie-lo.

—¿Y por eso tanto escándalo?

—Sí. No. También pasa que Otoniel es un salvaje, un maltratador. Estaba ahogando al burro.

—¡Qué tonterías dices, Lila! Cómo va a ahogar al burro si lo necesita para cargar el plátano, para ir al pueblo, para traer el agua, para un montón de cosas. ¿Ya se levantó Antigua?

—Creo que ni siquiera se acostó. Creo que no duerme. Creo que es invisible.

Bajaron a desayunar de mal humor. Miguel por haber sido despertado y Lila por lo del burro. Carmenza los orbitaba como siempre. Lenta y silenciosa, con las antenas alerta a ver qué lograba captar. Se le había vuelto costumbre merodear por la cocina. Aquella mañana vociferó acerca del piojillo que estaba atormentando al burro. «Pobre animal, ni con agua salá se lo hemos podido combatir». Miguel le lanzó a Lila una mirada más punzante que un dardo.

Carmenza nunca les echaba una mano, todo lo contrario, se esmeraba en dejarles claro que no le interesaba trabajar para ellos, pero que si lo hiciera todo les marcharía mucho mejor. Sus constantes apariciones por la cabaña tenían el objetivo de curiosear y vigilarlos. Parecía regocijarse con los errores, la ignorancia y el fracaso de los cachacos. Sus comentarios eran del tipo: «Hiervan bien el agua. ¿Otra vez les dio diarrea?». «Están criando ratas, miren nomás los plátanos todos ruñidos». «Esa gallina de ustedes me estuvo escarbando las matas». «¿Se les volvió a dañá la motobomba? ¿O fue que ya le agarraron el gusto a bañarse a totumazos?». «Antigua no me da buena espina, no se confíen de una mujer que anda sola de noche como un fantasma». Los comentarios sonaban ingenuos; sin embargo, a Miguel le parecían llenos de saña, especialmente diseñados para hacerlos sentir como unos buenos para nada. Otra cosa que le disgustaba era el empeño que la nativa ponía en meterles miedo listando todos los posibles peligros, con tal regularidad que ya se los sabían de memoria: Que no caminen muy lejos. Que no se metan al bosque solos. Que estén atentos a los hombres de dos caras. Que ojo con el manglar de la derecha, que hay babillas, que no querrán perder una pierna. Que eviten los mosquitos, que las enfermedades tropicales son terribles.

—No, pues —dijo Miguel entre risas mientras recitaba el listado—. Básicamente no nos paremos de la cama para que no nos pase nada. Aunque si Carmenza nos ve en la cama, seguro se le ocurren nuevos peligros: que un torbellino hará que el techo se desplome encima de nosotros, que un escorpión oculto bajo las sábanas nos enterrará su aguijón letal, que la mordida de un murciélago infecto de rabia, que las alucinaciones producidas por la flor del sueño, que las musarañas, que las serpientes venenosas...

—¡Ya ha hablado sobre eso! —dijo Lila riendo.

—¿Sobre las serpientes? A lo mejor la víbora esa hasta nos enseña a hablar serpéntico.

—No, sobre la flor del sueño.

—Vida hijuemadre, ¿ves? —dijo Miguel—. No se puede estar tranquilo ni dormido.

—Dormido menos: el otro día me dijo que la flor del sueño existe y proviene de un arbusto conocido como borrachero, de ahí sale el aliento del diablo. Seguro lo has visto, tiene flores que cuelgan al revés, hay varios en la parte de atrás de la cabaña. Dijo que las flores infusionadas se roban el alma del durmiente y lo obligan a hacer cosas por fuera de su voluntad. Si se huelen, crean confusión entre los sueños y la realidad.

—Y vos creyendo que la bruja es Encarnación.

—Pues lo del borrachero no me parece tan descabellado —dijo Lila—. Una vez leí algo al respecto. ¿No es de ahí de donde los atracadores sacan la burundanga?

—Vea pues —dijo Miguel—. Nosotros quejándonos de la inseguridad de la ciudad y aquí tenemos al enemigo disfrazado de flor.

Una de las cosas que más exasperaban a Miguel era cuando Carmenza los veía comiendo y, sin ser invitada, arrastraba una silla y se sentaba en la mesa a mirarlos. No les decía ni una sola palabra, quizá porque en su imaginario no debía interrumpirse una actividad tan importante; por lo tanto, su interés se centraba en la pura observación. Se aplicaba a ella con curiosidad, como si comer fuera la tarea más importante de la existencia y estuviera entre sus funciones supervisarla. Miguel ardía de furia cuando la veía con los ojos fijos en el interior de su boca, siguiendo con interés el movimiento de sus labios y el posterior trayecto de cada uno de los bocados ingeridos. En ocasiones, como un acto reflejo, empezaba a masticar un bocado imaginario al mismo ritmo y velocidad que ellos, en una perfecta sincronía. «¿Quiere un patacón, Carmenza?», le preguntaba Lila, más por cortesía que por interés en compartir. «Gracias, seño, pero están muy tostados, la próxima vez no los deje tan delgados cuando los aplaste». O bien: «Están muy grasosos, usté ná que le agarra el tiro a la fritura». Furioso, Miguel empezaba a masticar a toda máquina, como una manera de demostrar su exasperación. Era entonces cuando ella usaba la voz suave e insoportable que reservaba para dar consejos: «Mastique despacio, seño, que nadie le va a quitá la comida».

No había ocurrido ninguna desavenencia entre ellos, era un malestar surgido en algún punto que Miguel no conseguía precisar. Nadie le sacaba de la cabeza la idea de que ella esculcaba entre su ropa y sus cosas de aseo. La imaginaba tocando los dientes de su peinilla, oliendo su desodorante, poniéndose sus gafas de sol y su sombrero. No se le había perdido nada, de hecho, allá nadie robaba y eso que los ranchos permanecían abiertos y las cosas de valor a la vista. Tilda explicó una vez que el robo era castigado por ellos, que cortaban desde un dedo hasta la mano entera, según el valor de lo robado, por lo tanto el malestar con Carmenza no era ese, sino la idea de imaginarla hurgando en sus pertenencias. La descomposición de Miguel iba escalando rápido. Una noche, cuando retozaba desnudo sobre Lila, se le metió en la cabeza la idea de que los estaba espiando. Aunque la privacidad absoluta era difícil en una cabaña sin paredes, era más difícil ver gente por ahí merodeando. Y más de noche. «Debe ser algún animal, Miguel, dejá la paranoia», le dijo Lila después de que él la desmontara con la erección en decaída y fuera incapaz de levantarla nuevamente.

Al día siguiente, Miguel le pidió a Carmenza que le recomendara a algún muchacho que le ayudara a cavar un foso para cultivar camarones. Días atrás le había ofrecido el trabajo a El Guasa y sus amigos. El pago era bueno y, aun así, ellos lo habían rechazado no sin antes dejar caer una risita de burla que Miguel no supo interpretar. La idea del foso le venía rondando en la cabeza hacía rato y, con tanto tiempo ocioso a cuestas, ya quería desarrollarla. Lila se puso alerta y se empeñó en recordarle que los camarones y la ausencia de refrigeración no eran compatibles. Carmenza, sin dar mayores explicaciones, dijo que los camarones eran una mala idea. «Pésima por donde la mire. Los camarones son mal negocio y mal afrodisíaco», dijo guiñándole el ojo a Miguel como si hubiera presenciado la escena de su disfunción.

Desde ese comentario, a Miguel comenzó a moverlo no tanto el proyecto en sí, sino la necesidad de demostrarle que estaba equivocada. «Yo mismo le voy a llevar un arroz con camarones apenas tengamos tantos que nos hastiemos de comerlos», le dijo a Lila. Luego agarró la pala y se puso a cavar. Cuando la insolación lo venció, se metió al mar a refrescarse, y al cabo de unos minutos salió dando alaridos. Tenía la pierna llena de latigazos rojos. Carmenza, como por variar, andaba rondando por ahí y entonces se acercó, se subió la falda, se descorrió los calzones y dejó correr un chorro abundante de orina tibia sobre la pierna afectada.

—¡¿Qué hace, maldita loca?! —le gritó Miguel perplejo. El líquido amarilloso se derramó sobre la pierna, produciéndole un alivio instantáneo que él jamás admitiría.

—Pues orinarlo. La urea merma el ardor en un santiamén. Todo el mundo sabe que así se cura una picadura de aguamala.

Miguel se quedó pensando sobre a quién se refería ella con «todo el mundo», porque ciertamente ese mundo que para Carmenza era «todo» no lo incluía a él.

La idea era llenar el foso camaronero con agua del caño a través de un canal que él mismo había zanjado. En un principio funcionó. El foso se llenó de agua y Miguel imaginó los cientos de camarones rosados que llegarían a su panza. Iba a desayunar, a almorzar y a comer camarones. Pensó en cebiches, cazuelas y arroces. Los imaginó apanados, al ajillo, en leche de coco y en limón. «Qué suerte la nuestra, Lila, vamos a tener camarones hasta para compartir con las garzas. Cumbia se va a empachar de camarones. Hasta Antigua va a comer tantos que a lo mejor engorda un poco. Solo falta conseguir los primeros bichos para empezar a reproducirlos». Al día siguiente el foso amaneció vacío y Carmenza, con un tono burletero, le recordó que nadie allá podía garantizar el nivel de la marea: «Usté está malacostumbrado a controlar tó y aquí no se puede controlar ná», añadió.

Lila respiró aliviada. Estaba acostumbrada a lidiar con fracasos más estrepitosos. El fallo en el llenado del foso había arrasado, de tajo, no solo con el emprendimiento de los camarones sino también con la idea del cultivo de perlas. Entre triste y resignado, Miguel le pidió entonces a Carmenza que, al menos, le avisara cuando supiera de un proveedor de camarones o pescado. Estaba cansado de intentar pescar, pues lo único que agarraba eran esas insolaciones que lo ponían a delirar durante varios días con sus respectivas noches. Las ganas de comer productos de mar lo tenían desesperado y no, no iba a quedarse con las ganas, si le tocaba pagar, estaba dispuesto a hacerlo. En algo tenían que gastarse todo ese dinero de la bolsa negra. Era muy paradójico vivir frente al mar y no gozar de su alimento. También pensaba en el solomito y la sola idea lo hacía salivar. Añoraba que la motosierra llegara pronto para despejar el bosque, llenarlo de vacas y comerse una entera.

—Eso va a estar difícil —dijo Carmenza—, los pescadores están concentraos en otra cosa. Se viene el Gran Acontecimiento.

—¿Nada? ¿Ni un solo pescado? Eso es imposible.

—Aquí todo es posible, seño. Todo. Cosas que usté jamás lograría imaginar. ¿Sabe qué? Cuando explote la realidad va a parecer mentira.

Ni Carmenza habría podido imaginar la premonición oculta en su última frase.

El sol salía de seis a seis. Las olas iban y venían. La marea subía y bajaba. Los perros le aullaban a la luna. Los pelícanos volaban en V. Antigua aparecía y desaparecía. Cuando merodeaba por la cabaña, a veces, se echaba en la hamaca con los ojos abiertos y vigilantes. Parecía desconfiar incluso de su propia sombra y si acaso alguien la agarraba desprevenida, brincaba del susto. No seguía horarios. Comía solo cuando tenía hambre y lo hacía a la misma velocidad de los perros hambrientos, con el mismo afán de quien ha aguantado hambre en el pasado y nunca puede estar seguro de que habrá una próxima cena. Se servía unas porciones gigantes. Las apilaba en el plato, formando una montaña en la que todo se mezclaba. De solo ver la montaña, Lila pensaba estar alimentando a la mujer inmensa que ella veía, mientras que Miguel, por su parte, comentaba: «Ahí quien la ve tan enana y come como un peón». Solo usaba cuchara cuando estaba con ellos. Si dejaban de mirarla comía con la mano. Al final lavaba su plato sumergiéndolo en la arena y frotándolo vigorosamente hasta arrancarle la grasa y la suciedad. Acto seguido lo llevaba a la cocina y lanzaba unos agradecimientos tan sinceros que provocaba obligarla a repetir porción solo para oírlos nuevamente. Lila se quedaba mirando el plato y, aunque admitía que estaba reluciente, no lograba evitar el impulso de enjuagarlo así fuera con agua salada.

Antigua no se sentía. No se veía. Ignoraban si por silenciosa o por escurridiza. Era imposible intentar seguirle la pista o dar cuenta de su paradero. Hablaba poco, no hacía bulla, sus pasos no sonaban, resolvía las necesidades propias a su manera. No usaba el baño de la cabaña ni se duchaba a totumazos, solía decir que para eso estaba el mar, qué diferencia había si del sanitario y la ducha igual salía agua salada. Le encantaba nadar, podía pasarse horas enteras jugando con las olas, como si fuera una niña. Dormía muy poco y a deshoras. Cuando se echaba en la hamaca, Lila la vio varias veces con los ojos quietos inundados de lágrimas. Su tristeza no cuadraba con la imagen de mujer invencible y ruda. Seguía siendo incatalogable, un libro escrito en un idioma que no conocían. «Qué va a llorar esa tipa si se ve que es dura como el acero —dijo Miguel cuando Lila le contó que la había visto llorando—, una mujer así no debe ni saber qué es una lágrima». Otras veces la veían brincar de dicha, exhibiendo una emoción infantil que contradecía por completo la imagen de mujer melancólica. En ocasiones recogía troncos de madera del mar y los lijaba hasta sacarles las vetas y dejarlos convertidos en mesas, butacos o repisas. Cuando encontraba ramas o follaje aún verde los acomodaba entre botellas vacías a manera de floreros que terminaban adornando la cabaña. Un día los sorprendió con tres peces grandes aún retorciéndose entre su mochila. Los depositó sobre la mesa con una mueca de alegría y, cuando Miguel la interrogó, contó que los había pescado en una pequeña laguna no muy lejos de allí.

—¡Tenga cuidado! —le dijo—. En esa laguna hay una anaconda. Tilda asegura que se comió a un niño entero, pobre, solo quedaron sus huesitos.

—Ajá..., y en el rancho hay una bruja que lanza maldiciones y tiene un dragón como mascota. Y en el bosque de atrás hay un jaguar, ¿no es así?

—Eso dice la gente —comentó Miguel—. Me alegra saber que está enterada. Aquí hay muchos peligros.

Antigua no pudo evitar una sonrisa que se fue ampliando cada vez más, hasta transformarle la cara por completo. Luego comenzó a reírse, primero con disimulo y después con unas risotadas sonoras que acompañó con chancletazos esporádicos que pusieron a temblar la cabaña. Cumbia se ocultó bajo la mesa con la cola entre las patas. La vibración hizo caer del techo varias lagartijas rosadas, tres huevos de pájaro, una piel de serpiente y una decena de insectos. Lila y Miguel la miraban aterrados, quizá porque nunca la habían visto reír antes, quizá porque después agarró uno de los peces que había traído y le arrancó la cabeza con la boca, después la escupió lejos sobre la arena y varios perros flacuchentos empezaron a peleársela. Acto seguido empezó a comerse el pescado crudo con tal avidez y pericia que parecía no tener espinas. Una mezcla de jugos y saliva se le chorreó por la comisura de los labios y se amontonó gota a gota en el suelo, dejando un charquito incoloro que más tarde lamería Cumbia. Cuando terminó de engullir el pescado, lanzó el pedazo de cola a la jauría, ahora agolpada en las escalitas, a la espera de un posible sobrado. Al final, con una voz ronca que se esmeró en graduar de volumen hasta su punto más bajo porque, claramente, no quería ser oída, dijo:

—En la laguna hay agua dulce, peces y jaibas. Por cierto, están muy sabrosas.

—¿Y la anaconda? —preguntó Miguel.

—Las cosas no existen si uno no cree en ellas.

—¿Por qué dice eso?

—Porque soy de La Seca. Sé que el agua pertenece a quien la puede defender. Cada quien se inventa sus propios espantos.

—Así que Otoniel hace un viaje en burro y se enfila bajo el sol para poder llenar los bidones con un chorrito miserable de agua cuando, en realidad, tiene una laguna relativamente cerca. Es demasiado injusto —dijo Lila en voz alta dirigiéndose a nadie en particular, sino hablando consigo misma en un intento por entender lo absurdo de la situación.

Miguel, incómodo, se puso a mirarse la punta desgastada de las chanclas, mientras Lila seguía con una perorata que nadie estaba oyendo sobre la injusticia, el egoísmo, la mentira y otros males de la humanidad sin solución y sin final. Antigua se sentó en las escalitas y comenzó a acariciar a los perros. Sedientos, le lamían las manos y la cara justo por donde antes se había chorreado. Un instante después se puso de pie y, antes de desaparecer, exclamó:

—Sí, es injusto, pero ¿quién ha dicho que la vida es justa?

La motosierra que estaba a punto de llegar no solo consumiría gasolina, sino también cordura. El cuento del potrero era la fachada tras la cual Miguel escondía la necesidad de demostrar que era un hombre útil. O, para ponerlo en otras palabras, su afán era demostrar la teoría de que la felicidad era hacer cosas por sí mismo. Como todos, deseaba, desesperadamente, ser feliz y no se le ocurrió otra forma de conseguirlo que embarcándose en la empresa absurda de mantener unas vacas en un lugar sin hierba ni agua. Antes de la llegada de la motosierra había voleado machete y arrasado parte del sotobosque con sus propias manos. Cuando se percató de lo duro del trabajo físico, volvió a ofrecerle dinero a El Guasa y sus amigos para que le ayudaran. De nuevo, ninguno quiso aceptar el ofrecimiento. Dijeron las mismas excusas de siempre: «Es mucho trabajo. Hace calor. Necesitamos los árboles. Los animales están menguados a causa de la sequía». A Antigua también le ofreció el trabajo y ella lo rechazó. «He vivido toda mi vida en el desierto y conozco el valor de la sombra. No cuenten conmigo para tumbar árboles», dijo.

—Vea pues, resultaron conservacionistas, como si no los hubiéramos visto cortando madera para hacer leña y guisar a cualquier animal que les pase por el frente.

—Vos no sabés lo que es el hambre, Miguel.

—Tengo la capacidad de imaginarlo, en especial cuando pienso en un solomito. Uno queriéndoles ayudar y ellos rechazando el trabajo. Yo sinceramente no entiendo a esta gente, como si les sobraran las cosas y el dinero.

—A lo mejor sí.

—¿Sí? —preguntó Miguel incrédulo.

—No sé, ¿no has visto el anillo de El Guasa? Ni yo he tenido jamás una joya tan ostentosa. ¿De dónde lo habrá sacado?

—Se lo pregunté de frente el otro día, mientras nos refrescábamos en el mar después de un partido de fútbol...

—¿Y qué dijo? —lo interrumpió Lila.

—Se rio, todos los muchachos se miraron entre ellos y se rieron.

—¿Y?

—Ninguno aflojó nada.

—Entonces sí les entra billete, yo sí decía que de dónde sacaban para el trago. Porque para la comida se las ingenian bien. No como nosotros, que dependemos enteramente del dinero para comer —dijo Lila.

—Yo no. Voy a hacer mi potrero y a empezar a producir leche, queso y carne. Si el negocio de las vacas crece, a lo mejor me vuelvo millonario.

Otoniel no demoró en llegar con la motosierra, una bolsa de gasolina y una advertencia: «El combustible está muy escaso, cuídelo como si fuera oro. Ellos lo están necesitando pa' sus asuntos». Miguel recibió la motosierra con el mismo entusiasmo con el que un niño recibe un juguete nuevo. Apenas la estrenó en el bosque cayó en cuenta de que podía tumbar en cinco minutos lo que antes tumbaba en cinco días.

Cuando se emborrachaba parecía un demente dando gritos jubilosos mientras los dientes afilados de la bestia se metían por un costado de la madera y salían por el otro. No le bastaba con ver el cadáver del árbol yaciendo en el suelo, lo remataba con saña, trozándolo en varios pedazos, como para demostrar quién sometía a quién. Ante la mirada entristecida de Lila, cayeron robles y almendros. Se fueron los tucanes y los oropéndulos, una osita perezosa con dos crías colgadas se estrelló contra el suelo, los micos se rascaban la cabeza y emitían sonidos extraños sobre los árboles derribados. Antigua espiaba a lo lejos reprimiendo las ganas de agarrar la motosierra y partir a Miguel en dos. Lila intentó regañarlo varias veces para que entrara en razón, pero mientras más alzaba la voz, más potencia le metía Miguel al aparato. Los regaños eran entonces opacados por el ruido que producía la bestia motorizada. Un ruido que reverberaba por todo el bosque rompiendo una armonía de siglos.

—Qué falta de visión, Lila, no ves sino destrozos donde yo veo creación —decía Miguel después por la noche, cuando ella insistía con el regaño.

—¿Cuál creación?

—¿Acaso no lo ves? Fíjate lo plano del terreno, imagínatelo verde, tupido de hierba fosforescente. Esfuérzate más, hasta podrías visualizar las vacas y, junto a ellas, la leche, el queso y los asados suculentos que nos vamos a permitir. Lo que daría por un solomito. Estoy harto de la yuca, el plátano y el ñame.

—La motosierra tiene el mismo efecto que la camioneta grande, la motocicleta de alto cilindraje, el perro pitbull, la pistola cargada, el diente de oro, la moza pechugona, el gallo de pelea y el alcohol. No seas tan patético, Miguel. ¿Vos siempre has sido así y no me había dado cuenta? No te reconozco.

Dicho esto, se volteaba para el otro lado de la cama como una forma de anunciar que no estaba dispuesta a develar los sentimientos confusos que la atormentaban. Podían pasarse días enteros sin dirigirse la palabra, sintiéndose como dos extraños cuyo único punto de confluencia era aquella cama que cada vez se hacía más grande.

Entre tanto, los atracones de hombría de Miguel subían y bajaban dependiendo de la cantidad de trago ingerido y de la gasolina disponible. Al principio se sentía poderoso y valiente con las venas saturadas de ron y la motosierra a reventar de combustible vibrando entre las manos. Pronto se le acabó la gasolina y tuvo un bajón del cual se recuperó extrayendo con una manguera la que aún quedaba entre el tanque del carro. Le duró varios días y varios árboles. Hasta que se acabó y entró de nuevo en una crisis de vulnerabilidad. Lila no sabía qué era peor: si el Miguel envalentonado y provocador o el Miguel inseguro y perseguido por el fracaso. Cada nueva faceta era más decepcionante que la anterior. Solo tenía clara una cosa y era que ya se estaba cansando. De Miguel. De su discurso gastado. De que corriera a resguardarse en su regazo cuando lo acosaban el miedo y la inseguridad, como el día en que le dijo:

—A veces siento que no sé ni dónde estoy parado, Lila. El otro día iba a meterme a nadar y una niña que llevaba un baldado de cangrejos me advirtió que había corrientes subacuáticas peligrosas. ¿Podés creer? Hasta una niña está más preparada para la vida que yo.

—No es para tanto, Miguel.

—Sí, sí es para tanto, no tenía ni diez años y, si no es por ella, me habría llevado la corriente.

—¿Y ella cómo sabía?

—Eso mismo le pregunté y ¿sabés qué me dijo? Que eso cualquiera lo sabía con solo mirar la superficie del agua.

—¿Y la miraste?

—Claro, y no vi nada raro. Luego le pregunté por los cangrejos y me dijo que los había cazado para hacerse un arroz con cangrejo, según ella solo le faltaba agarrar la leña para encender el fogón. No sé si estás comprendiendo la gravedad del asunto, Lila. Menos de diez años y caza su almuerzo, se lo prepara y es capaz de leer el mar con la misma destreza con la que vos y yo leemos un libro.

—Ay, Miguel, tranquilo. A esa edad vos tenías otras habilidades que ella a lo mejor no tiene —dijo Lila un tanto extrañada de que Miguel se considerara a sí mismo un hombre con destrezas lectoras, pues jamás lo había visto con un libro entre las manos.

—Qué habilidades voy a tener, Lila. Ya hemos hablado de esto. Encarno el fracaso de los hombres blancos y ricos. Nos quedamos atrás, nos relajamos, dimos por sentada nuestra posición de mando, de superioridad, cuando en realidad no servimos para nada. Y lo peor es que no nos damos cuenta. Si alguien nos los dice en la cara, pensamos que ese alguien está equivocado porque a hombres como nosotros nos enseñaron a tener la razón, así no la tengamos. Nos mintieron, Lila, nos dijeron que éramos el centro del universo y resulta que no somos el centro ni de nosotros mismos.

—Bienvenido al mundo real —dijo Lila riéndose.

—No me parece chistoso. ¿Sabés por qué no he hecho el gallinero para Lluvia? Porque no sirvo para nada. En la ciudad habría pagado para que alguien lo hiciera, en cambio aquí nadie quiere trabajar, nadie se deja mandar, no hay superiores ni inferiores y eso me jode porque no sé vivir bajo la regla de la igualdad.

—Tranquilo, Miguel, yo ya construí el gallinero. Bueno, en realidad Tilda me ayudó. No es muy sofisticado pero podría funcionar, el problema es que Lluvia anda perdida. —Miguel la miró con ojos preocupados y no propiamente por la pérdida de la gallina, pues apenas logró articular nuevas palabras preguntó:

—¿Hicieron el gallinero? ¿Sin ayuda?

—Sí, pero Lluvia no aparece.

—¿Ustedes dos solas?

—Temo que la hayan desplumado y metido a la paila de la vieja Mano-de-cucharón.

—Ah —dijo Miguel a la defensiva—. ¿Estás insinuando que el bicho anda dando vueltas en una paila porque yo no construí el gallinero antes?

—Me rindo, Miguel, pensé que habías entendido la cuestión del asunto, ahora lo tengo claro: no te has enterado de nada. No me voy a prestar para discutir por bobadas. A estas alturas deberíamos estar hablando de problemas contemporáneos como la infidelidad, la extinción de especies endémicas, el calentamiento global o el olvido de una fecha importante.

—Hablando de fechas importantes..., creo que se nos pasó el aniversario y ambos cumpleaños.

—¡Cómo es posible! —exclamó Lila—, ¿quién diablos olvida su propio cumpleaños?

—La gente que no tiene noción del tiempo —respondió Miguel—. Ya somos esa gente.

Los partidos con los muchachos se espaciaban cada vez más y el entrenamiento con Matilda cada vez menos. Con el fin de motivarla, Miguel comenzó a pintarle un nuevo mundo que incluía contratos, canchas profesionales con grama verde y suave, entrenadores cualificados y mucho dinero. También incluía un lugar extraño y desconocido para ella en donde era posible bañarse con agua potable y beber el líquido de cualquier canilla durante todo el año; un lugar en donde los sanitarios se vaciaban con agua tan pura que habría podido tomarse y las neveras, además de enfriar, expulsaban cubitos de hielo sin parar. Un sitio lejano e inalcanzable que ella solo había visto en las hojas de periódico arrugadas: ese sitio era la ciudad. Su profesora una vez aseguró que desde allá se gobernaba el resto del país. Ese día, Tilda agarró un mapa y comprobó que Puerto Arturo ni siquiera figuraba. ¿Cómo era posible entonces que perteneciera al mismo país? El gobierno insistía en ignorarlos, quizá porque ya en la ciudad sabían que hay ciertos rincones que, a fuerza de no mirarlos, terminaban gobernándose solos.

Por esos días de intenso entrenamiento, Miguel notó que Tilda hablaba menos y llegó a pensar que el silencio era positivo porque le ayudaría a concentrarse en el juego. Cuando llegaba parca de palabras, la ilusionaba con el futuro que la esperaría cuando él se convirtiera en su representante y la llevara a vivir a la ciudad. Casi siempre funcionaba: Tilda se exigía al máximo, bordeaba el límite de sus capacidades, se entregaba al juego como si de eso dependiera su vida. Una mezcla explosiva de entusiasmo y animalidad la estaba consumiendo. Aunque estuviera a reventar del cansancio jamás admitía que no daba más. Avanzó tanto que los muchachos pasaban por la playa justo cuando Miguel la sometía a esas jornadas interminables de balón, arena y patadas, impostando un desinterés que a todas luces ninguno de ellos sentía.

Lila los observaba desde el balcón y casi podía leerles los pensamientos. Había algo que no cuadraba dentro de las cabezas de los muchachos, un elemento que desentonaba con todo lo que les habían dicho antes y lo que les dirían después. Se trataba de una frase, una simple frase repetida tantas veces que, al final, se convirtió en una verdad incuestionable. Nacían convencidos de eso, como si se tratara de un conocimiento transmitido genéticamente. Lo veían en sus madres y en las madres de sus madres y en las madres de las madres de sus madres. Lo observaban en sus hermanas, en sus amigas, en sus primas, en sus novias. Y de tanto verlo y oírlo terminaron por creérselo: las mujeres no sirven sino para tener bebés. A falta de una mejor opción, casi todas las mujeres que conocían, unas con resignación, otras incluso con entusiasmo, terminaban aceptando esa única posibilidad. A falta de oportunidades, todas terminaban cediendo. Todas, excepto Matilda.

Miguel no terminaba de captar la dinámica de los muchachos en torno a la improvisada cancha y lo que allí estaba ocurriendo. En apariencia, no se mostraban lo suficientemente interesados en Tilda, pero se mantenían al tanto de cada avance futbolístico y, mientras más avanzaba, más la despreciaban. La miraban con odio, como si ella les estuviera quitando algo que les perteneciera, algo valioso e irrecuperable, algo en lo que Miguel era cómplice y, por lo tanto, había que irradiarle también un poco de ese desprecio.

Al principio se sumaban al juego solo por darse el lujo de castigarla pasándole el balón con una fuerza descomunal; por fortuna nunca la agarraron desprevenida, porque la habrían partido en dos. Ella, siempre alerta, les devolvía el balón aún con más fuerza. Otras veces jugaban a invisibilizarla, la paseaban de punta en punta sin permitirle tocar el balón, o le pateaban la espinilla supuestamente por error. Era entonces cuando algo superior la poseía. Comenzaba a embestir como un toro furioso que, al final, quedaba con el balón a sus pies y los demás jugadores en el suelo. Estaba claro que Tilda era imbatible en la cancha, mejor no desafiarla para que su superioridad no quedara en evidencia. Incapaces de sobresalir, los muchachos aplicaban entonces la estrategia de distraerla con risitas tontas y comentarios acerca de lo masculina que se veía. Se burlaban de los senos aplastados y la cadera cada vez más ancha.

Tilda se limitaba a imaginar que, en vez de balón, estaba pateando sus cabezas. Lo hacía con furia, lo hacía con tal rabia que Miguel llegó a sentir que se le estaba saliendo de las manos el manejo de la situación. Era entonces cuando los obligaba a mirarse a los ojos y a darse las manos en señal de una amistad inexistente. Al final, derrotados, los muchachos se pusieron de acuerdo en echar su última carta: simular que la respetaban como la buena jugadora que era. A fin de cuentas, debieron pensar, la humillación a la que una simple niña los sometía en la cancha ya la habían cobrado con creces fuera de ella. Por fortuna Tilda seguía con la boca cerrada, incapaz de acusarlos, preguntándose si se merecía lo que le hicieron aquella tarde al pie del acantilado. Más adelante, cuando las cosas se tornaran evidentes y lo ocurrido saliera a flote, le confesaría a Lila: «Soporté la humillación con los ojos abiertos. Soporté mirando el sol mientras era tragado por el mar y deseando que el agua oscura me tragara de esa misma manera».

Después del partido hostil de esa tarde, Lila quiso hablar de lo ocurrido en la cancha, pero Miguel no le prestó atención porque sus preocupaciones eran muy diferentes a las peleas juveniles, sus preocupaciones eran de vida o muerte: se estaba tomando la última botella de ron y gastando el último galón de gasolina. Aun así, Lila impuso el tema:

—A esas niñas, por lo general les llega el periodo a los doce años, catorce si tienen un poco de suerte. De ahí en adelante comienzan una carrera en la que ellas son perdedoras antes incluso de empezar a correrla. Un círculo vicioso en el que tienen que conformar una familia y parir, no solo para demostrar que son verdaderas mujeres sino también para que sus compañeros demuestren que son verdaderos hombres. El problema es que la responsabilidad de ellos se limita a fecundar, perpetuando la aceptada condición masculina de huir de obligaciones que les impidan seguir fecundando. ¿Me sigues? —preguntó Lila. Miguel seguía callado y ella continuó—: El círculo se completa con niños que crecen sin figura paterna y llegan a considerarlo tan normal que no dudan en huir de la misma forma apenas embarazan a la primera. Las niñas, por su parte, crecen con madres solas y eternamente cansadas, inoculándose así la falsa idea de que una mujer no tiene más camino que ser mamá y mientras más atareada y más cansada, mejor mamá será.

—Qué exageración, Lila, cómo te atreves a decir todo eso, ni que hubieras crecido aquí, por qué diablos vas a saber tú esas cosas...

—Porque crecí en un barrio igual a este, solo que en vez de mar y arena había pavimento y polvo. Lo sé porque mis hermanos son la suma de estos mismos muchachos y mi madre la de estas mismas madres. Lo sé porque la condición humana es igual en cualquier lugar del mundo y los roles se heredan con más fuerza que la forma de la nariz. Y así, generación tras generación, hasta que nace alguien con la valentía suficiente para intentar romper con lo preestablecido. Lo sé porque Matilda, en cierta forma, soy yo.

Se quedaron callados un rato. Al fondo se oía el mar y algún pájaro cantando. Miguel miraba ensimismado el vaso mientras pensaba si conseguiría más ron. Se tomó lo que quedaba de un solo sorbo y, justo cuando iba a ponerse de pie para librarse de la charla, Lila continuó:

—Lo que no cuadra en las diminutas cabezas de los muchachos es que las mujeres podemos usar las piernas para algo diferente a abrirlas. Por primera vez una mujer está demostrando que las piernas pueden usarse para realizar una actividad según ellos tradicionalmente masculina, como patear un balón. Resulta que esa mujer está cometiendo el gran pecado de ser mejor que todos ellos juntos. Resulta que esa mujer es Matilda.

Miguel, por primera vez, hizo un intento de asimilar lo dicho por Lila. No solo se sorprendió por el sartal de verdades, sino por su incapacidad de verlas por sí mismo. Fue entonces cuando comentó:

—Será por eso que Tilda anda tan rara. Habla menos, explota con cualquier cosa. No soporta mirar a los muchachos ni que los muchachos la miren a ella. Toda esa rabia reconcentrada la desfoga en los entrenamientos. Te lo juro, nunca antes había visto a nadie esforzarse tanto. Sin embargo, de un tiempo para acá, anda en una mala racha. Vive distraída. ¿Le has visto la herida en la quijada? Dizque se resbaló en el acantilado, ella que trepa mejor que un mico. También se raspó la espalda, menos mal no fue grave la caída. No sé..., está lenta y pesada, será por ese odio que carga.

Dicho esto, Miguel se puso de pie, dejó el vaso vacío sobre la mesa y con pasitos lentos y callados se dirigió hacia el mar. Cualquiera habría pensado que andaba triste cuando, en realidad, estaba decepcionado de sí mismo y de su falta de talento para darse cuenta de las cosas ocurridas más allá de sus propias narices. Los monólogos de Lila solían dejarlo así. Ella decidió no acompañarlo porque aún necesitaba pensar en otras cosas. Por ejemplo, en el esmero de Tilda por ocultarse el busto que ya empezaba a asomarse. La había visto aplanarse el pecho con unos trapos largos que se enrollaba antes de apretárselos con fuerza a la altura de la espalda. Recordó la confesión según la cual Tilda le ocultaba a su propia madre que ya le había llegado la regla, debido a ese miedo exagerado de que fueran a casarla, lo cual significaba abandonar los estudios, el entrenamiento y las oportunidades que tendría cuando se fuera a vivir a la ciudad. El cuentico del fútbol incomodaba a Carmenza porque, de alguna manera, sentía que su hija estaba rompiendo con algo y no sabía si eso era bueno o malo. Hasta le había preguntado a Lila si ella creía que su hija era rara. Le preocupaba que solo pensara en patear un balón en vez de aprender los oficios de la casa. «Claro que es rara. Una rareza excepcional. El porcentaje de gente que descubre para qué sirve en la vida, desde una edad lo suficientemente temprana como para explotarlo, es demasiado bajo», le había respondido Lila. Lejos de enorgullecerla, la explicación no hizo sino confundirla más. Necesitaba agudizar el olfato y la vista para ver qué era lo que estaba pasando con su hija.

Poco después de esa conversación, metidos dentro de una bolsita, que estaba dentro de otra bolsita y esta a su vez dentro de otra más, escondidos entre las tablas de la cama y el colchón, encontró los tampones, que estampó furiosamente contra la cara de su hija. Aunque Carmenza posiblemente nunca había visto un tampón en la vida real, lo reconoció de alguna publicidad en las páginas de periódico que Tilda coleccionaba para enterarse de las noticias del mundo. La pelea atrajo a Lila, quien fue acusada de alcahueta.

«Yo no quiero hombres, no quiero tetas, no quiero casarme, no quiero hijos», repitió Tilda sin cesar durante toda la tarde. Lila le habló de planificación familiar, de aborto, de paternidad responsable, de sexo seguro, de la no obligatoriedad de la maternidad, de orientación sexual. Matilda la miraba con la extrañeza de quien escucha a alguien hablar en otro idioma y la necesidad imperiosa de entender el mensaje. No comprendía todo, pero intuía la existencia de una tabla de salvación en cada palabra pronunciada por Lila. Pronto supo que todos esos conceptos que nadie le había dicho antes ni le volvería a decir después tenían mucho que ver con ella. Los ojos se le encharcaron más por rabia que por tristeza. Conocía bien la diferencia. A leguas se notaba que Tilda estaba intentando abrir en su cabeza un lugar seguro en donde albergar toda esa información para luego procesarla y hacer uso de ella en su propio beneficio. Atenta como estaba, no articuló ni media palabra, como mucho se sorbía los mocos, se limpiaba las lágrimas, abría los ojos y la boca, intuyendo cómo aquellas ideas tan confusas podían permitirle vivir la vida que ella quería y no la que su madre quería para ella.

—¿Eso significa que puedo ser futbolista? —le preguntó a Lila.

—Sí.

—¿Y reportera de televisión?

—También.

—¿Y puedo escribir un libro?

—Sí. Eso significa que puedes ser lo que quieras.

Tilda quedó más tranquila después de la conversación, o al menos eso aparentaba cuando se fue caminando de vuelta al caserío. En cambio la preocupación de Lila siguió en alza. Era una mentirosa. Como si no supiera que en Puerto Arturo nadie podía ser lo que quisiera sino lo que le tocara. Se puso a acariciarle la panza a Cumbia, como hacía cada vez que buscaba calmarse; fue entonces cuando le notó las tetas hinchadas y se aterró ante la posibilidad de que estuviera preñada. Recordó que durante el último calor tuvieron que encerrarla en un corral improvisado. Los aullidos no los habían dejado dormir y Miguel no había parado de quejarse. Desde el principio dejó en claro su desacuerdo con la presencia constante de la perra dentro de la cabaña y con el hecho de que Lila se apegara tanto a ella. «Me imagino que la perra está desparasitada y que tiene el esquema de vacunación completo», había comentado con una mueca de sarcasmo. Durante la noche del encierro no solo debieron soportar los aullidos de Cumbia, sino también los de los demás perros agolpados al pie del corral. Cientos de aullidos individuales que terminaron tornándose en un solo aullido colectivo. Bastaba que empezara un perro para que contestara otro y luego otro y otro más, hasta que la música perruna sacudió el bosque entero.

Tilda alguna vez le había explicado su propia teoría sobre el origen de esa música perruna. Según ella, los perros sin dueño aullaban como una manera de comunicarse unos con otros. Aullaban para sentirse acompañados. La teoría de Tilda era demasiado romántica. A Lila nadie le quitaba de la cabeza que la causa de los aullidos era el desespero de los perros por montarla.

—¿O qué dices, Cumbia? —le dijo Lila frotándole la panza—. ¿Qué vamos a hacer con tus cachorros? ¿Y con todas esas pulgas? Necesito darte un buen baño, estaba pensando en sacrificar parte de mi agua, a lo mejor pospongo mi lavada de pelo hasta la llegada del próximo bidón.

—¿Otra vez hablando sola, Lila? —gritó Miguel desde la hamaca.

—Estoy hablando con Cumbia.

—¿Acaso te contesta? ¿Dijo algo sobre los cachorros? ¿Qué vamos a hacer con ellos?

—Me contesta a su manera.

—Suerte la mía tan jodida. Vivo con dos mujeres. Una habla con los perros y la otra con el agua. Ayer le pregunté a Antigua si de verdad creía que había agua y ¿sabés qué me respondió? Que sí había agua, que el asunto era encontrarla. No supe si la respuesta es esperanzadora o no. ¿Qué creés?

—Que no es esperanzadora. Podemos estar parados ahora mismo sobre un caudal subterráneo y si no lo sabemos, no nos sirve de nada. Lo que no se ve es como si no existiera.

—¿Entonces los cachorros no existen?

—No. Todavía no —respondió Lila. Se quedó callada un momento y luego preguntó—: ¿Yo existo?

—Sí, supongo que sí. —Ahora el callado era Miguel. Al cabo de un rato hizo la misma pregunta—: ¿Y yo? ¿Existo?

—No estoy segura.

Parecía una mañana como cualquier otra, pero cuando Lila y Miguel abrieron los ojos no lograron comprender por qué resplandecía el fucsia donde debía resplandecer el azul. Se asomaron al balcón y comprobaron que el mar ya no era el mar, sino una masa colorida. No, una masa no. Un cuerpo sin forma. No, un cuerpo no. El mar era un ser que respiraba tal y como respiran todos los seres que tienen vida propia. Lila pensó en Encarnación porque era más fácil usar la excusa de las maldiciones para intentar explicar el fenómeno que se desplegaba ante sus ojos. Miguel pensó en Antigua porque, en su cabeza, solo un ser extraño podía atraer a otro ser extraño. Más tarde oirían el estribillo, que era la voz, que era el lamento, que era el quejido incesante y conocido saliendo de la garganta de Carmenza:

—Tengan cuidado con las aguamalas. Quien las ve tan coloridas y son las más venenosas de todas.

—Y las más bonitas —le susurró Lila a Miguel—. Vamos a verlas.

Caminaron por la línea de playa atraídos por el espectáculo. Las aguamalas no solo cubrían el mar, muchas yacían varadas en la cancha de fútbol y a lo largo y ancho de la orilla.

Había que andar con atención para esquivar su latigazo fatal. Parecían globos morados y fucsias que alguien hubiera dejado olvidados después de una fiesta. Cumbia no paraba de ladrarles. Tenían tentáculos largos cual serpentinas. Eran translúcidas. Se veían temerarias dentro del agua y frágiles fuera de ella. Muchas seguían levemente infladas y el viento las movía haciéndolas ver como gelatina a punto de derretirse. Daban la sensación de estar vivas y alegres, aunque la mayoría ya había muerto. Lila caminaba listando sus cosas favoritas de Puerto Arturo porque ya sabía que las aguamalas harían parte de ese listado:

—Los pelícanos zambulléndose en caída libre para pescar. Las huellitas de las garzas. Las garzas, sobre todo las azules. El olor a salitre. Lo refrescante del agua de coco. Los cangrejos caminando para atrás. Los colores del cielo por la tarde. Los colores del cielo por la tarde reflejados en la superficie del agua. El tono perlado de las conchas. La luminosidad. Las estrellas titilantes. Las estrellas fugaces. Las estrellas de mar. Todas las estrellas. El sonido del mar. El mar. El canto del currucutú. El bullicio de los pericos. Esas son mis cosas favoritas, Miguel. Y también estas aguamalas con todo su color y su veneno.

Se retaron a encontrar la más grande de todas. Miguel fue el ganador. La vio desde lejos y apuró el paso. Una vez estuvo a tiro de ojo comprobó su tamaño. Llamó a Lila de un grito. Se agacharon en torno a ella. Era inmensa, redonda, violácea igual a la bola de cristal de una bruja. Tenía por dentro un pez del tamaño de un puño, aún se retorcía, podían verlo claramente a través de la membrana translúcida. La aguamala también se movía, lo notaron en los tentáculos. Discutieron. Lila quería empujarla nuevamente hacia el mar, pero no sabía cómo hacerlo sin correr el riesgo de tocarla. Miguel quería introducirle un palo hasta hacerla explotar y así sacar el pez. No lograban ponerse de acuerdo acerca de qué hacer. La miraban. Discutían. Pasaban bandadas de pelícanos. Los cangrejos se asomaban por sus huecos y se escondían otra vez. Las olas iban y venían. Volvían a mirarla. Volvían a discutir. Más pelícanos. Más cangrejos. Más olas. Al final, la quietud. El pez quieto. La aguamala quieta. Lila y Miguel, quietos. La vida, que cuando se aquieta se parece tanto a la muerte. Era un momento solemne, casi místico, hasta que Cumbia explotó la aguamala de un zarpazo y salió corriendo con el pez entre la boca.

—¿Por qué será que las cosas bellas son tan terribles? —preguntó Miguel.

—Lo terrible no son las cosas bellas —dijo Lila—. Lo terrible es nuestro deseo de poseerlas, de preservarlas bellas; lo terrible es la imposibilidad de conseguirlo.

Las olas no demorarían en alzarse. Pronto morderían una porción de orilla llevándose a esos seres inertes y gelatinosos de vuelta. El agua volvería a ser azul. Lila se puso a pensar en las palabras que había dicho Encarnación: «El mar todo se lo lleva». Era verdad. El mar todo se lo llevaba. Para cuando el sol se ocultara, la franja de playa estaría despejada y limpia, igual que antes. Volverían a jugar fútbol y a hacer castillos de arena. Volverían a caminar por la orilla, a remontar las olas, a contar pelícanos y estrellas.

A veces Antigua desaparecía varios días seguidos bosque adentro y la veían regresar cubierta de heridas, de ronchas, de picaduras, de ampollas y de tierra. Todo se lo curaba metiéndose al mar. Unas veces braceaba poseída por un sentimiento parecido a la euforia, otras veces, en cambio, se ponía a flotar, a jugar al muerto. Cerraba los ojos y estiraba las extremidades sometiéndose a los caprichos de la marea. Era capaz de quedarse así tanto tiempo que los gallinazos comenzaban a sobrevolarla con el fin de analizar si era una presa inerte lista para consumir. Cuando abría los ojos se daba cuenta de que las corrientes la habían arrastrado más adentro de lo que hubiera querido y entonces empezaba a mover sus brazos entrenados por los eternos ventarrones del mar picado de La Seca. Era una nadadora fuera de serie. Miguel la vio varias veces regresar desde la rayita del fondo hasta la orilla en un abrir y cerrar de ojos. Parte del trayecto lo hacía debajo del agua. Era capaz de aguantar la respiración el tiempo suficiente para hacerlo inquietar. Una vez llegaba a la orilla se tumbaba sobre la arena con los ojos muy abiertos a tomar el sol como si fuera una iguana. Se quedaba tan quieta que Miguel tenía que mirarla dos veces para comprobar que sí estuviera respirando.

No importaba cuánto sol aguantara. Nunca se quemaba. La piel, en cambio, se le ponía dorada y sobre semejante fondo las manchas resaltaban como avisos luminosos. A ratos se echaba en la hamaca a desatrasar el sueño que nunca venía y entonces, en vez de dormir, se peinaba el pelo con los dedos, se arrancaba las costras, se quitaba la mugre de entre las uñas con la punta del machete. Podía pasarse tardes enteras concentrada mirando las nubes o las manchas, preguntándose lo que dirían si acaso pudiera descifrarlas.

En ocasiones se armaba de una paciencia infinita y se sentaba a esperar a que los cangrejos salieran de sus agujeros. Las patas les crujían cuando se las deprendía aún vivos. Luego se metía fragmentos a la boca y los masticaba despacio para saborear un trocito diminuto de carne. El resto lo lanzaba a los perros para que también comieran. Ya ninguno le ladraba, todos le tenían respeto. Sobre todo Cumbia.

Seguía saliendo a distintas horas. Sus favoritas eran cuando caía el sol y las sombras se posaban sobre todas las cosas. Regresaba después de que las sombras se iban, a menudo con señales en el cuerpo de haber estado cavando.

—¿Por qué está tan segura de poder encontrar agua? —le preguntó Miguel una vez.

—El péndulo me lo dice. Y los árboles. Mire el bosque, tanto tiempo sin llover y algunos siguen estando razonablemente verdes. De algún lado tienen que obtenerla.

—Será del aire, con esta humedad tan brava...

—Sí, del aire. Y del fondo de la tierra también.

—¿Ya sabe cuánto me va a cobrar?

—Primero hay que encontrar el agua. Oírla. Entenderla. No todas las aguas son para todo el mundo. Que quede claro que el agua manda y nosotros solo obedecemos. El agua es importante para los humanos. Los humanos no somos importantes para el agua. También está el asunto de la profundidad, el volumen, la cantidad y la calidad. ¿Sabe? Hay aguas buenas y malas. Hay fuentes ilimitadas y limitadas. Hay caudales mansos y caudales esquivos. Hay aguas puras, aguas gordas, aguas dulces y aguas tan plagadas de minerales que pueden ser venenosas.

—El asunto es más complejo de lo que parece, entonces.

—Más complejo, incluso, de lo que acabo de narrarle —dijo Antigua—. Lo que pasa es que usted no se da cuenta porque está acostumbrado a la ciudad. Según entiendo, allá abre uno la canilla y sale agua potable.

—¡Sí! —dijo Miguel, entusiasmado—. Sin falta.

—¿Por qué está tan seguro?

—Porque llevo abriendo la canilla treinta y cinco años.

—¿Y quién le puede asegurar que de la canilla seguirá saliendo agua sin falta? Fíjese que aquí nunca había dejado de llover hasta que dejó de llover. ¿Lo ve? Siempre hay una primera vez.

Fue por esa misma época en que Antigua empezó a salir todas las noches. Según ella el agua le hablaba mejor a oscuras, la textura de la tierra le daba información valiosa acerca de lo que había o no en sus profundidades. La oscuridad evitaba a los curiosos merodeando, le ayudaba a soportar mejor el calor y a pasar desapercibida. Sin embargo, había algo que a Miguel no le cuadraba, no era capaz de encontrar las palabras concretas para definirlo, tal vez porque lo que estaba sintiendo era indefinible. El sentimiento se parecía a la curiosidad, se parecía a la desconfianza, se parecía a la incredulidad. Ni siquiera podía explicárselo a Lila y, de hecho, decidió no hacerlo para no ponerla alerta. Debía resolver por sí solo las dudas que Antigua le suscitaba y, para ello, tendría que seguirla, descubrir en qué andaba metida, saber si estaba buscando agua o no. Su lado sensato le auguraba el fracaso, pero decidió hacerle caso al insensato, que prometía ofrecerle justo lo que él estaba buscando: respuestas. Por eso, terminaría en pleno bosque haciendo exactamente lo que Carmenza tanto le había advertido que no hiciera.

Se decidió una tarde cualquiera. A Lila le dijo una verdad a medias: «Voy a salir con Antigua a buscar agua». Era verdad que iba a salir con la zahorí a buscar agua, lo que quedaba a medias era el hecho de que la aludida no lo supiera. Conservó una distancia prudente desde la cual pudo observarla usando el péndulo. No cabía duda de que hacía su trabajo. Avanzaba en trayectos circulares sujetando el artilugio entre los dedos. Con frecuencia se detenía, analizaba la oscilación y luego continuaba. Tras ella, Miguel se internó varios kilómetros de bosque de los cuales solo tuvo conciencia cuando la inminencia de la noche cayó como un telón oscuro sobre su cabeza. Temeroso de ser descubierto, y sin una excusa creíble que lo justificara, se rindió y decidió esperar al pie de una bonga antes de iniciar la retirada. Él, que tanto se quejó de las advertencias hechas por Carmenza acerca de posibles peligros, estaba arrepentido de haber desoído la principal de ellas: evitar el bosque. Otra era evitar un segmento del manglar, al menos estaba seguro de que había caminado justo para el lado opuesto.

Ante la inminencia de la oscuridad cayó en cuenta de tres cosas importantes. La primera era que nunca antes lo había agarrado la noche lejos de la cabaña. Como un pajarito asustado solía volar a guarnecerse en la seguridad de su nido y en el ala de su pajarita apenas los últimos rastros de luz desaparecían por completo. La segunda era que esa noche no había luna, lo cual volvía aún más crítica la tercera cosa: no llevaba consigo una linterna. El pánico empezó a asomarse y él a respirar para espantarlo. Su única oportunidad de regresar a la cabaña era confiar en que los ojos se le adaptaran a la oscuridad y le permitieran ver lo mínimo para avanzar sin tropezarse. Como buen citadino, ignoraba que en los lugares en donde no hay luz eléctrica ni luna la oscuridad es tan absoluta que uno no logra verse ni la palma de sus propias manos. Lo comprobó cuando puso la mano a unos escasos centímetros de su cara y tuvo que chasquear los dedos para asegurarse de que allí estaba, tan cerca, tan cerca que pudo tocarla con la punta de la nariz.

No recordaba dónde estaba parado ni hacia adónde era la playa y, si lo hubiese recordado, no se habría atrevido a andar en medio de semejante oscuridad. Estaba en la boca misma de la bestia: un bosque sin caminos trazados y sin salidas. Los sonidos comenzaron a poblar la noche y supo que no estaba solo. Lo embargó la misma sensación que tuvo a su llegada a Puerto Arturo. El bosque sonaba de la misma manera, la diferencia era que ahora no tenía al lado a Lila para tomarla de la mano, para rellenar el silencio, para compartir los temores. Oyó ruidos en las ramas de los árboles, en los agujeros de la tierra, entre el tapete de hojarasca, en las grietas de los troncos. Chillaban, graznaban, gruñían, zumbaban, aleteaban. De cuando en cuando oía aullar a los perros. Eran los mismos sonidos de siempre, la diferencia era que ahora estaba desprotegido, carecía de la sensación de seguridad ofrecida por las latas de la camioneta o las barandas de la cabaña.

Todo le picaba, todo le rascaba, todo le aturdía. Imaginó la existencia de un montón de estrellas que le permitieran ubicarse, alzó la vista y no vio ninguna, ni una sola. Pensó en las copas de los árboles formando un techo vegetal impenetrable. Intentó moverse y se pinchó con arbustos secos y afilados, también tropezó con las raíces nudosas que emergían de la tierra como si fueran serpientes petrificadas. El sonido de sus propios pasos haciendo crujir la hojarasca lo ponía nervioso. Sudaba copiosamente. Mientras más sudaba, más jején atraía y mientras más jején atraía, más se desesperaba. Comenzó a rascarse como un acto reflejo, como si en vez de aliviarse las picaduras quisiera arrancarse la piel a jirones. No demoró en llenarse de heridas que atrajeron insectos ansiosos por beberse los nutrientes de su sangre.

Imaginó a Lila intentando dormir sola, por primera vez, en la cabaña. Se preguntó si lo extrañaba, si estaba buscando restos de su olor en la almohada. Sabía que no, y aun así, le gustaba imaginarlo. La conocía bien. Ella no era de las que pensaban en fatalidades antes de que ocurrieran. No lo extrañaría al otro lado de la cama. Lo creía con Antigua buscando agua. Dormiría bien. Soñaría con el péndulo y las corrientes subterráneas. A él, en cambio, se le iría la noche intentando sobrevivir. Repasó su vida, era demasiado segura, nunca había estado en riesgo de nada. Encarnación se había equivocado cuando predijo: «El agua es el principio y el fin». «No, no es el agua —pensó—, es este hijueputa bosque. Por aquí entré al principio y aquí voy a terminar». Se dio el lujo de exhibir su miedo por primera vez en años. Si lloró fue porque estaba seguro de que allí nadie podía verlo. Una picadura de serpiente y todo habría acabado. O el maldito jaguar que, según los nativos, había vuelto a merodear por la zona. O el aguijón de un alacrán. No fue sino pensar en eso para sentirlo. Una vez, otra vez, otra más. No, no era un aguijón, eran cientos. No eran alacranes, eran hormigas cachonas. Trepaban por sus piernas. Picaban, picaban, picaban. El dolor de los aguijones penetrando la piel e inoculando su veneno era intenso, concreto. Se sacudió con ambas manos y lo picaron allí también. Desesperado, intentó correr a ciegas y cinco pasos después se fue al suelo. Trató de ponerse de pie y no pudo.

De ahí en adelante sus recuerdos fueron borrosos. Fogonazos de colores diversos se encendían y se apagaban. Siluetas irreconocibles sobrevolaban su cabeza. El ulular de una lechuza lo acompañó parte de la noche. Incluso cuando callaba, su cabeza seguía reproduciéndolo una y otra vez en bucle. Una risa similar a la de una bruja no le habría causado tanto miedo si hubiera sabido que así era como cantaba el pájaro estaca. Dormía y se despertaba sin conciencia plena de ninguno de los dos estados. Soñaba despierto y soñaba dormido, con imágenes difusas y pesadas como piedras. Vio al niño del primer día, aún tenía el manojito de flores secas. Intentó entregárselo. Él no lo recibió. Lo vio frotándose los ojos como si quisiera arrancárselos, hasta que se los arrancó y se fue corriendo con ellos entre las manos. La bruja seguía riendo sin parar. Las imágenes iban acompañadas de sonidos. Su oído los captaba de manera aumentada y su cabeza se encargaba de distorsionarlos. Estaba tan desesperado que habría querido desprendérsela del cuello.

No muy lejos le pareció oír un gruñido. Pensó en el jaguar. Se mojó en las bermudas, se hizo un ovillo agarrándose las rodillas con los brazos, los dientes le empezaron a castañear. Si hace unos meses le hubieran dicho que iba a terminar solo en pleno bosque, descuartizado por un jaguar, se habría carcajeado por lo absurdo de la sentencia. Ahora sentía al felino merodear cerca, con el sigilo de un cazador prudente. Los gruñidos y las pisadas delataban su cercanía, se dirigía directamente hacia donde él estaba. Pronto lo tuvo enfrente. Lo supo, aunque no podía verlo. Era imposible no percibir aquella presencia imponente, casi sobrenatural. Sintió su respiración, un aliento cálido saliéndole del hocico, estrellándose de frente contra su cara. Primero le descargó una pata sobre uno de los hombros. Era pesada, igual al plomo. Luego le descargó la otra. Rugió una vez. Rugió dos veces. Los rugidos le zarandearon desde los huesos hasta los pensamientos. Vio los ojos del jaguar, encallados en los suyos, lo miraban como si pudieran verlo por dentro. Eran ojos de fuego. Le examinaban la cara con el interés de quien anhela retener hasta el más mínimo detalle de las facciones que la componen. Los vio dispuestos a todo, menos al ataque. Era extraño. Esos mismos ojos que hacía unos segundos lo aterrorizaban comenzaron a transmitirle una sensación extraña, casi mística, a la que jamás lograría ponerle un nombre que la definiera, una sensación que se parecía mucho a la calma. ¿Era eso lo que se sentía cuando la muerte estaba cerca? Las terminaciones nerviosas emanando cualquier cantidad de sustancias relajantes, preparando el cuerpo para hacer el trance final menos doloroso. Se preguntó si el animal le encajaría los colmillos en el cuello o si abriría tanto la boca como para acomodar dentro de ella la totalidad de su cabeza. Tal vez el sonido final fuera el de su propio cráneo desastillándose. Tenía entendido que así era como los jaguares ultimaban a sus presas, quizá estuviera equivocado y qué más daba, mordiera donde mordiera, supuso que de semejantes fauces no había manera de zafarse. Lo último que pensó antes de perder el conocimiento fue que ojalá quedaran partes de su cuerpo esparcidas sobre la tierra o suficiente sangre a la vista o jirones de ropa indicando el lugar y la causa de su muerte.

Cuando recobró el conocimiento aún estaba oscuro, el cuerpo le temblaba y seguía con las bermudas húmedas. Se agarró la cabeza con ambas manos para comprobar que todo estuviera en el mismo lugar de siempre. Una respiración extraña le indicó que el jaguar reposaba cerca, si hubiera podido ver bien, se habría percatado de que con solo estirar la mano habría podido tocarlo. La sed era tan desesperante que lo hizo alucinar con el sonido del agua, un sonido tranquilizador, delicado como las canciones de cuna que le cantaban sus nanas:

> *Duérmete, niño,*
> *duérmete ya,*
> *que viene el coco*
> *y te comerá.*

Dormía y despertaba en intervalos imposibles de calcular. En sueños nadaba y al recuperar la conciencia seguía temblando, empapado por su propio sudor y orina. La sensación de una presencia felina persistía, aunque no pudiera comprobarla con sus propios ojos. No tardaría en ver los fogonazos de luz, parecidos a linternas rasgando la oscuridad. Aprovechó el resplandor que emitían para acercarse, a lo mejor los nativos lo estaban buscando para rescatarlo.

Junto a las luces, oyó un murmullo de voces. Igual que en los sueños intentó gritar. Igual que en los sueños no le salía la voz. Avanzó a tientas entre la manigua. Algo resplandecía sobre la superficie del agua. Vio un río. Vio la silueta de una lancha. Vio a varios seres de ojos redondos y quietos, incapaces de parpadear. Unos dientes afilados se les asomaban grotescamente por la boca. Aterrado, se tapó la cara con ambas manos, como si así pudiera hacerlos desaparecer. Y en efecto, al cabo de unos segundos, cuando volvió a mirar, las caras habían adquirido otra vez formas humanas. Miguel dio por hecho que había alucinado. ¿Estarían pescando? El conductor de la lancha tenía la cabeza inmensa. Una completa desproporción con el resto del cuerpo. Parecía una cabeza en el cuerpo equivocado. Nada encajaba: ni la cabeza grande ni los hombres de dos caras ni la existencia de agua y mucho menos de una lancha. Tenía que calmarse, aclarar la mente, dejar de imaginar cosas. Su conciencia se iba y volvía sin hacer distinción alguna entre lo soñado y lo vivido. Le pesaba el cuerpo. Los ojos se le cerraban y, al abrirlos, volvía a ver a aquellos seres aterradores que ni parpadeaban ni cerraban la boca. Se desplomó nuevamente.

Lo despertó un golpecito en el hombro. Luego otro y otro. Abrió los ojos y se dio cuenta de que estaba amaneciendo. El jaguar se había ido y no supo si de su vida real o de sus alucinaciones. La estridencia del canto de los pájaros lo aturdía, miles de aves cantando a la vez, dándole la bienvenida al día. Una competencia de canto no pactada. El bosque estaba despertando y él estaba ahí para presenciarlo. Suspiró aliviado, seguía con vida. No vio a nadie alrededor, volvió a cerrar los ojos. Estaba muy cansado, tenía la cabeza pesada y confusa. Necesitaba pensar. Necesitaba recordar lo que había visto y lo que no.

Una gota. Dos gotas. Tres gotas. ¡Lluvia! El solo pensamiento lo animó y lo obligó a incorporarse para aprovechar el aguacero. Miró hacia arriba. Eran unos micos, altos en el árbol, lanzándole semillas y pedacitos de rama que caían sobre sus hombros y su cabeza. También orinaban sobre él, como una forma de indicarle que no era bienvenido. Se puso de pie para esquivar la orina, tenía suficiente con la suya propia. Le ardían las piernas y los brazos, estaba cubierto por ronchas rojizas que empezaban a hincharse. La orina seguía lloviendo sobre su cabeza, se obligó a moverse. Tenía la boca seca, como si hubiera tragado arena. Necesitaba pensar en muchas cosas, pero solo pensaba en una: «Qué hijueputa sed». La sed trajo a su cabeza el recuerdo del río. Empezó a buscarlo a sabiendas de lo absurdo de su búsqueda. Para su sorpresa, no muy lejos, lo encontró. Corrió hasta la orilla de aguas extrañamente quietas, en ellas se miraban los árboles y el cielo con tal nitidez que costaba diferenciar lo real de lo reflejado. El espejo del bosque. Se miró por primera vez en meses. Contempló su cara con el asombro con el que se contemplan las cosas familiares y extrañas al mismo tiempo. La barba larga, el pelo largo, los labios agrietados, los ojos hundidos, las facciones profundas. Parecía otro y, sin embargo, era él. Lo siguió siendo incluso cuando metió la mano al agua, distorsionando por completo el reflejo de ese extraño que tenía sus mismos ojos, su mismo pelo, su mismo cuerpo, su misma cara. Empezó a beber. Escupió. Se le desencajó la boca. Amenazó una náusea que logró contener a tiempo. Era agua salada. Después de todo no era un río sino un manglar, un caño conectado con el mar. Había muchos por allá, pero nunca había visto uno tan largo. Pensó que, si bien el agua del caño no le quitaría la sed, podía llevarlo hasta la playa conocida y, desde allí, sería más fácil ubicarse y buscar la cabaña.

Analizó la orilla del caño. Era imposible caminarla. Las raíces de los manglares son externas, crecen al revés, es decir, se alzan como pequeñas piernas que van intrincándose unas con otras. Más que árboles, los manglares son un sistema complejo de raíces entrelazadas a lado y lado de los caños. Se asientan en fondos blandos de arena, limo o arcilla, protegen las orillas marinas de la avidez de las olas. Son habitados por pájaros, iguanas, micos e insectos no catalogados. Una suerte de vientre que acuna peces, tortugas y crustáceos. De un manglar solo se sale volando, arrastrándose o nadando. Tras descartar el vuelo, sus opciones eran nadar o regresar por el bosque. Giró la cabeza. Miró el bosque. Sintió el pánico atravesándole el pecho. Volver por el bosque no era una opción. Eso ni loco. Miró el caño de aguas quietas. Miró sus pies. Algo no cuadraba. Se agachó, analizó las marcas en el pantano. Contó las huellas. Había muchas, unas de pies descalzos y otras de unas chanclas que no eran propiamente las suyas. Fragmentos inconexos de imágenes poblaron su mente: una cabeza inmensa, voces, linternas, hombres de dos caras, lancha. «¿Lancha? A lo mejor aquí sí hay peces y yo como un idiota intentando pescar en el mar», se dijo.

Trató de no pensar en la babilla. Cuánto habría dado por estar en ese momento frente a Carmenza nada más para oírla decir que las babillas vivían en el manglar del otro lado, no en ese. Reunió los fragmentos de valor que le quedaban. Miró el agua quieta, sin duda daba más miedo que el agua en movimiento. Se parecía a esas personas calladas e imperturbables que andan por la vida en silencio pretendiendo que nada las afecta hasta que llega un día en que explotan y uno se pregunta adónde tenían la pólvora guardada. Lanzó piedritas sobre la superficie, miró cómo los círculos se agrandaban y se juntaban unos con otros. Quiso creer que si había algún animal acechando bajo el agua, confundiría las piedritas con alguna presa, delatando así su ubicación. Esperó. Nada, absolutamente nada se movió. La superficie quedó sumida en una inmovilidad aún más inquietante. Olía a podredumbre, un tipo de podredumbre diferente a la de la carne, esta era podredumbre vegetal, el aliento mismo de la tierra, que más que muerte anunciaba restos de vida. Buscó un trozo de madera para sujetarse y asegurar la flotabilidad. Tomó aire y se metió al agua. Estaba fresca, no tan caliente como la del mar. Sintió ardor y alivio al mismo tiempo en las ronchas y heridas. No sabe cuánto nadó aferrado a la madera, muy tenso al principio, rígido como un pedazo de alambre. Después se fue relajando y empezó a disfrutar del paisaje. Cientos de pececitos de colores bordeaban su silueta y le hacían cosquillas. Las iguanas tomaban el sol en la orilla y lo veían pasar con su mirada quieta y prehistórica. Las garzas, acicalándose sobre las ramas, salían volando apenas lo veían. A veces una guacharaca empezaba a cantar y se le unía otra y otra más hasta que la bandada entera terminaba cantando y entonces bandadas lejanas les contestaban. Los monos, trepados en los árboles, lo persiguieron rama a rama como asegurándose de que sí se marchara. Las guacamayas daban alaridos a los lejos. Las bandadas de periquitos teñían el cielo de verde dejando tras de sí una algarabía impresionante. Oyó el rugido del mar desde mucho antes de verlo y eso lo animó a apurar el nado. En efecto, tal y como había supuesto, el caño se comunicaba con el mar. Fue un alivio verlo. Una vez en la playa miró hacia ambos lados. Reconoció una de las dos puntas, ubicó su ensenada y comenzó a andar. La brisa no demoró en secarlo. El agua purificadora del manglar había lavado todas sus heridas, aliviado las picaduras, no quedaba ni un solo rastro de sangre.

Unos kilómetros después estaba en la cabaña, sediento, cansado y con sueño. Era temprano. Lila aún dormía con placidez. No cabía duda de que había pasado una buena noche, no lo había extrañado ni un instante. La observó un rato largo pensando qué contarle y qué no. Definitivamente omitiría las partes absurdas, como el jaguar, el cabezón y los hombres de dos caras. No quería darle razones para que se burlara de él.

—El bosque fue el principio, pero no fue el fin —le susurró Miguel antes de tumbarse a su lado.

—¿Encontraron agua?

—No. Encontré un nuevo sitio adonde ir a pescar. Aparentemente hay tantos peces que los pescadores tienen que entrar en lancha a sacarlos.

—¿Lancha? Si aquí no hay ni gasolina, Miguel, estás desvariando. ¿Cuántos pescadores has visto que tengan lancha? ¿Cuántos peces nos hemos comido? —dijo entre risas, acomodándose en posición fetal para seguir durmiendo—: Mirate, parecés venido del infierno.

«De allá vengo», pensó. Y a pesar del sueño, del cansancio acumulado, de los músculos adoloridos y del efecto residual del veneno de las hormigas, dedicó un instante de reflexión a las palabras tan ciertas de Lila. En Puerto Arturo no se veían lanchas ni gasolina. En Puerto Arturo, por alguna extraña razón, los pescadores no querían pescar.

El desmayo de Tilda ocurrió esa misma tarde en plena playa durante el entrenamiento. Se lo atribuyeron al exceso de calor. Lila se la llevó a la cabaña con el fin de reanimarla, no parecía nada grave, todo indicaba que se había apretado demasiado el trapo con el cual se aplastaba el pecho. En los minutos que tomó para su recuperación, Miguel no hizo sino quejarse de que Tilda estaba muy cambiada.

—Claro que está cambiada, se convirtió en mujer —le explicó Lila.

—Parece otra persona —insistió él—. ¿Le has visto las caderas? No entiendo a qué horas le crecieron tanto. Y el pecho, el otro día la vi bañándose en el mar y me pareció que se había triplicado. Además, ha perdido agilidad y fuerza, así no vamos a llegar a ninguna parte futbolísticamente hablando.

—No digás eso, Miguel. Si vas a representar a una deportista mujer tenés que entender y aceptar esos cambios.

Por supuesto que ella también los había notado, sin embargo, estaba convencida de que, además del inminente desarrollo de su cuerpo, a Tilda le pasaba algo raro. Sonreía menos. Hablaba menos. El asunto había llegado al punto impensable de tener que sacarle las palabras a la fuerza en vez de contenérselas. Hasta echaba en falta sus monólogos fantasiosos e interminables. Extrañaba las historias distorsionadas por el desborde de su imaginación. Tilda carecía de la chispa de antes. Los ojos opacos. La sonrisa apagada. No había vuelto a leer en voz alta las noticias viejas de los periódicos viejos. Ya ni siquiera iba al pueblo. Hablaba lento y caminaba lento. Llevaba las trenzas descuidadas, recogidas en una simple cola. La somnolencia se devoraba sus días y el insomnio sus noches. Comenzó a saltarse las clases, hasta que dejó de ir por completo a la escuela. Ni siquiera le había vuelto a pedir a Miguel que la entrenara. Eso era lo más extraño de todo. Días atrás Lila había abordado a Carmenza mientras lavaba la ropa con el fin de obtener respuestas:

—¿Usted no ha percibido nada raro en su hija? Está como apagada. Casi no habla. Ni fútbol quiere ya jugar.

—No es para tanto, seño Lila, a mí me parecen positivos los cambios, indican que Tilda se convirtió en una mujer como debe ser —le había respondido Carmenza.

—Y, según usted, ¿cómo debe ser una mujer?

—Así como la nueva Tilda: aplacada, seria, silenciosa. Tantos libros, tanto fútbol y tantas noticias la estaban desviando del camino correcto.

—Carmenza, óigame bien. No está yendo a la escuela. Eso es muy grave. A mi modo de ver, el estudio es el camino correcto.

—¿Y quién le dijo a usté que pa' conformar un hogar se necesita estudiar? —dijo escurriendo con fuerza la camisa que estaba lavando.

Lila no paraba de idear estrategias para animar a Tilda. Su única opción había sido convencer a Miguel de que la

convidara a jugar. Lo que aún no sabía era que el entrenamiento que estaba a punto de empezar iba a ser el último
y que el desmayo cambiaría para siempre la relación entre
los tres.

—Intentalo una última vez, por favor, así sea para levan-
tarle el ánimo —le había rogado.

—Dejame dormir, Lila, tuve una noche horrible. No falta sino que haya pillado una enfermedad tropical anoche en
ese maldito bosque, me duele todo el cuerpo.

—Por favor, Miguel. Miralo como una inversión. Vos sí
te rendís muy fácil, por eso ningún negocio te cuaja. ¿No
pues que Tilda te iba a llenar de billete?

Miguel se quedó callado. Desde hacía días había renun-
ciado a convertirla en una futbolista profesional. El futuro
brillante que alguna vez vislumbró para ella en la ciudad parecía haberse apagado. La mejor jugadora del mundo echada
a perder en su propia cancha, frente a sus propios ojos. Se
tapó por completo con la sábana, como un anuncio de que
no estaba dispuesto a hablar al respecto ni a ceder a la petición de Lila. Además, quería seguir durmiendo. Necesitaba
recuperarse de lo ocurrido la noche anterior.

—¡Egoísta! —le había gritado Lila jalándole la sábana de
un tirón—. Solo te importan tu bienestar y tus intereses, das
la mano solo cuando podés obtener algo a cambio.

Dicho esto, había salido del cuarto apurada. Si estuviera
en la ciudad habría dado un portazo para mostrar su descontento, pero Puerto Arturo era un lugar sin puertas. La única
forma de demostrar su furia fue dando unos pasos fuertes que
más parecían patadas. La cabaña quedó temblando. El resto
del día se impuso la ley del silencio. Lila ni siquiera había

querido prepararle el almuerzo a sabiendas de que Miguel no sería capaz de hacer nada diferente a abrir una lata oxidada de salchichas. A media tarde el hambre lo obligó a ceder y no tuvo más opción que invitar a Tilda a la cancha. Él pensaba en su próximo almuerzo y ella pensaba en lo mareada que se sentía. No había puesto un pie en la arena y ya intuía que iba a desmayarse.

Lila se sentó en un tronco con la intención de inyectarle ánimo al encuentro. Vio a Tilda moverse, patear, caerse, levantarse. Parecía haber perdido el dominio de su propio cuerpo. Estaba desorientada y tambaleante. En un momento dado vio cómo se quedó quieta, se puso pálida y blanqueó los ojos. Ahí ocurrió el desmayo. Reposó un rato en la cabaña y cuando se sintió mejor intentaron continuar con lo que habían empezado, pero no pudieron porque Tilda empezó a vomitar. Cumbia apareció dando tumbos con sus tetas hinchadas y comenzó a lamer el vómito. Nada más verla, Lila supo lo que le estaba ocurriendo a Tilda. Se arrodilló sobre la arena, le agarró la cara con ambas manos, la miró a los ojos y le preguntó:

—¿Estás embarazada?

Tilda empezó a gimotear muy pasito, como si no quisiera ser oída.

—¡Estás embarazada! —gritó.

Ahora el gimoteo de Tilda era un llanto sonoro e incómodo que iba creciendo en volumen e intensidad. Miguel giró la cabeza para no verla y, de manera instintiva, chutó la arena, cerró el puño y apretó la boca en una mueca de decepción. A Lila se le derramaron las lágrimas, sin los aspavientos, sin el drama que, a menudo, sobreviene con el llanto, nada más rodaban en caída libre, como si tuviera una tormenta por dentro y una necesidad imperiosa de expulsar toda el agua con el fin de no ahogarse.

Tilda reunió las fuerzas que le quedaban y salió corriendo hacia el mar, se metió y empezó a nadar en línea recta con el único objetivo de llegar lejos, muy lejos, hasta un punto en donde fuera imposible el regreso. Lila salió detrás de ella y Miguel detrás de Lila, dubitativo acerca de si perseguirlas o devolverse a buscar ayuda. Vio el mar tan picado que optó por lo segundo, era un mal nadador y no quería ponerse en peligro a sí mismo. Corrió hacia el caserío gritando. Allí solo encontró a la vieja Mano-de-cucharón revolviendo la paila, al borracho de turno desparramado en la silla, a un perro orinando al pie de un estacón, al cerdo dentro de su corral diminuto en espera del Gran Acontecimiento.

—¿Dónde está la gente? —gritó.

Miró alrededor desesperado y solo percibió la misma quietud de los últimos días.

—¡Auxilio, auxilio! —volvió a gritar.

No se movió ni una hoja, y no precisamente porque el viento no soplara.

—¿Dónde está la gente? —preguntó de nuevo, y de nuevo no obtuvo respuesta.

Regresó a la playa dispuesto a ponerse en peligro para salvarlas, pero ya ni siquiera las veía. Tenía que calmarse, su propia angustia lo estaba encegueciendo, el apuro le impedía ver con claridad. Las olas se alzaban inmensas. Respiró hondo. Volvió a barrer la marea con los ojos. Y entonces vio a Antigua remolcando dos cabezas con una fuerza que él jamás hubiera imaginado en ella.

Una vez en la playa dejó a Tilda inconsciente sobre la arena. Lila estaba bien. Callada. Aterrada, pero bien. Miguel empezó a reanimar a la ahogada tal y como había visto hacer en televisión. Tilda no demoró en escupir agua y entonces todos supieron que no iba a morirse. No en ese lugar. No de esa manera. No en el año del Gran Acontecimiento. No con un bebé dentro del vientre.

El péndulo se movía de forma tan extraña que Antigua no fue capaz de interpretarlo. Los movimientos eran bruscos, desprovistos de la armonía y recurrencia de siempre. No generaban círculos ni líneas ni ninguna otra forma conocida. La mano que lo sostenía se volvió pesada y la pinza conformada por los dedos índice y pulgar perdió fuerza y control. Se quedó de piedra cuando, por primera vez en la vida, vio caer el péndulo al suelo. Le tomó unos segundos entender lo ocurrido y tardó otros segundos adicionales en reaccionar. Se agachó a recogerlo y fue entonces cuando notó que la tierra a su alrededor estaba suelta, cubierta de forma vaga con ramas y hojas secas, como si alguien hubiera cavado antes que ella y luego se hubiera tomado el trabajo de recomponer la escena para que no desentonara con el resto del paisaje.

Si cavó fue por instinto y por curiosidad. La tierra se fue amontonando palazo a palazo a un costado hasta que la situación fue evidente: iba a encontrar algo enterrado y ese algo no era propiamente agua. El solo razonamiento le hizo circular la sangre por las venas con una velocidad mayor a la habitual. Dos fuerzas opuestas tiraron de ella al mismo tiempo. Una la incitaba a abandonar y la otra a continuar con lo empezado. Le hizo caso a la segunda fuerza, pese a que la primera era más sensata. Siguió cavando rápido hasta que encontró una caneca de plástico azul. Tiró la pala a un costado y, como un animal prevenido, se puso a mirar hacia todos lados con movimientos rápidos y nerviosos. Solo vio guijarros, maleza y hojas secas que, de cuando en cuando, eran sacudidas por las serpientes y los armadillos. Se agachó, abrió la caneca y entonces los vio: decenas de bloques blancos, envueltos en plástico. Intuyó de qué se trataba; no obstante, sacó una unidad, la palpó, la sopesó, se la llevó a la nariz. La alejó con violencia y con asco, había sentido ese mismo olor mil veces, cuando era niña y vivía en el burdel de La Seca.

Según sus cálculos, cada bloque de cocaína pesaba más o menos un kilo. Si lo traducía en dinero, los montos eran tan grandes que no cabían dentro de sus cuentas; tan grandes que habría necesitado tres cabezas para contarlos y otras tres vidas para gastárselos. Un espíritu de avidez impropio en ella comenzó a poseerla. Pensó que la vida le estaba en deuda, le había negado demasiadas cosas y ya era hora de reclamarlas. También pensó que, de todas formas, ese momento específico estaba escrito en la palma de la mano y, por lo tanto, no tenía sentido esquivarlo. Necesitaba buscar adónde esconder los bloques que extrajera y luego encontrar a quién vendérselos sin despertar sospechas. No podía tomar muchos a la vez, tendría que poner atención cuando llevaran hacia el país de enfrente el contenido de la caneca y la renovaran después con nuevos bloques blancos. Estar alerta a otras posibles señales de tierra suelta que le indicaran la existencia de otros posibles escondites. Metió el bloque de nuevo entre la caneca y la tapó con las mismas ramas secas.

Debía planear cómo iba a hacer las cosas, diseñar una estrategia para extraer y esconder la droga sin que nadie lo notara. No podía equivocarse con algo tan delicado. Sacó el péndulo y lo sostuvo sobre la caleta. Observó con detalle el movimiento al que la cocaína lo incitaba. Era más caótico, más irregular, más violento, si lo comparaba con la oscilación armónica y tranquila producida por el agua. Lo siguió observando unos minutos más. Era importante memorizar el movimiento pendular si quería encontrar nuevas caletas, pero no lo hizo y pasó dos semanas cavando huecos en los que no halló nada. Necesitaba aprender a dialogar mejor con la cocaína, interpretar el mensaje enviado por ella a través de las ondas electromagnéticas que despedía. No podía darse el lujo de desgastarse cavando sin certezas. Además, estaba tomando riesgos innecesarios. Decidió evitarlos regresando al lugar en el cual había encontrado la primera caleta, con el fin de entrenarse mejor.

Una vez allí, sostuvo el péndulo entre sus dedos. Analizó su movimiento, esta vez era lineal, no contenía el caos ni la violencia que ella recordaba. Intentó varias veces y en todas ocurrió lo mismo. Desconcertada, se puso a cavar. Encontró la caneca azul. La abrió. Metió la mano. No había droga, sino cientos de fajos de billetes. Los miró bien. Eran dólares. Tanto mejor, así se evitaba el engorro de tener que vender la droga. Seguro los traficantes habían transportado los bloques de cocaína hacia el país de enfrente y regresado después a esconder los fajos de dólares en una caneca igual. Adivinó el cambalache por medio del cual ahora tenía semejante cantidad de dinero frente a ella. Aprendió que los billetes hacen oscilar el péndulo en línea recta. No en círculo como el agua, ni en movimientos caóticos como la cocaína. Todos los billetes eran de cien. Sonrió. Después de todo, los tres presagios de la cubana se habían hecho realidad: la abuela, la muerte, la fortuna. Era tanto el dinero que resultaba imposible contarlo. Tanto que no podía llevárselo de una vez. Se metió entre la mochila todos los fajos que le cupieron. Cuando encontrara un escondite seguro regresaría por más.

Imaginó una lancha rápida saliendo de Puerto Arturo y, al mismo tiempo, otra del país de enfrente. Imaginó a los lancheros lastrados con los bolsillos llenos de piedras y una cuerda gruesa enroscada alrededor de la cintura para evitar salir volando a causa de la velocidad generada por los cuatro motores. Imaginó ambas lanchas navegando a oscuras y encontrándose a medio camino para intercambiar mercancía por dinero antes de regresar al mismo lugar de donde habían partido y seguir la vida así como si nada. Imaginó que las autoridades no hacían preguntas incómodas, porque ni siquiera había autoridades; los traficantes operaban en sitios en donde *ellos* solían ser la única autoridad conocida o, incluso, donde eran la autoridad de la autoridad. Imaginó que ellos se quedaban con una buena tajada a cambio de dejar operar a los traficantes en su territorio y de eliminar a quien interfiriera o pusiera en riesgo la operación. Imaginó que a quienes peor les iba era a los sapos y a los ladrones. Metió las manos a la mochila y tocó los fajos que la situaban exactamente en la segunda categoría. Imaginó que si tuviera algún riesgo, la adivina lo habría mencionado, así como había mencionado con tanto acierto los otros acontecimientos fundamentales de su vida.

De esa forma operaban los amos, los dueños de un negocio en el que todo el mundo alrededor tenía que simular que no pasaba nada. Si los nativos se negaban a cerrar los ojos, ellos se encargaban de cerrárselos, así tocara meterles la punta del machete por la cuenca del ojo. Quien se pusiera de bocón o quisiera pasarse de listo, no vería salir el sol ni al día siguiente ni nunca más. Antigua dedujo que esa era la razón por la cual en Puerto Arturo los pescadores no querían pescar. Era mejor ofrecerse como conductor de lancha una sola noche y dejar el resto de la vida arreglada. Visto así, la idea era atractiva, en especial si uno era joven, le gustaban los anillos de oro y no quería matarse trabajando para conseguirlos.

Había tanto dinero como riesgos. Las tempestades en altamar generaban olas que, a veces, producían volcamientos. Con cuatro motores a tope, un giro brusco del timón y la lancha se desintegraría en mil pedazos, dejando los bloques de cocaína flotando o varados en alguna playa. A menudo también volaba el conductor y las piedras que debían lastrarlo a la lancha terminaban hundiéndolo en el fondo del mar, aunque el conductor, por lo general, no le importaba a nadie.

Otro asunto era el de los sapos. Había que ser muy ingenuo para ponerse a delatar una operación como esa; aun así, no faltaba el que lo hiciera, generalmente por venganza. Era entonces cuando aparecían las autoridades, las de verdad verdad. Tocaba arrojar la droga o los dólares al agua y aquí no ha pasado nada. Peces blancos: los más codiciados. Quien encontrara el bloque de cocaína tenía que devolverlo o pagaría el «olvido» con su propia vida. Un solo pez blanco daba el dinero equivalente a cien mil peces normales con un esfuerzo cien mil veces menor.

Antigua tenía una vaga noción de cómo operaban los traficantes, porque La Seca también había tenido su época dorada. Una vez le oyó relatar a la abuela que las cantidades de dinero eran tan altas que nadie las contaba y los montos terminaban calculándose de acuerdo al peso de una caneca entera. Los hijos de muchas de sus comadres habían participado en algún eslabón, generalmente el más débil, de esa gran cadena siniestra. Muchas veces la oyó lamentarse porque todos los muchachos habían terminado muertos, escondidos, locos, mutilados, alcoholizados o en la cárcel. En La Seca solían hablar del negocio como algo que ocurría lejos, en la mismísima punta de la península, con cientos de kilómetros de desierto de por medio. Allá donde el viento pega tan duro que duele, donde nadie se atreve a ir, a no ser que tenga un genuino interés en conseguir plata fácil. Allá donde dejan los cuerpos mutilados de los sapos y los ladrones amarrados a pleno sol, sin ojos, sin lengua, sin brazos, hasta que se resecan o se debilitan tanto que son incapaces de espantar los gallinazos cuando empiezan a devorarlos. Sabía todo eso y, sin embargo, ahí estaba, con la mochila llena de fajos y una apremiante necesidad de esconderlos.

Caminó hacia el lado opuesto del rancho de Encarnación. Había estado allí varias veces e intuía que ella recibía su parte por desviar la atención de la comunidad, por lanzar maleficios y sembrar miedo con sus profecías. Sabía que acumulaba fama de vidente indicando dónde estaban los cuerpos de los soplones, después de que ellos mismos le señalaran el punto exacto donde iban a dejar el cadáver sin ojos. En todas las comunidades existían personajes como Encarnación, inoculando miedo en los demás precisamente para combatir el suyo. Mostrándose invencibles para esconder su propia vulnerabilidad.

Antigua merodeó por el bosque con la mochila pesada y un apuro impropio en ella, debido al afán de encontrar un escondite seguro. Se estaba desplazando en círculos tan desordenados como sus pensamientos, aunque pronto estuvo cerca del caserío. Ahí fue cuando lo vio por primera vez. En medio del bosque había un descampado, en medio del descampado había una manta y en medio de la manta había un ángel. Un ángel sin alas. Tilda lo mencionaba de manera constante, pero nadie habría podido adivinar a qué se refería. El ángel que estaba en la manta, que estaba en el descampado, que estaba en el bosque, yacía en medio de una quietud infinita y resignada. Yacía mirando hacia el cielo y diciendo: «Agua, agua, agua». El roble que le daba sombra casi lo había sepultado bajo una capa de flores rosadas.

Al acercarse descubrió que no era un ángel ni tenía alas ni tampoco piernas ni brazos. Era el hermano mayor de Tilda. Se quedó mirándolo, embelesada con el aspecto andrógino de su figura, analizando si era un torso pegado a una cabeza o una cabeza pegada a un torso. Un enjambre de moscas merodeaba en torno a él y no podía darse el lujo de espantarlas porque no tenía brazos para hacerlo. Supuso que los del caserío lo dejaban allí por las mañanas y lo recogían al final del día para no tener que verlo ni oírlo. Los imaginó regresando por él cada tarde con la secreta esperanza de que hubiera muerto o le hubieran salido, al fin, unas alas que se lo llevaran bien lejos. Pero no. No le salían alas. No se iba a ninguna parte. No se moría. Siempre lo encontraban en el mismo lugar, en la misma posición, diciendo lo mismo. Le calculó unos treinta años. También calculó que, si todos lo evitaban, quizá el lugar ideal para esconder el dinero era debajo de él. Deslizó con delicadeza el colchón y se puso a cavar un hueco. Cubrió los fajos con tierra y la tierra con el colchón y el colchón con el ángel. Miró alrededor y sonrió satisfecha. No se notaba nada.

Ubicó una palma cercana y la trepó para alcanzar un coco. Lo abrió con el machete y le vertió unas gotas de su agua sobre los labios resecos. Luego se puso a recolectar piedras de cuarzo del suelo y las dispuso en círculo alrededor de él. Le delineó los ojos con resina, le limpió las legañas y le desenredó el pelo enmarañado. Lo tenía abundante y largo, larguísimo, como si nunca se lo hubieran cortado. Antes de alejarse lo cubrió con más flores. Las distribuyó a lado y lado del torso formando unas alas imaginarias. Ahora sí parecía un ángel. Reflejaba lo hermoso y lo terrible a la vez. Lo divino y lo humano. Lo dejó solo, como siempre. Diciendo: «Agua, agua, agua», como siempre.

El rumor de que el ángel había sido tocado por las fuerzas divinas no demoraría en esparcirse de caserío en caserío y de pueblo en pueblo. Y lo haría a la velocidad del viento.

Una algarabía proveniente de la playa los despertó. Lila se puso de pie de un brinco porque en Puerto Arturo cualquier sonido diferente al de las olas y los pájaros era toda una anomalía. Corrió hasta el balcón, se asomó y dijo:

—Algo está pasando.

—Dejá dormir, Lila, ¿no ves que estoy como enfermo? Me rascan las ronchas, me duele la cabeza, me arde la piel, ni que viniera del infierno.

—El infierno está aquí frente a nosotros, Miguel, a pleno sol.

Bajaron en estampida, sacudiendo los cimientos de la cabaña. Llegaron a la playa. A codazos, se abrieron paso entre los nativos agolpados sobre la arena y vieron aquello que los tenía tan alborotados: un ahogado recién escupido por el mar. El reflejo del sol resplandecía sobre su piel violácea y una mujer lloraba sin consuelo aferrada a ese cuerpo sin vida. Nadie se atrevía a despegarla. Pasaban los minutos y la escena no sufría modificación alguna. El llanto, el cuerpo, el sol. Miguel estaba nervioso, por alguna razón sentía una necesidad apremiante de ponerle cara al muerto. Avanzó un poco y, cuando estuvo lo suficientemente cerca, se agachó, le giró la cabeza y la miró. Comprobó lo que estaba pensando: el muerto era El Guasa y la mujer aferrada a él, su madre, ahora gorgoreando como un pájaro triste. A El Guasa le habían sacado los ojos y la impresión de ver esos dos huecos sin fondo hizo que Miguel se hiciera a un lado y vomitara. El llanto, el cuerpo, el sol, los ojos. El mar no demoró en llevarse lo que recién había expulsado. El mar todo se lo llevaba. Se sentó en un tronco. Las olas llegaban, chocaban contra su empeine y se iban. Lila lo abrazó por detrás. Ambos repararon en que El Guasa no llevaba puesto el anillo de oro. Ambos se guardaron sus comentarios. El llanto, el cuerpo, el sol, los ojos, el anillo.

Matilda los ubicó entre la turba y se arrimó despacio. Su expresión desentonaba con el sentimiento reinante de tristeza que acompañaba a todos los demás. Cualquiera habría pensado que estaba contenta. Se sentó junto a Miguel y empezó a mover la arena con los dedos del pie. A simple vista se notaba que estaba haciendo un gran esfuerzo por contener el sartal de palabras que tenía atrancadas en la punta de la lengua, hasta que no aguantó más y dijo:

—El Guasa llevaba perdido unos días. Su mamá fue a ver a Encarnación y ella le aseguró que pronto iba a volver a verlo. Y vaya si lo volvió a ver. Él se lo merecía por todo lo que hizo.

Pese a la gravedad de la acusación, ni Lila ni Miguel captaron la última frase, debido a la arraigada costumbre de no prestar atención a lo que Matilda decía. El llanto, el cuerpo, el sol, los ojos, el anillo, la acusación. Otoniel separó a la madre, agarró el cadáver, se lo echó a cuestas y comenzó a caminar hacia el caserío. La turba enfiló detrás con gran congoja. El muerto no demoró en secarse a causa del calor y el viento.

El pelo se esponjó, dándole a la cabeza un volumen tres veces mayor del que tenía cuando estaba empapada. Apenas la vio, Miguel tuvo un chispazo, una revelación. Supo que El Guasa era el conductor de la lancha que había visto la otra noche. Tenía muchas preguntas y ninguna respuesta. Veía todas las fichas sobre la mesa y, sin embargo, no era capaz de armar el rompecabezas.

Miguel miró a Tilda con disimulo y le notó la risita de júbilo en la cara. Por supuesto, ignoraba que ella sabía quién tenía el anillo de El Guasa. Ellos se lo habían quitado del dedo antes de escupirle en la cara; antes de sacarle los ojos; antes de lanzarlo moribundo al agua; antes de ir a donde Encarnación a entregarle el anillo; antes de avisarle el lugar exacto en donde habían arrojado el cuerpo para que Encarnación le dijera a Tilda y Tilda le dijera a la madre de El Guasa adónde ir a buscarlo.

La muerte de El Guasa fue otra muerte que se lamentó en silencio. Nadie volvió a hablar de él. Nadie buscó ni dio explicaciones. Nadie mencionaba su nombre. A excepción de su madre, la mujer con cara de pájaro, que no paraba de hablar con el espíritu del muerto.

—¿Con el espíritu? —preguntó Lila confusa cuando Carmenza se lo contó.

—Sí. Al cadáver le rapó el pelo y lo embutió entre una urna de vidrio que carga a todas partes. Sigue poniendo comida en el mismo puesto del comedor que El Guasa solía ocupar. Le lava la ropa una y otra vez. Deshace su cama cada noche y vuelve a tenderla en la mañana. Le sacude la arena de las chanclas y se las deja a la entrada del rancho. Se mantiene silbándole con el tono con el que solía llamarlo. —Empezó a silbar imitándola. A la par con el silbido, agitaba el frasco lleno de piedrecillas blancuzcas que tenía en la mano.

—¿Qué es eso? —preguntó Lila.

—Dientes.

—¿Dientes?

—Sí, son de los hombres de dos caras. ¿No los ha visto caminando por el sendero?

—No.

—Pues seguro que ellos sí la han visto a usté. Avanzan silenciosos y precavidos, siempre atentos, con el fin de garantizar la armonía en el bosque. Por un lado tienen cara de hombre y por el otro de diablo. La cara de diablo posee unos ojos grandes e imperturbables que dan la sensación de abarcar mucho y no ver nada, aunque la importancia de esa cara no radica en observar sino en evitar emboscadas. Estos son los dientes —dijo mostrando el frasco—. Si llega a ver algún hombre de dos caras ni se le ocurra esconderse, todo lo contrario, salúdelo con familiaridad, hágale sentir su presencia, eso es importante, muy importante. Los hombres de dos caras son nerviosos, se mantienen muy sugestionados, la mayoría de las veces sacan el machete por impulso y sus brazos reaccionan antes que su cabeza.

—¡Vaya! —dijo Lila—, pues en estos días que pase a darle el pésame a la mamá de El Guasa pondré más atención por el sendero, a lo mejor me topo con alguno.

—Si eso llega a ocurrir, detállese por favor si le falta algún diente.

Lila evitó la visita hasta que no pudo dilatar más el trámite del pésame. Para su sorpresa, cuando llegó al caserío, estaba vacío.

—Vacío, Miguel, ¿entiendes? Ni una sola persona. Es que ni perros había. Es demasiado raro, allá suele haber un montón de gente revoloteando en todo momento. No estaba la vieja Mano-de-cucharón. No había borrachos dormitando en las sillas. Los niños no corrían desnudos detrás de las gallinas —le contaría después.

Aun así, lo más extraño de todo no fue la soledad del caserío, sino la rara quietud que se instaló desde ese momento en Puerto Arturo. Se percibía en el aire, en la arena, en la superficie del agua. El viento no soplaba. Las palmas quietas. Las olas quietas. Todas las ramas, de todos los árboles, quietas. Como si un pacto de silencio se hubiera impuesto. Hasta el cerdo que andaban engordando para el Gran Acontecimiento había dejado de gruñir. Cumbia permanecía somnolienta en el mismo rincón de siempre.

Antigua llevaba varios días sin dejarse ver y, por eso, cuando Miguel la vio echada en la hamaca aprovechó para abordarla con la excusa de preguntarle cómo iba con la búsqueda del agua.

—Anda como pesado el ambiente —dijo por decir, porque su verdadera intención era descubrir si ella sabía algo sobre la muerte de El Guasa.

—Yo no sé nada —exclamó a la defensiva, incluso antes de que Miguel se lo preguntara.

—La noche en que me perdí en el bosque cuando El Guasa llegó en la lancha..., usted, usted estaba por ahí, ¿cierto?

—Ajá.

—¿Ajá sí? o ¿ajá no?

—Para qué me pregunta eso, Miguel, usted sabe que sí.

—¿Me vio siguiéndola?

—Yo tengo ojos hasta en la espalda. Agradezca, porque sin mis cuidados usted jamás habría sobrevivido a esa noche.

—¿Cuidados?

—Usted se sentó al pie de un borrachero, aspiró el aliento del diablo, el efecto no se hizo esperar. Lo habían picado las hormigas, estaba tan sediento que el veneno actuó de inmediato. Para cuando lo encontré estaba delirando, llorando, hecho una bola, meciéndose con las manos alrededor de las rodillas. Se había orinado. Tenía los ojos rojos a causa de la irritación. Estaba temblando. Los dientes le castañeaban. Le puse un brazo en el hombro, esperé su reacción, no opuso resistencia, así que le puse el otro. Dos veces le dije lo mismo: tranquilo, tranquilo. Insistí en que no se moviera, sabía que el veneno no era letal. Usted me sostuvo la mirada un rato largo, creí que me había reconocido apenas se calmó. ¿En serio no lo recuerda?

—Sí. No. No sé. Todo es muy confuso en mi cabeza.

—Durmió de manera intermitente, tenía la conciencia alterada. Yo me senté a su lado hasta que amaneció.

—Si estuvo a mi lado..., entonces tuvo que haber visto la lancha, ¿no?

—¿Lancha?

—Vamos, Antigua, sabe de qué le estoy hablando.

—No le dé más vueltas al asunto, Miguel, aquí hay cosas que es mejor no ver, aunque uno las haya visto.

El calor era apremiante. Los muchachos no volvieron a asomarse por la playa a ver si había partido de fútbol. Los perros dejaron de merodear por todas partes. Los cantos de las mujeres lavando ropa en el mar se apagaron. Nadie iba ni al billar ni a los gallos. Cumbia seguía durmiendo sin parar. Tilda no salía de su rancho. Ya hasta extrañaban las impertinencias de Carmenza llevando y trayendo chismes del caserío a la cabaña y de la cabaña al caserío. Otoniel no volvió a llevarles agua; de no ser por Antigua, habrían muerto de sed.

La zahorí andaba más esquiva que nunca y, sin embargo, Lila encontraba dos veces por semana un par de bidones enfilados sobre el piso de la cocina, milagrosamente llenos con agua tan dulce y pura como nunca antes la habían probado. ¿De dónde estaba sacando el agua? ¿Había encontrado ya una fuente subterránea? Decidió no comentar el tema hasta no estar segura de la respuesta. No quería sembrarle falsas esperanzas a Miguel ni ser la causante de una nueva frustración, en especial ahora que lo sentía a punto de sucumbir en la misma quietud paralizante del entorno. A veces lo miraba y no veía a un hombre, sino a un niño resistiendo la fragilidad de su carcasa. Un niño crédulo que se había tragado enterito el cuento de Carmenza acerca del proyecto de transporte.

«Eso dijo, Lila, te lo juro, están construyendo un proyecto de transporte y los contrataron a todos. El progreso. Llegó el progreso. Detrás del transporte aparecen las oportunidades: se podrán abastecer más rápido, surtir los negocios, hacer vías decentes que les permitan conectarse con el resto del país. Habrá servicio de acueducto y electricidad. ¿Te imaginás? Tendremos el televisor más grande que exista sin depender de El-sin-tocayo. Es que con electricidad óptima va a abrirse el mercado de los electrodomésticos: licuadoras, hornos, cafeteras, lavadoras. ¿Podés creerlo? Volver a usar ropa limpia, lavada con agua dulce y jabón que sí hace espuma, a mi edad jamás pensé que llegaría a añorar algo tan básico como eso. Voy a comprarte la máquina más grande que exista para hacer hielos, hará tantos que podrías enfriar el mar si quisieras. Además, no tendrás que esperar un mes entero a que Oto vaya al pueblo a comprarte los antojos: ¿lo quieres? Lo tienes. ¿No es ese el epítome de la civilización? Seremos testigos del proceso de sofisticación del agro y la pesca gracias a la posibilidad de refrigerar. Las cargas del hogar van a aligerarse, con suerte las mujeres podrán dedicarse a otra cosa distinta a cocinar, lavar ropa y tener hijos. Arrasaré con el bosque tropical seco que es tan feo y chamizudo para sustituirlo por potreros tecnificados, cubiertos de un pasto tan verde que dará gusto sentarse a mirarlos. Hasta podré desarrollar y comercializar productos lácteos. ¿Ves, Lila? Esto se va a valorizar. Llegamos en el mejor momento. Debemos empezar a construir nuestra propia cabaña, incluso mirar si hay más tierra disponible para apropiarnos de ella o comprarla barata antes de que suba de precio, en algo tenemos que gastar toda esa plata que hay escondida en la camioneta. Según Carmenza, lo del proyecto de transporte fue un milagro del hermano de Tilda, tan ingenuos estos nativos, dizque creyendo en milagros, ¿ah? Según ella, el ángel fue tocado por la gracia divina, le salieron alas y la gente no para de llevarle ofrendas a cambio de milagros».

No aguantaron la curiosidad y al día siguiente le pidieron a Carmenza que los llevara donde el ángel. «¿Sí ven?, hasta los cachacos precisan milagros», comentó. La fama del ángel había trascendido fronteras. Cuando llegaron al descampado los sorprendió la romería de devotos en torno a él. Parecía que quienes no estaban trabajando en el sistema de transporte estaban llevándole ofrendas. Unas en dinero, otras en especie: pájaros raros, sandías, panelitas de coco, escamas iridiscentes, dientes de tiburón. Todo parecía servir para obtener milagros. La gente se arrodillaba frente a ese ser sin piernas y sin brazos, frente a ese torso con una cabeza de la que brotaba el pelo como si fuera una cascada. Dejaban los regalos a un costado, se arrodillaban, cerraban los ojos y hacían mentalmente su petición. Lila y Miguel observaron la escena con la boca abierta. Era surreal. Era terrible. Era hermosa. Fascinaba y repudiaba. Daba esperanza y, a la vez, era capaz de arrebatarla. Tendrían que dedicarle mucho tiempo y muchos pensamientos posteriores a elaborar una opinión propia que no estuviera mediada por el impacto inicial. Justo cuando pensaron que nada en el mundo podría volver a asombrarlos lo vieron, sigiloso y atento: un hombre de dos caras.

Caminaba sin afán hacia ellos. Había estado cortando plátano, tenía la ropa salpicada de manchas cafés. Por la cantidad de manchas se sabía cuántos años llevaba un hombre en el oficio. Se acumulaban unas encima de otras y no había mano capaz de erradicarlas de la prenda. El machete reposaba dentro de una funda adornada con flecos de cuero. Llevaba puesto un sombrero de ala ancha tapándole la mitad de la cabeza. Levantó la mano para saludar a Carmenza quien, a su vez, levantó la mano para saludarlo a él. «Se me cayeron los dientes», dijo el hombre girándose. Y, al hacerlo, le vieron la otra cara por detrás. Miguel recordó haber visto a otros como él durante la noche que estuvo perdido en el bosque. Alguna vez se preguntó si la visión fue real. Pues bien, ahora tenía una respuesta. Lila recordó cuando Tilda le había contado sobre la existencia de los hombres de dos caras y ella se había quedado convencida de que era otra fantasía más de la niña. Nada de visiones ni de fantasías. Justo enfrente tenían a un hombre de dos caras quejándose por la pérdida de los dientes. «Dientes es lo que tengo», dijo Carmenza sacando el frasco del bolsillo. El hombre se quitó la máscara y se la entregó. Le habían pintado de manera burda unos círculos que simulaban los ojos. La mirada era fija y desprovista de matices, lo cual la hacía aterradora. A lado y lado de la máscara se asomaban unos cadejos de pelo enmarañado, demasiado reales como para no ser humanos. La boca era una línea recta e iba casi de oreja a oreja. Sobresalían unos pocos dientes afilados.

—¿Querían conocer a un hombre de dos caras? —preguntó Carmenza—. Pues aquí lo tienen.

—Buenas —saludó el hombre con la cara de adelante, mostrando una sonrisa tan mueca como la de la cara de atrás.

—Veo que perdió algunos dientes —dijo Miguel dándoselas de chistoso al notar que su comentario aplicaba para ambas caras.

—Sí, de una vez aprovecho pa' que la seño Carmenza me los afile más.

—¿Para qué? —preguntó Miguel.

—Pa' protegerme mejor.

—¿De quién?

—Pues de quién va a ser, compadre, del jaguar. ¿No ve que siempre ataca por la espalda? Po' eso debe uno tener dos caras, una palante y otra patrá. ¿Usté no tiene máscara? Yo no recomiendo meterse al bosque sin una, a no ser que quiera morir emboscado. Le digo que para cuando uno se percata de la presencia felina, ya tiene el cráneo en sus fauces y es demasiado tarde.

—No necesitan —interrumpió Carmenza muy seria—. Ellos nunca merodean por el bosque.

Ni los devotos, ni Carmenza, ni el hombre de dos caras, ni los cachacos se dieron cuenta. Nadie, absolutamente nadie, se dio cuenta de que Antigua espiaba la escena desde lejos, esperando un momento de soledad para sacar los fajos de billetes enterrados debajo del ángel. Eso mismo había hecho el día anterior y el día anterior al anterior. Eso mismo haría el día siguiente y el día siguiente del siguiente. Insistía, porque era más fácil intentar recuperar el dinero que aplicarse a la búsqueda de otra caleta. Los escondites variaban. El que ella conocía, por ejemplo, estaba vacío. El bosque era inmenso. Ya se había dado cuenta de que barrerlo con el péndulo era riesgoso y le tomaría demasiado tiempo. Mientras pensaba cómo proceder, merodeaba en torno al ángel, sin ser vista. Llevaba toda una vida perfeccionando el don de la invisibilidad, para algo tenía que servirle. Trepada en un árbol, oculta entre cúmulos de maleza o dentro de la cueva de un animal cualquiera. De día y de noche. Al sol y a la sombra. Esperaba con paciencia el momento de recuperar la plata. Había empleado la estrategia de sembrar huellas de jaguar, lo cual, lejos de asustar a la gente, le había añadido más mística al ángel y, por lo tanto, los habitantes del caserío estaban dispuestos a custodiarlo de día y de noche. Antes de que el sol se asomara y llegara el primer devoto, lo peinaban, lo limpiaban y le renovaban las flores. Hasta le habían enrollado en la cintura un trapo de colores desteñidos que alguna vez sirvió como bandera de la escuela. A veces le hacían dibujos con henna en el cuerpo emulando las rosetas del jaguar. Reforzaron el primer cerco de piedras de cuarzo lechoso y construyeron un segundo cerco con caracoles gigantes. En las noches lo rodeaban de velas y era impresionante ver un punto de luz cálida temblando en medio de la oscuridad del bosque. Las estrellas se derramaban sobre la cabeza del ángel, tan bajitas que cualquiera habría podido agarrar una y esconderla entre el bolsillo. Lucía inalcanzable y prístino, como el ángel milagroso que reclamaba el imaginario popular.

Como las huellas no hicieron efecto, Antigua decidió llevar la estrategia más lejos. Fue entonces cuando rugió. La gente se puso alerta. La respiración contenida, los pies quietos para no malgastar ni una pizca de energía en cualquier cosa que no fuera ubicar la procedencia del rugido. Los hombres de dos caras se ajustaron las máscaras y rodearon al ángel. Una mosca pasó volando y todos pudieron oír el zumbido. Las mujeres se persignaron. Los niños se ocultaron en la primera falda que se les atravesó. Los perros metieron el rabo entre las patas. Al segundo rugido alguien gritó: «¡El jaguar, el ángel atrajo al jaguar!», y entonces el silencio absoluto se tornó, de repente, en una algarabía absoluta. «El felino ha vuelto para transferirle sus poderes», gritó alguien más. «Al tercer rugido vendrán las lluvias», dijo otro. Frente a semejante escena, Antigua supo que la estrategia de los rugidos había generado un efecto opuesto al esperado y no volvió a rugir más.

Así fue como, lejos de alejar a los intrusos, la leyenda del ángel siguió creciendo. Se expandió más allá de los bordes del bosque, atravesó el sendero, flotó sobre la superficie del mar, llegó a otros caseríos, a otros pueblos y a oídos de otras personas. Los más viejos comenzaron a hablar de aquellas épocas cuando los rugidos de jaguar invocaban truenos y tormentas, cuando tenían el poder de ordenarles a las nubes que lloviera. «El jaguar es el dueño del territorio, del tiempo, de los demás animales, del espíritu de los chamanes, de la eternidad. El jaguar es el dueño de la lluvia. Es el único ser eterno. Su espíritu ilumina el cielo con sus manchas consteladas en estrellas. En las rosetas porta el mensaje de los dioses. Ningún otro animal es capaz de nadar contracorriente, de trepar árboles, de correr a altas velocidades, de volverse invisible, de emboscar por detrás sin que sus presas se den por enteradas. El jaguar está por encima de todos; sobre él nunca hay nadie, a excepción de los truenos que replican sus órdenes y de las nubes que las obedecen», aseguraron.

Trepada en lo más alto de un roble, Antigua direccionó sus orejas y alcanzó a oír lo que estaban diciendo los viejos. Se estaba limando las uñas con el tronco rugoso del árbol. Mientras tanto, expandía y contraía las fosas nasales. A veces miraba las nubes, a veces las manchas de su piel. Sin duda debía ingeniarse nuevas estrategias. Necesitaba sobrevivir. Necesitaba garantizar su existencia. Necesitaba recuperar el dinero. No exactamente en ese mismo orden ni con esa misma prioridad.

Pelos de gato negro. Piel escamosa de serpiente. Luna llena. Plumas de lechuza arremolinadas por el viento. Pestañas largas para albergar piojillos y lágrimas no expulsadas. Uñas roñosas como malos pensamientos rozando la tersura de una piel sin estrenar. La boca en llamas, el aliento agrio de la leche derramada. Un cacho de tabaco con el futuro escrito en el reborde y el pasado convertido en volutas de humo espeso. Un dragón milenario sangrando gotas de un ungüento bendito. Murciélagos suspendidos en las vigas del techo. Arañas tejiendo redes para atrapar las moscas enloquecidas por la sangre. Esos fueron los sueños de Lila aquella noche, y no supo si porque aspiró el aliento del diablo o por dormirse pensando en Encarnación. El caso es que cuando despertó, atrapada entre todas esas imágenes, sintió una urgencia inexplicable de visitarla. Quizá no. No fue el aliento del diablo la causa de sus pesadillas, sino la evocación de esa mujer a la que llevaba tanto tiempo esquivando. Parecía ser la única que podía ayudar a Tilda y esa era una razón suficiente para ir a verla.

Se armó de valor. Fue hasta el cultivo de Otoniel y arrancó un palo de yuca. Tilda alguna vez le había sembrado en la cabeza la absurda idea de que así se vencía a las brujas. Le pareció gracioso cuando se lo contó y, sin embargo, allí estaba, con un palo de yuca en la mano, caminando hacia el lugar donde vivía la supuesta bruja. Cumbia iba junto a ella, pesada, con las tetas oscilantes a lado y lado del cuerpo. Pronto tendría los perritos. No se parecía en nada a la perra de antes: la que husmeaba entre los arbustos, la que ladraba a los burros y a las garzas; la que nadaba en los caños. Ya no se metía al mar ni escarbaba la arena ni corría a traer los palos que le arrojaban. Ahora Lila debía detenerse a esperarla y no al revés. Avanzaron juntas por la línea de playa y llegaron al caminito que Tilda le había mostrado tantas veces, el mismo que desembocaba en el rancho de Encarnación. Un sentimiento contradictorio se apoderó de ella, incitándola a huir de allí y, al mismo tiempo, a seguir avanzando pese a que los pies le pesaban como vigas de cemento. Aún no alcanzaba a ver el rancho. Una bandada de gallinazos lo sobrevolaba en círculos, formando un remolino negro similar a un presagio de los malos, revolviendo un cielo extrañamente cuajado y opaco. No se movía ni una hoja, el aire era espeso, difícil de respirar. Un quejido de bebé sonó detrás de un arbusto, Lila dio un brinco, contuvo la respiración y luego se quedó quieta, intentando entender su procedencia. Volvió a sonar, esta vez más duro y más perturbador. Descorrió la rama y lo vio. Era un cabrito recién nacido. Siguió avanzando a lo largo del sendero plagado de arbustos secos que le rasgaron la piel de las piernas. Cada paso dejaba tras de sí nubes espesas de polvo y una hilera de huellas que el viento se demoraría en borrar.

Cumbia se detuvo apenas divisaron el rancho. Amagó la devuelta, metió la cola entre las patas, se le erizó hasta el último pelito del cuerpo. Gimió cuando Lila le acarició la cabeza en un intento por transmitirle una calma que claramente no sentía. Árboles milenarios desprovistos de follaje rodeaban el rancho. Los troncos eran rugosos, llenos de nudos, de telarañas y de raíces asomadas por fuera de la tierra. Las ramas así desnudas parecían esqueletos, de algunas colgaban melenas grises y alargadas. El suelo estaba cubierto por basura, cangrejos desmembrados, trastos inservibles, cáscaras, plumas, sangre reseca y cabezas de pescado putrefactas que tenían a las moscas al borde de la locura. Al primero que vio fue al cerdo, era exactamente igual al descrito por Tilda. Emitía unos gruñidos perturbadores. Las babas se le escurrían por la trompa flácida y carnosa. Lila dio media vuelta, decidida a salir corriendo, y fue entonces cuando oyó la voz:

—Buenas, seño. ¿Qué se le perdió por aquí?

—Nada, disculpe, ya me iba...

—Usté acaba de llegar, seño, venga, ayúdeme a entrar el montoncito de leña que está junto a la puerta.

La voz era gangosa y provenía del interior del rancho, pero había tanta luz ahí afuera y estaba tan oscuro allá adentro que Lila no pudo distinguir ninguna figura humana. El cerdo no paraba de gruñir. Los gallinazos seguían revolviendo el cielo en círculos, podía ver sus sombras dando vueltas sobre el piso de tierra amarilla en donde se reconcentraba el calor. Cumbia se echó, decidida a no avanzar más. Lila, entre tanto, se sacudía las moscas, daba latigazos al aire con el palo de yuca para alejar el jején, se limpiaba el sudor con el dorso de la mano.

—Qué dice, seño, ¿no me va a ayudar? Empuje, la puerta está sin llave.

Sin soltar el palo de yuca, Lila se las arregló para coger los trozos de madera, empujó la puerta con la punta del pie, el chillido de las bisagras oxidadas la hizo estremecer. Entró. Se quedó ciega unos instantes junto a la puerta. Cuando se habituó a la oscuridad, vio a Encarnación toda borrosa y tuvo que frotarse los ojos para entender que era por la nube de humo suspendido en torno a ella. Estaba desparramada sobre un sillón sucio al que se le veían los resortes. Tenía un culo descomunal, del cual se desprendían unas piernas gruesas, iguales a las de un elefante. La trenza larga y gris caía pesadamente sobre el suelo. Lila tuvo que mirarla dos veces para descifrar por qué del interior de la boca le salía fuego. Pronto entendió que la mujer no solo fumaba un tabaco gordo, sino que lo hacía al revés, de tal manera que la punta de fuego refulgía adentro de la boca y se encendía debido a la tos flemática que le salía desde las entrañas.

—No me diga que usté es Lila. La niña Tilda habla mucho de usté. Pase, pase, gracias por la madera. Déjela al pie del fogón. Me cuesta mucho moverme, ya ve, elefantiasis —dijo mostrándole las piernas gordas, llenas de pliegues y escaras.

Lila asintió sin decir nada. Descargó todo lo que llevaba en los brazos y se puso a espantarse las moscas. Percibía un olor malsano a comida rancia y orina que la obligaba a respirar por la boca. Sintió un ligero movimiento sobre su cabeza, alzó la vista y vio varios objetos flotando en el aire: hojas, colitas de tabaco, plumas, flores secas. Miró a Encarnación, volvió a mirar hacia arriba y allí seguían los objetos suspendidos. Un movimiento captado por el rabito del ojo la distrajo. Giró la cabeza en busca de su procedencia, la mirada terminó posándose sobre el escaparate. Un felino negro caminaba sobre él. Era demasiado pequeño para atribuirle el título de bestia que Tilda le había asignado alguna vez. Con sigilo, el gato merodeaba alrededor de unos frascos de vidrio grandes, llenos de un líquido ámbar sobre el que reposaban suspendidas unas masas amorfas. Pensó en los fetos y, sin querer, se le escapó un gemido.

—¿Le gustan? —preguntó Encarnación.

—¿Qué?

—Si le gustan, podría regalarle unos trozos, son buenos para la salud.

—¿Qué?

—Vamos, seño. ¿Le gustan las conservas? —dijo señalando los frascos—. Tengo de ahuyama y de noni.

—Yo, yo, yo, en realidad, vine a hablarle de Tilda —dijo nerviosa—. Sabrá lo que pasó.

—Claro que lo sé. El responsable ya pagó.

—El responsable...

—Sí, El Guasa, lo creí capaz de todo, menos de violar a mi pobre niña. El castigo aquí para los violadores es cortarles la, la... la cosa. En este caso ellos decidieron mejor sacarle los ojos, toda una concesión. Lo estimaban porque era un buen lanchero, demasiado ambicioso para mi gusto, les hizo varios viajes. A los otros dos sinvergüenzas les fue mejor..., por ahora. Y fíjese que a mí no me gustaban para nada. No son de confiar.

—¿Quiénes?

—El Cacao y El Jorobado. Ellos no la violaron, pero estuvieron presentes ese día en el acantilado y no hicieron nada para detener a El Guasa.

—¿Y dónde están? Hace días no los veo.

—Ni los va a volver a ver, seño. A donde sea que hayan ido, no pueden regresar. Ese fue el castigo impuesto por ellos —dijo dándole un último pitazo al tabaco que se estaba fumando, luego cerró los ojos y dejó de hablar un rato, como si así pudiera prolongar el placer que le generaba.

Un instante después, Lila se puso a pensar en lo que Tilda había soportado. Sintió un taco en la garganta, no podía respirar ni hablar. Imaginó que los muchachos la habían llevado al acantilado porque allí el mar sonaba duro y nadie habría podido oír sus gritos de auxilio. Aunque, conociéndola, seguro había soportado todo en silencio. La imaginó con las bermudas a medio bajar, de pie, contra la roca. El Guasa debió embestir desde atrás para no tener que verle la cara, mientras los otros dos le hacían barra: «Duro, duro, más duro, como un hombre». Acabó rápido dentro de ella, quizá le escupió, quizá fue en ese momento cuando le pateó la quijada. Recordó haber hablado con Miguel acerca de la herida en la cara y las raspaduras en las rodillas y en la espalda. Lila se agarró la cabeza entre ambas manos como si estuviera a punto de estallar en mil pedazos y esa fuera la única manera de evitarlo. Estuvo así unos minutos, hasta que empezó a ver todo brumoso, en primera instancia pensó que era por el humo espeso del tabaco, luego notó sus ojos encharcados. Hizo todo lo posible por evitar que las lágrimas se le escaparan.

—El Guasa —dijo en voz alta, como confirmando lo que acababa de oír.

—El Guasa —repitió Encarnación.

—¿Y usted le puede ayudar con lo otro?

—¿Lo otro?

—Sí..., ya sabe..., interrumpir el...

—Abortar.

—Sí, abortar.

—Yo hace mucho dejé de hacer esas cosas, mija. Tuve que ver morir a muchas mujeres para darme cuenta de que aquí no tenía las condiciones adecuadas para un procedimiento como ese. Las sobrevivientes casi siempre se infectaban, quedaban secas y no podían parir nunca más, así eran rechazadas por los hombres y, peor aún, por sus propias familias. No lo sabré yo... ¿Puedo pedirle otro favor? —preguntó lanzando hacia arriba la colita del tabaco que acababa de terminar. Lila vio que se quedó flotando en el aire, suspendida junto a los demás objetos. Miró bien y notó que era debido a las telarañas inmensas que cubrían el techo y atrapaban todo al vuelo—. En aquella esquina hay un bidón vacío, ¿me lo llenaría con agua?

—Agua. ¿Dijo agua?

—Sí, de la laguna de atrás del rancho. Salga y la verá usté. Y otra cosa más: agarre un cuchillo, una taza y me sangra al dragón, imagínese que a la vecina se le infectó una herida y necesita medicina.

—¡Hay un dragón! —exclamó Lila sonriendo, medio incrédula, medio expectante.

—Sí, es el último que queda vivo. Lo verá al pie del lago. Es imposible no verlo, tiene las extremidades gordas y rugosas de lo puro viejo. Está lleno de cortes, el pobre. No sé qué haría sin su sangre.

Lila iba saliendo con el bidón, el cuchillo y la taza, fue entonces cuando Encarnación comentó:

—Tenga cuidado.

—¿De qué? —preguntó Lila, pensando si era más importante cuidarse de una anaconda o de un dragón.

—Debido a la sequía, el nivel del agua ha mermado bastante, hay mucho sedimento. Podría tragársele la chancla o la pierna. Sacarla sin ayuda es casi imposible..., ese ser que vive con ustedes...

—¿Antigua?

—Sí, Antigua. Ella puso un tablón, saque el agua por ahí.

—¡Ah!, entonces es aquí adonde viene Antigua a sacar agua. Espero que no le moleste.

—Estoy acostumbrada, mija, este pozo se formó debido a la existencia de una corriente subterránea. Antes de la sequía los jaguares solían merodear por aquí. Ya los estaba extrañando. Ellos saben reconocer el punto exacto en donde el agua brota de la tierra. Siempre van a la fuente primigenia. Cómo voy a negarle el agua a Antigua si ella me ayuda cantidades: prende el fogón con su lengua de fuego. Cada vez que entra a este rancho lo ilumina con su piel dorada. ¿Sabe?, mis ancestros decían que las manchas en la piel representan las estrellas, hace años que no puedo salir a verlas, ya sé que no voy a descifrar el mensaje de las manchas consteladas, quizá sea mejor así. Además, me llena el bidón de agua, monta el arroz, fríe los patacones, recoge hojas de coca y tabaco, alimenta a Rodrigo y fuera de eso...

—¿Rodrigo? —interrumpió Lila.

—El cerdo se llama Rodrigo.

—¿Como su marido?

—¿Cuál marido?

—El suyo. ¿Usted no se ha casado? ¿No ha estado embarazada ocho veces? ¿No convirtió a su marido en cerdo?

—¡Qué dice, seño! Jamás de los jamases, como le dije, ningún hombre me quiso porque tengo el vientre seco como arena... Ojalá pudiera convertir a todos los hombres en cerdos. Habría convertido a los que conozco y a los que no. Habría convertido, incluso, a aquellos que aún no han nacido. ¿Se imagina? Un mundo habitado solo por mujeres y cerdos. Seríamos más felices, ¿no cree?

—No sé si más felices, pero sí viviríamos más tranquilas —dijo Lila, intentando imaginarse un mundo así.

Un instante después salió a buscar la laguna mientras pensaba en las cosas tan extrañas que decía Encarnación. «Quién sabe qué se fuma dentro de ese tabaco», pensó. La laguna no era muy grande, pero al menos tenía agua. Lila se quedó un rato observándola con el asombro con el que se ven las cosas por primera vez. Quién iba a imaginarse que un cuerpo de agua podría llegar a sorprenderla tanto. Puso la mano en forma de cuenco, recogió un poco y se la llevó a la boca. Era agua dulce, fresca, parecía recién salida de las entrañas de la tierra. Vio unos huesitos a un costado, eran semejantes a los de un niño. Junto a ellos reposaba el cráneo de un cabrito. Sonrió. Llenó el recipiente. Se puso de pie y miró alrededor en busca del dragón. Tal y como imaginaba no lo vio por ninguna parte. Volvió a sonreír, esta vez burlándose de sí misma por haberlo buscado. El bidón la hizo tambalear por el peso; si no se hubiera sujetado al único árbol que encontró, se habría ido al suelo. La corteza era rugosa y desprendía un olor extraño y familiar. Se miró la mano, ahora rojiza debido a la secreción emanada del tronco. Tomó distancia. Miró al árbol. Era un *Croton lechleri*, más conocido como «sangre de dragón». Hizo una reverencia. Acarició la corteza antes de enterrarle el cuchillo. Unas gotas rojas y espesas emanaron recordándole que con ese mismo ungüento había curado la mano de Miguel. Esperó con paciencia la acumulación de la sangre. Cuando se llenó la taza le dio la vuelta al rancho y vio amontonadas varias plumas. Se agachó y recogió una. Volvió a entrar al rancho, dejó el bidón de agua en el suelo y se quedó mirando algo que refulgía sobre la mesa: era el anillo de El Guasa.

—¿Qué hace aquí? —preguntó Lila mirando el anillo.

—Es de lechuza —dijo Encarnación en un claro intento por desviar el tema.

—¿Qué hace aquí? —volvió a preguntar sin dejar de mirar el anillo.

—Las lechuzas mudan plumaje en esta época. Con seguridad hicieron nido en el techo. Hasta tendrán polluelos. ¿No sería hermoso?

—Hermoso, sí, supongo —dijo Lila, resignada a no obtener una respuesta sobre el anillo—. Me voy. ¿Necesita que le ayude con alguna otra cosa?

—El agua es el principio y el fin...

—¿Cómo dice? —interrumpió Lila, nerviosa, recordando el presagio.

—Ya se lo había mandado a decir con Tilda, venga se lo repito: espero que el agua sea el principio de nuestra amistad y el fin de su sed.

—¡Que así sea! —dijo Lila sonriendo.

—¡Que así sea! —dijo Encarnación—. Vuelva cuando quiera..., y no solo por agua. ¡Espere! —le gritó cuando iba saliendo—. No olvide su palo de yuca, lo dejó tirado al pie del fogón.

—Ya no lo necesito —dijo Lila antes de salir. Aún conservaba la sonrisa en la boca y una mancha pegajosa en la palma de la mano. Se la miraría con insistencia el resto del día y, al hacerlo, seguiría sonriendo de solo pensar que los dragones sí existen, que una mujer se puede convertir en elefante y echar fuego por la boca y hacer flotar objetos y compartir su agua con los jaguares. Comprendió que la realidad tiene tantas versiones como ojos la miren y que la mentira, por muy mentira que sea, siempre tiene algo de verdad.

Los gritos se oyeron desde la cabaña y despertaron a Miguel. Sabía de quién eran, identificaba la voz a la perfección. Y eso, justo eso, era lo que le jodía el humor. Lila abrió los ojos despacio y con la voz ronca de quien está más cerca del sueño que de la vigilia preguntó:

—¿Estás oyendo?

—Claro, cómo no voy a oír. Yo a Carmenza la oigo hablar incluso cuando no está hablando.

—Suena como si algo grave hubiera ocurrido, ¿no?

—Qué va, ella es puro escándalo.

Se quedaron inmóviles sobre la cama, pretendiendo que no estaba pasando nada. A lo lejos, los gritos seguían oyéndose cada vez más intensos. Miguel se tapó hasta la cabeza con la sábana, una momia dentro de su sarcófago. Lila se levantó, se puso las chanclas, se agarró el pelo en una moña y salió corriendo hacia el caserío. Cumbia la vio salir, pero, a diferencia de otras veces, se quedó echada perezosamente en el rincón. La panza y las tetas no paraban de crecerle, aniquilando cualquier asomo de voluntad.

Cuando llegó, los gritos habían cesado. La mamá de El Guasa caminaba dando tumbos como un pájaro nervioso al que le hubieran cortado las alas. Entre las manos llevaba la urna con el pelo de su hijo. A cada rato se la acercaba a la cara y se ponía a silbarle. O le hablaba en susurros y luego pegaba la oreja al vidrio en espera de una respuesta. Unos gallos cantaban. Otros a lo lejos les contestaban. La-sin-palabras correteó un rato tras ella. Oyó el canto de un turpial dentro de una jaula improvisada mezclado con el llanto de un bebé. Se acercó a la vieja Mano-de-cucharón eternizada frente a la paila. Percibió el minúsculo instante en que despegó la vista del guiso y aprovechó para preguntarle si pasaba algo anormal. La vieja asintió, señalando con el cucharón (¿o con la mano?) hacia uno de los ranchos que Lila conocía bien.

Entró despacio, el interior estaba oscuro. Vio la silueta de Carmenza vencida en el suelo de tierra dura. Su espalda se apoyaba contra una pared llena de lagartijas que la observaban con ojos quietos a la espera de un movimiento que no iba a producirse. Las seis carnosidades de cada pie se movían de manera involuntaria, como pequeñas criaturas queriendo arrastrarse por el suelo, huir fuera del cuerpo al que pertenecían. Con ambas manos sujetaba unas tijeras con fuerza, como si alguien fuera a arrebatárselas y ella debiera impedirlo. «Cuando llegué era demasiado tarde», dijo. Lila pensó en Tilda y, temiendo lo peor, apuró el paso hasta su pieza. La encontró echada sobre la cama, enrollada entre una sábana sucia. Sus trenzas yacían en el suelo: flácidas, quietas, gusanos muertos. No volverían a entrelazarse. No ondearían, alegremente, cada vez que ella se moviera. No servirían para medir el paso del tiempo.

Desenrolló la sábana con cuidado. Los mechones de pelo que no había logrado cortarse lucían erizados, chuzudos, eran espinas dispuestas a pinchar a quien se acercara. Le ayudó a incorporarse, la sentó en una silla, fue al baño y buscó una cuchilla de afeitar con la que terminó de emparejar el desastre a ras del cráneo. Tilda miraba caer sus restos de pelo al suelo sin decir nada. Tenía la boca apretada, el puño apretado, el corazón apretado.

—Supongo que ya no puedo ser lo que yo quiera —dijo al cabo de un rato. Lila se quedó callada, a pesar de conocer la respuesta—. Quiero que sepa que soporté la humillación con los ojos abiertos. Soporté mirando el sol mientras era tragado por el mar y deseando que el agua oscura me tragara de esa misma manera. ¿Sabe? De verdad quería ahogarme el otro día. Habría sido lo mejor para todos.

—¿Vas a tenerlo? —preguntó Lila, ahora agachada, recogiendo las trenzas del suelo. Quería evitarle a Tilda el engorro de deshacerse de su propio pelo.

—¿El bebé? Claro. ¿Qué otra cosa puedo hacer? Aquí se puede vivir con un bebé. Con lo que no se puede vivir es con el repudio y el rechazo de la gente.

Lila salió con el manojo de trenzas entre las manos y las arrojó en la fogata donde la vieja Mano-de-cucharón revolvía la paila. Ambas se quedaron en silencio viéndolas arder. Toda una vida creciendo y se consumieron en un instante. El fuego devora todo lo que toca. No deja nada intacto. Caminó de vuelta a la cabaña con los pasos lentos de quien no quiere llegar. Era extraña y nueva la sensación de no querer estar de vuelta. ¿No quería estar en la cabaña o no quería estar con Miguel? Había una gran diferencia entre lo uno y lo otro, aunque solo hasta ese momento tomó conciencia de ello. Deambuló en círculos con el fin de alargar el trayecto, de ganar tiempo para pensar. Muchas gotas de sudor después, llegó a la parte de atrás de la cabaña, allí se sentó sobre una piedra y se puso a llorar. Tenía muchas razones y muchas lágrimas acumuladas. No era capaz de sacarse de la cabeza la sucesión de imágenes que recién había presenciado. Las trenzas ardiendo en el fuego. Las tijeras. La cuchilla de afeitar. Las lagartijas en la pared. Miguel hecho una momia. De solo pensar en él, giró la cabeza hacia el potrero sin vacas, sin pasto, sin sombra, sin nada. La aridez era absoluta, allí jamás podría pegar hierba, una vaca no sobreviviría ni un solo día. Los troncos de los árboles despedazados por los dientes de la motosierra yacían tristes e inmóviles sobre el polvo. Clavó la vista al suelo intentando comprender si lo que sentía era furia o tristeza.

Cerró los ojos un rato y cuando los abrió de nuevo vio un pie diminuto y luego otro, dos piececitos descalzos, dorados, ligeros como peces. La mirada ascendió despacio por unas piernas flacas, ocultas bajo un vestido de flores. Tenía dos colas apretadas a lado y lado de la cabeza, dos colas llenas de cintas de colores que ondeaban por la espalda. Los ojos eran negros y brillantes como la promesa de dos planetas lejanos. Las manos diminutas sostenían un amasijo inerte de plumas verdes. Todo lo anterior junto conformaba la figura de una niña pequeña que ahora estaba parada frente a Lila preguntándole si sabía adónde estaba el ángel de los deseos. «Quiero pedirle que reviva a mi perico», dijo. Lila volvió a mirarla de arriba abajo. Tomó aire para decirle que los deseos nunca se cumplían. Que, de hecho, la vida era un matadero de deseos. Que los seres humanos se pasan toda la existencia conjugando el verbo perder. Yo pierdo, tú pierdes, nosotros perdemos, todos pierden: cosas, sueños, amores, casas, dinero, libertad. Perder es la otra cara de la posesión. Solo se pierde aquello que se posee. Quería hablarle de derrota, decirle: ¿Sabes?, no importa lo que hagas, la vida siempre te golpea, siempre te tumba al suelo y te obliga a morder el polvo, adelante, muérdelo, muérdelo de una buena vez. No dijo nada de eso. Tan solo tragó saliva, apretó los labios, extendió la mano y señaló hacia el lugar donde estaba el hermano de Tilda.

La vio alejarse con sus pasitos cortos, con sus cintas de colores, con su entusiasmo a cuestas y sintió un asomo de nostalgia: se vio a sí misma a la edad de aquella niña, cuando aún no había perdido nada, cuando aún pensaba que podía cumplir sus sueños, tener una vida interesante, convertirse en alguien que valiera la pena. Y sin embargo allí estaba: escondida, aislada, vencida por circunstancias que no estaba en sus manos cambiar y por gente a la que no terminaba de comprender. Una prófuga. Una ladrona que ni siquiera tenía en qué gastar su millonario botín. La paradoja de ser una prófuga que, en nombre de la libertad, había terminado encarcelándose a sí misma en un lugar sin rejas, sin puertas y sin salidas. Se había encadenado a un hombre al cual sentía cada vez más lejano, solo necesitaba recordar adónde había guardado la llave o acoplar fuerzas para romper la cadena.

Permaneció sentada sobre la piedra hasta que la brisa hizo posar una pluma sobre su muslo. La tomó entre las manos: era saraviada, igual a las de Lluvia. Se puso alerta, miró alrededor, la llamó: Lluvia, Lluvia, Lluvia. No tardó en ver un reguero de plumas en el suelo, imaginó que a la gallina le habían torcido el pescuezo para hacer un sancocho. Confusa, siguió el rastro de las plumas en un intento por encontrar, al menos, el lugar exacto donde la habían rematado. El mayor cúmulo estaba entre el hueco de un tronco viejo. Se asomó y encontró a la gallina echada con diez pollitos recién nacidos bajo sus alas. Enternecida, se agachó junto a ellos y se puso a acariciarlos. Al rato, sintió una algarabía cielo arriba. Alzó la mirada y vio un perico solitario, surcando veloz el cielo como una flecha verde.

El proyecto de transporte tenía ocupados a los habitantes de Puerto Arturo desde hacía un par de meses. Los hombres proveían trabajo físico. Las mujeres, alimentos y distracción de las partes no convocadas. Esto último era importante. Muy importante. Nadie no convocado podía acercarse al proyecto de transporte, las distractoras debían estar pendientes, tenían permitido valerse de cualquier argucia para evitar a los curiosos. Como, por ejemplo, inventarse la existencia de una babilla devoradora de piernas y de un ángel que concede deseos.

Los convocados al proyecto de transporte trabajaban sin parar, no preguntaban más de lo necesario, cumplían órdenes sin cuestionarlas, callaban cuando había que callar. Serían tenidos en cuenta para futuros proyectos, porque los habría, si este salía bien. El proyecto de transporte los había unido como comunidad. Una vez estuviera en marcha el beneficio iba a ser inmenso. Aprendieron a organizarse, a planear a largo plazo, a controlar la ingesta de alcohol, a solucionar problemas sin agarrarse a los puños, a trabajar con sol y sin sol; con miedo y sin miedo; con dudas y sin dudas; con riesgos y sin riesgos.

El proyecto de transporte tenía líderes capacitados y presupuesto amplio. Tenía expertos que hablaban lenguas extrañas y no daban más indicaciones de las estrictamente necesarias. Las reglas para trabajar les fueron explicadas desde el principio a los convocados, quienes debían acogerlas sin reparo. Obedecer, para ponerlo en una sola palabra. Nadie sería obligado a trabajar en el proyecto de transporte. Se podía abandonar el trabajo sin dar aviso ni explicaciones. Hablar era el único acto merecedor de un castigo que, según les advirtieron, sería severo. Nadie se atrevió a alzar la mano para preguntar qué quería decir exactamente la palabra severo, pero todos se lo imaginaron. Mientras estuviera en marcha el desarrollo del proyecto de transporte también estaba prohibido beber, pues beber era la antesala de hablar y hablar, como se explicó, era algo que no podía hacerse bajo ninguna circunstancia.

El pago se hacía a diario apenas salía el sol y apenas se ocultaba, porque había dos turnos para que rindiera. El efectivo abundaba. No se firmaban recibos, no se dejaba constancia de nada. El turno de la noche lo pagaban al doble y entre ambos turnos sumaban casi cien personas. Al proyecto de transporte se le podía acusar de muchas cosas, excepto de no generar empleo a través de la contratación exclusiva de habitantes de la zona.

El proyecto de transporte no tenía fecha de lanzamiento, o, si la tenía, a nadie le había sido informada. Alguien le oyó decir a alguien, que le oyó decir a alguien, que le oyó decir a alguien, que el lanzamiento iba a ser pronto. Sería el Gran Acontecimiento y lo celebrarían tomándose todo el ron que pudieran meterse dentro del cuerpo y comiéndose el marrano que tenían inmovilizado dentro del minúsculo corral para engordarlo más rápido.

Cualquier cara no conocida era sospechosa; cualquier movimiento raro era una amenaza y este era un proyecto incompatible con amenazas. Por eso y solo por eso, Antigua Padilla fue declarada enemiga del proyecto de transporte. Que conste que a todos les preguntaron y nadie supo precisar quién era exactamente esa mujer, ni qué había ido a hacer por allá, tampoco cuál era la función del artilugio tan raro que ondeaba entre sus dedos índice y pulgar y, mucho menos, por qué se mantenía haciendo huecos en la tierra con una pala oxidada.

Dos miembros del sistema de transporte fueron seleccionados para remover el obstáculo. Eso fue lo único que les dijeron: «Hay que remover el obstáculo». No se especificó el significado de la palabra «remover» ni el de la palabra «obstáculo», pero el asunto no dejó lugar a muchas interpretaciones. La fecha de la «remoción» fue fijada para la noche siguiente, en algún lugar del bosque, pues todos sabían que allá era donde se mantenía el «obstáculo». A cada uno le fue otorgada una segunda cara para evitar que el jaguar los atacara por detrás. De los «removedores» no se volvió a tener noticia. Nadie en Puerto Arturo volvió a saber de ellos. Así como tampoco volvieron a saber del «obstáculo».

—Soñé anoche con el jaguar, Lila. Qué cosa tan aterradora.
No paraba de gruñir.

—Qué extraño, Miguel. Yo también lo oí.

—¿Es posible que hayamos soñado lo mismo?

—Es más posible que no lo hayamos soñado.

Los cachorritos tendrían que haber sido tres perritos jugue-
tones y enérgicos, como su madre. Seis ojitos cafés dispuestos a descubrir el mundo y a mirar a Lila con la misma mirada irresistible con la que Cumbia la había enamorado. Doce
huellitas imprimiéndose en la arena. Varios nombres ronda-
ron en su cabeza. Estaba esperando a que nacieran para asig-
nárselos. Secretamente deseó que no fueran hembras. Había
encargado un bulto de concentrado que Otoniel le trajo de
mala gana. Y leche en polvo, por si Cumbia resultaba mala
amamantando. Otoniel se había burlado de ella cuando se la
encargó.

Los cachorritos nacieron de noche y Lila no se dio cuenta.
Eran tres perritos: el primero nació muerto, el segundo y el
tercero se los comió Cumbia. Lila pegó un alarido cuando se
levantó y la encontró revolcándose en un amasijo de carne
desgarrada, vísceras y huesos. Del hocico le chorreaba una
babaza espesa y sanguinolenta. Miguel se las dio de experto
en maternidad canina y explicó que eso pasaba cuando las
crías nacían prematuras, enfermas o deformes. La teoría de
Otoniel era que la rata los había mordisqueado y la perra se
los había terminado de comer para evitarle al roedor el placer

de finalizar el banquete. Carmenza, en cambio, dijo que las perras anémicas se comían a sus crías para equilibrar el nivel de hierro en la sangre. Nunca supieron cuál de todas las teorías era la verdadera.

Apenas la vio, Cumbia caminó dando tumbos hasta donde Lila, el recorrido quedó marcado por un reguero de huellas rojas. Movía la cola con la emoción canina que augura una caricia y, en el acto, salpicó de sangre el suelo y las piernas de todos. Ese fue el momento exacto en que los sentimientos de Lila hacia la perra empezaron a transformarse. Le daba asco tocarla, le daba asco incluso mirarla, porque cada vez que lo hacía la imaginaba comiéndose a sus cachorros y esa era una visión muy difícil de asimilar. La perra le llevaba palos, se empeñaba en seguirla durante las caminatas, se escondía bajo su cama, esperaba con ansias los sobrados de su plato, cogía cualquier prenda de ropa usada por Lila y se acostaba sobre ella, buscando aunque fuera regocijarse en el olor. Nada de lo anterior le trajo de vuelta el cariño de su dueña. Los ánimos quedaron templados pese a que el tema no volvió a mencionarse hasta el final de la tarde, cuando Miguel vio a Lila con una escoba en la mano expulsando a la perra fuera de la cabaña.

—No seas tan dura, Lila, algo horrible les debió pasar a esos cachorros para que Cumbia hubiera decidido comérselos.

—Qué hago pues si me da asco, es como si yo te obligara a querer a Carmenza.

—¡No es lo mismo!

—Claro que sí, el cariño no se puede forzar. Aplica para animales, personas y cosas. Lo que a uno no le gusta no le gusta y ya está.

—¡Es injusto con la perrita, estaba muy apegada a vos! Le diste un cariño que no tenía y ahora ella no puede entender por qué se lo estás quitando.

—¡Miren quién viene ahora a hablar de dar y quitar cariño! ¿Se te olvidó lo que le hiciste a Tilda? Te encariñaste con ella porque esperabas algo a cambio, y ahora que quedó en embarazo y no puede dártelo, ni preguntas cómo está. Para tu información, sigue encerrada en su pieza mirando al techo, odiando la barriga que empieza a abultarse, odiando a Carmenza, odiando a El Guasa, odiándose a sí misma, odiándote a vos. —Miguel no dijo nada—. Así son todas las relaciones, Miguel. El único riesgo de querer a alguien es que ese alguien lo deje de querer a uno.

Esas últimas palabras quedaron suspendidas en el aire: latentes, vistosas, como si hubieran sido escritas con lucecitas de colores. Miguel no se atrevió a preguntar si lo dicho era una suposición o una realidad. Habría sido muy fácil preguntar: «Lila, ¿me dejaste de querer?». Pero esas cosas no se preguntan de frente cuando se intuye la respuesta y no se está dispuesto a aceptarla. Él no podía negar que venía percibiendo cierto alejamiento entre ellos, aunque jamás se planteó la posibilidad de que la relación estuviera en riesgo. De solo pensarlo, un taco gigante se le atoró en la garganta y una punzada le atravesó el estómago. De algún lugar consiguió sacar un hilito de voz y decir:

—Vení, Lila, caminemos.

Caminar en una relación en crisis, por lo general, significa conversar. Avanzaron a lo largo de la línea de playa y ninguno dijo nada. «Los enamorados nunca se preguntan si están enamorados, simplemente lo saben y ya —pensó Miguel—.

¿Acaso a Lila se le acabó el amor? ¿Desde cuándo? ¿Por qué no me di cuenta?», se recriminó. Por primera vez sintió que iba un paso atrás en la relación, lo cual constituía un rezago importante, puede incluso que insalvable. Estaba acostumbrado a mujeres que hablaban de frente acerca de las cosas con las cuales no estaban de acuerdo. Mujeres que pretendían cambiarlo. Mujeres demandantes, capaces de reclamar aquello que les hacía falta. Suspiró al recordar cuánto le molestaban ese tipo de mujeres. Como él nunca estuvo dispuesto a cambiar ni a ceder, por lo general terminaba dejándolas cuando las quejas y reclamos eran recurrentes y colmaban su paciencia. Al fin y al cabo, era más emocionante saltar de relación en relación en vez de construir una sólida que le demandara una pizca de esfuerzo. El problema es que Lila no era esa clase de mujer. Ella no hacía reclamos. No le pedía que cambiara. No era exigente. No esperaba nada de él. ¿No era ese el sueño de cualquier hombre? Debía aceptar que al principio eso le había gustado de ella. Ahora veía la trampa y era demasiado tarde para evitarla. Apenas empezaba a entender que Lila era de las que soportan en silencio, de las que acumulan insatisfacciones hasta hartarse, de las que toman notas mentales si algo no les gusta, de las que se desenamoran de a poquitos. Las mujeres así suelen ser bombas de tiempo. El peligro radica en que cuando explotan, ya no hay nada que hacer. Sus parejas se enteran de la causa de la explosión cuando ellas ya están a kilómetros de distancia y no están interesadas en devolverse a recoger los pedazos, ni mucho menos a intentar juntarlos.

Con ese pensamiento zumbándole en la cabeza, caminó junto a Lila hasta el acantilado. En silencio vieron pescar las gaviotas, admiraron la impasibilidad de los caracoles aferrados a las piedras ante la insistencia del mar por arrancarlos, se regocijaron en la lentitud de los osos perezosos fundidos con la madera de las bongas como si fueran un solo ser. En la punta de la ensenada unos niños jugaban en el mar. Las cabecitas se veían subir y bajar, subir y bajar al vaivén de la marea. Oyeron sus risas llenando el aire con una musicalidad alegre que en nada se parecía al silencio incómodo que reinaba entre ellos. Olía a salitre. Olía a madera. Olía a hierba seca. Estaban tan cerca el uno del otro que si estiraban los dedos habrían podido entrelazarlos, pero tan lejos que a ninguno se le ocurrió intentarlo. De pronto Miguel tomó aire y abrió la boca para decir algo. Iba a preguntarle a Lila si lo había dejado de querer, así de claro: «¿Me has dejado de querer?». Justo en ese momento pasaron unos pelícanos exhibiendo la alineación más simétrica que jamás hubiera visto y en vez de la pregunta lanzó una exclamación:

—¡La naturaleza es perfecta!

Vieron a un joven caminar hacia ellos, descalzo, con pasos lentos de quien no gasta afán. La luz del sol descendía despacio y le iluminaba la piel tras filtrarse por algún hueco entre las nubes. Iba silbando y sonriendo como cuando llegan pensamientos tan bonitos que dan ganas de retenerlos. En una mano sujetaba una iguana de la cola. El animal se retorcía con dificultad. En la otra llevaba un collar largo de bolitas naranjadas. Ambos sabían que los nativos inmovilizaban a las iguanas boca arriba y, con una cuchilla oxidada, las rajaban a lo largo de la panza para robarles los huevos. Ambos sabían que las cosían después con puntadas burdas. Ambos sabían el sufrimiento que aquello les significaba. Muchas terminaban muriendo a causa de la herida, de la infección o de un dolor que les impedía defenderse de los demás depredadores. Ambos en el fondo sabían que lo que la naturaleza tiene de perfecta lo tiene también de aberrante.

—Sí, la naturaleza es perfecta —ratificó Lila—. El error en la ecuación somos nosotros.

—¿Sobrevivirá? —preguntó Miguel.

—¿La iguana? —preguntó Lila.

—Sí, la iguana —dijo Miguel cuando, en realidad, estaba pensando en la relación.

—No, no creo que sobreviva —respondió Lila—. Está demasiado herida.

Amaneció oscuro, un toldo de nubes negras y espesas suspendidas en el cielo. La misma quietud de los días anteriores seguía cargando el ambiente. Aun así, Lila deseaba dar un paseo por la playa. Era evidente que estaba evitando a Miguel. Quería estar sola. Quería pensar.

—¿Sí supo, seño Lila? Ayer una babilla casi le arranca el pie a un pescador en el manglar —le advirtió Carmenza—. Tenga cuidado de no acercarse por allá.

—Tranquila, voy para el lado opuesto. ¿El jaguar intentó atacar a alguien?

—¿Por qué lo pregunta?

—Miguel y yo oímos unos gruñidos la otra noche. ¿O los soñamos?

—Quién sabe. A lo mejor alguien intentó atacar al jaguar.

Cumbia trató de sumarse con insistencia a la caminata. Lila la azuzó con un palo para evitar que la siguiera. La perra dio marcha atrás, gimiendo con tono lastimero y la cola perdida entre las patas. Desapareció un rato y luego volvió a aparecer con su caminar expectante de animal desconfiado que intenta calcular si la mano que persigue habrá de acariciarlo o golpearlo. «Chite, chiteee», le dijo Lila mirándole asqueada las tetas con las que debió alimentar a los cachorros, ahora colgando penosamente como globos desinflados.

La perra calculó el riesgo, disminuyó la velocidad, la miró, siguió avanzando. Si Lila apuraba el paso, la perra también lo apuraba. Si se detenía, ella hacía lo mismo. Lila se metió a refrescarse en el mar y Cumbia se quedó en la orilla esperándola echada sobre su camisa. Agitó la cola feliz apenas la vio salir del agua, como si no la hubiera visto en años. En vez de una caricia Lila le chutó agua salada con la punta del pie. La perra no se movió. Le chutó arena y tampoco, a duras penas alcanzó a cerrar los ojos.

Lila siguió avanzando. Cumbia aparecía y desaparecía con el mismo andar zalamero de perra contrahecha que tenía antes de ser adoptada. Cuando se acercaba demasiado, Lila blandía el palo al aire simulando una espada que Cumbia lograba evitar con la habilidad salvaje que traía en la sangre. De pronto, como queriendo medir la seriedad de las amenazas, Cumbia decidió quedarse inmóvil y entonces la punta del palo la golpeó y le abrió una herida en el lomo.

La perra desafió el golpe mirando a Lila a los ojos, ostentando una quietud perturbadora. Los nervios de la perra sin dueño que fue comenzaron a apoderarse de ella. Se erizó, se puso alerta. El hocico se contraía y se retraía, como oliendo algo que solo ella sabía qué era. Seguía inmóvil, con las orejas erigidas, una estatua antigua refundida en medio de la arena. Lila se alejó, apurando el paso nerviosamente, y al girar la cabeza unos minutos después, la perra ya no estaba.

Siguió andando con una inquietud extraña oprimiéndole el pecho, como cuando uno se imagina perseguido de noche a lo largo de un callejón sin salida y, aunque voltea mil veces, jamás consigue detectar al perseguidor. Avanzaba. Giraba la cabeza. No veía nada. Volvía a avanzar. Volvía a girar. Nada. Continuó caminando. La inquietud caminaba junto a ella, el corazón le latía rápido: pum, pum, pum. Sintió la necesidad de correr y corrió. Se detuvo cuando le faltó el aire y ahí fue cuando los sintió: punzantes y certeros, los dientes afilados de Cumbia desgarrándole el tobillo.

Gritó, intentó sacudir la pierna, pero la perra seguía allí con los dientes hincados sobre la carne mientras la sangre se asomaba en hilos rojos, espesos y brillantes. Lila le descargó con fuerza el palo en la cabeza. La perra le soltó el tobillo, la miró con ojos triunfantes, llenos de vida y de furia. Se lamió la babaza sanguinolenta que tenía adherida al hocico y salió corriendo bosque adentro con actitud de animal indomable. Huyó sin meter la cola entre las patas. Huyó sin gemir a causa del golpe. Huyó sin girar la cabeza ni una sola vez.

Cada noche, cuando los perros sin dueño aullaran, su aullido se sumaría al de la manada y retumbaría a lo largo del bosque conformando una música de perros. Lila diferenciaría su aullido entre otros cientos de aullidos y, aun así, extendería instintivamente la mano hacia el lado de la cama donde Cumbia solía dormir, solo para comprobar que estaba vacío. Nunca más volvería a verla.

Una mosca. Dos moscas. Siete moscas. Veinte moscas amanecieron merodeando alrededor del tobillo de Lila. Estaba hinchado y supurante, entre verdoso aurora boreal y morado.

—No te ves nada bien, Lila. ¿Te duele?

—Mucho.

—¿El tobillo?

—No, el corazón. No puedo creer que esa maldita perra me haya mordido. De todas formas voy a pasar por el rancho de Encarnación para que me lo mire.

—¿El corazón?

—El tobillo, hombre. Deberías acompañarme y, de paso, traer unos bidones de agua.

—No, pues, tan amiga de la bruja —dijo Miguel burlándose—. Yo por allá no voy, de pronto me convierte en un elefante. O en un dragón. O en un cerdo.

—Un cerdo eres hace rato, Miguel. En serio, hay que traer agua. ¿No ves que ya nadie lo hace por nosotros? Antigua sigue perdida y Otoniel, ocupado. Al parecer, nosotros dos somos los únicos que no estamos trabajando en el tal sistema de transporte.

—Es verdad, hace días no veo a Antigua. Estoy temiendo que va a salirnos con un chorro de babas. Tantos días dizque buscando y no ha encontrado ni media gota de agua.

—Al revés. Si tenemos agua ahora es por ella.

—¿Por Antigua?

—Claro. ¿No fue ella quien descubrió que el pozo de Encarnación estaba disponible? Espabila, Miguel, Antigua encontró agua hace días y vos ni te enteraste.

Encarnación, inmersa como siempre entre una nube de humo azulado, le entregó un manojito de anamú y unos tubérculos de malanga. Lila se quedó mirándolos. Los olió con los ojos cerrados. El aroma terroso la transportó al día de su llegada a Puerto Arturo, cuando el herido era Miguel y no ella. ¿Hace cuánto estaban allá? Imposible saberlo. Había dejado de hacer rayitas en el nochero y, como consecuencia de ello, el tiempo había desaparecido por completo. De alguna manera todo seguía igual y, al mismo tiempo, todo era diferente. Quería llenar de agua el bidón e irse rápido a infusionar las raíces para evitar la infección en el tobillo. No tardó en notar que el arroz estaba sin hacer y los patacones sin freír. No había leña al pie del fogón. Afuera, Rodrigo gruñía hambreado. La boca de Encarnación brillaba por dentro como una luz perpetua avivándose con el sonido cavernoso de su tos. Puso manos a la obra: recogió agua, entró leña, recolectó hojas de tabaco y de coca, alimentó al cerdo y se puso a cocinar. El gato negro se frotaba contra ella e insistía en lamerle la herida.

—Qué pena ponerla a trabajar, mija, usté con ese tobillo tan...

—Antigua lleva perdida varios días —la interrumpió Lila—. ¿Usted sabe algo?

—Los perdidos somos nosotros —dijo Encarnación.

—Perdidos...

—Sí, perdidos. Hasta que seamos capaces de descifrar el mensaje escrito en la piel del jaguar.

Lila se quedó pensando en que existían formas muy extrañas de perderse y formas aún más extrañas de encontrarse. También pensó que Encarnación había mascado demasiadas hojas de coca esa mañana. Cuando estaba a punto de salir con el manojito de anamú y la malanga en la mano, Encarnación hizo un anuncio que cambiaría todo, aunque en ese momento Lila no lo comprendiera:

—Llévese también las semillas que están sobre la mesa, mija.

—¿Para la curación de la herida?

—No, para que las siembre.

—¿Por qué?

—¿No ha visto el cielo? Las nubes están cuajadas, solo falta que el jaguar ruja tres veces.

Estaba oscuro y los gallos ya habían empezado a cantar. Pronto despuntaría el amanecer. A lo lejos titilaban las luces. Roja. Blanca. Roja. Blanca. Roja. Blanca. Para cuando oyeron el sonido del motor: traca, traca, traca, cada vez más fuerte, traca, traca, traca, anunciando un inminente acercamiento, traca, traca, traca, traca, ya alguien había gritado: «¡Corran!», y todos habían corrido. Por eso, cuando el helicóptero se posicionó sobre el manglar y dejó caer la bomba, los del turno de la noche andaban lejos del alcance de la onda expansiva.

El operativo no dejó muertos ni capturados. Dejó un sistema de transporte con forma de submarino artesanal en ruinas, a medio camino entre el manglar y el mar, y cientos de peces blancos desperdigados. La mayoría fueron confiscados por miembros de las autoridades, quienes reservaron una mitad para mostrar en las noticias y la otra mitad para vender en el mercado negro. Unos cuantos bloques fueron arrastrados mar adentro por las olas y serían escupidos después en alguna playa cercana en donde algún pescador los rescataría y se los llevaría a ellos a cambio de dinero.

Horas después de la rueda de prensa en donde se haría oficial la noticia del operativo antinarcóticos, El Cacao y El

Jorobado irían de nuevo a la Estación de Policía Departamental. Tendrían una sonrisa tonta en la boca, un ligero temblor en la voz y un terrible dolor de cabeza a causa de la resaca. Preguntarían por el mismo comandante que los había recibido con tanto escepticismo la primera vez. Se dirigirían a su oficina, en donde arrastrarían torpemente un par de sillas produciendo un chirrido metálico. Se sentarían, se quitarían la gorra, pedirían agua, se mirarían el uno al otro, se aclararían la garganta, tragarían saliva y casi al mismo tiempo dirían: «Venimos a cobrar el dinero de la recompensa».

Habría sido fácil imaginar las peleas entre ellos para repartirse el botín. O las borracheras. O el despilfarro de nuevos ricos. Cualquiera habría calculado no más de un año para que El Cacao y El Jorobado volvieran a ser las mismas mosquitas muertas sin un peso en el bolsillo. No habría que esperar tanto. Esa misma noche sus cuerpos flotarían inertes sobre las aguas putrefactas de una cloaca. Ellos les cortarían la lengua, les sacarían los ojos y les tatuarían burdamente en la espalda una sola palabra: Sapo.

Miguel se despertó sobresaltado a causa de la explosión. Se puso de pie de un brinco que hizo temblar la cabaña, asomó medio cuerpo por la baranda y ubicó el lugar de donde provenía el barullo. Ya estaba amaneciendo. Los aullidos de los perros se oían a lo lejos. Hacia el manglar, vio el ir y venir de dos helicópteros: traca, traca, traca, traca. Las nubes negras estaban tan bajas que no se sabía dónde terminaban y dónde empezaba el mar. Juntos formaban una gran masa oscura y amorfa.

—Vení, Lila, algo muy raro está ocurriendo. Pasame los binóculos. Es hora de usarlos. ¿Viste que sí eran útiles?

—Raro este aire tan pesado. No puedo ni respirar.

—Yo tampoco, vení.

—¿Qué se ve?

—Nada. Bueno, se ve mucho y no se ve nada. Tanto tiempo sin una maldita nube y a todas les dio por acumularse justo hoy.

Miguel agarró los binóculos y empezó a mirar obsesivamente hacia el manglar. Desde donde estaba solo alcanzó a ver el humo denso, además del titilar de las luces rojas y blancas de los helicópteros yendo y viniendo. Era una escena surreal para un lugar tan apacible como Puerto Arturo. Tuvo tiempo suficiente para imaginar mil cosas; aun así, ni la imaginación más fértil habría podido adivinar lo que acababa de ocurrir. Sus pensamientos hicieron cortocircuito ante la incapacidad de situarlos dentro del marco de su lógica. Por primera vez en la vida no pudo teorizar ni esgrimir explicaciones que denotaran los vastos conocimientos que él creía tener sobre todas las cosas.

Aquel fue el momento exacto en que sus actuaciones comenzaron a bordear la locura. Nervioso, arrojó los binóculos sobre la cama y con movimientos erráticos se empezó a poner las bermudas y las chanclas. Lila tuvo que ayudarle con la camiseta, pues en medio de su acelere intentaba meter la cabeza por las mangas y los brazos por el hueco del cuello. Una vez logró acomodársela, Lila reparó en que la tenía al revés. No le dijo nada porque lo vio muy alterado:

—Ya vengo, voy al caserío a preguntar. Algo muy grave tiene que haber pasado —dijo abriendo y cerrando los ojos con movimientos rápidos y repetitivos.

Salió corriendo en medio de una agitación impropia en él. A medio camino notó que a duras penas lograba respirar y tuvo que detenerse un instante a tomar aire. Se frotó las manos insistentemente una con la otra, se rascó la cabeza, se dio palmadas para quitarse el jején. Un nudo le amarraba la garganta y le impedía tragar saliva, y entonces a cada rato tenía que escupirla. Avanzó dejando gotas de sudor por el sendero y chutando todo lo que fuera susceptible de chutarse. Una penca se le ensartó en las bermudas y comenzó a insultarla. Terminó con las manos llenas de espinas. Arrasó la red de una araña y empezó a darle puños y manotazos. Si alguien lo hubiera visto, habría pensado que peleaba contra un enemigo imaginario.

Cuando llegó al caserío todos estaban despiertos, presos de una agitación extraña. Murmuraban entre ellos y cuando Miguel pasaba se quedaban callados, mirándolo con extravío. Él se movía erráticamente de un lado a otro, como un gallo de pelea enjaulado. Fue de rancho en rancho preguntando: «¿Qué pasó?», y en ninguno obtuvo respuesta. Completamente fuera de sí, sacudía a quien se le atravesara gritando: «¿Qué pasó? ¿Qué pasó?», y ante la ausencia de respuestas sacudía aún con más fuerza. Derramó el contenido de la paila de una sola patada, mandó a La-sin-palabras al suelo cuando intentó perseguirlo, zarandeó el corral del cerdo con el cual pensaban celebrar el Gran Acontecimiento que ya no sería ni grande ni acontecimiento. Los chillidos del animal encerrado eran cada vez más intensos, Miguel se puso en cuatro, cara contra hocico, y comenzó a imitarlo. Cuando la garganta empezó a dolerle por el esfuerzo se puso de pie y arremetió contra las gallinas. Varios hombres tuvieron que intervenir para evitar que las pateara. De un empujón lo mandaron al suelo, con tan mala suerte que cayó sobre una mierda de perro. Se levantó histérico dando tumbos, agarró una rama seca y siguió gritando y blandiendo la rama como si fuera un sable. Se oyó el llanto de varios bebés, los niños se escondieron dentro de la primera falda que encontraron, el borracho de turno se cayó de la silla y se partió un diente, la vieja Mano-de-cucharón empezó a echarse bendiciones.

De pronto la vio, asomada por la ventana como un animal asustado. Se quedó quieto, una estatua con la respiración contenida y la rama suspendida al aire. No la había visto con la cabeza pelada; de hecho, no veía a Tilda desde hacía mucho tiempo. Primero dejó caer la rama y luego una rodilla y la otra. Quedó postrado ante ella sintiéndose como la mierda de perro que tenía esparcida en la ropa. Ahora el animal asustado parecía ser él. Cuando recuperó el habla, aún habría podido decir muchas cosas que él necesitaba decir y ella escuchar, pero no dijo ni una palabra, porque la voz iba a quebrársele y no le gustaba que nadie supiera que a un hombre como él podía ocurrirle algo así.

De rodillas presenció cómo la mirada de ella fue tornándose pesada y oscura. Nadie lo había mirado así antes, con una rabia fermentada desde adentro, una rabia que llevaba semanas buscando adónde posicionarse. Primero le lanzó una chancla, luego la otra, luego el candelabro que alumbraba sus noches de lectura, el caracol con el que cuñaba la puerta, la mochila de la escuela. Miguel recibía todos los impactos de rodillas, sin apenas moverse. Volaron después platos, cocos, bidones de agua vacíos, totumas, libros, chanclas, todo lo que Tilda encontró fue lanzado por la ventana con el único fin de golpearlo.

Al final solo le quedaron las posesiones más valiosas: el cuaderno de escritura y el balón de fútbol. Primero lanzó el cuaderno y todas las palabras escritas en él salieron volando lejos como aves migratorias que al errar su ruta jamás podrán incorporarse de nuevo a la bandada. Luego tomó el balón entre ambas manos y se quedó mirándolo fijamente en medio de un temblor que no acertaba a controlar. Amagó con lanzarlo. Se arrepintió. Volvió a amagar y volvió a arrepentirse. Y así una y otra vez. Con la respiración contenida, todos en el caserío observaban en silencio la escena. Sabían que entre las manos de Tilda había más que un balón. Al final gritó y lo lanzó con fuerza. Miguel podría haberlo esquivado y no lo hizo. El impacto lo recibió en la mejilla derecha y fue el que más le dolió. Cuando Tilda pareció haber terminado, Miguel se puso de pie y salió corriendo antes de que alguien le viera los ojos llenos de lágrimas.

De regreso en la cabaña, Lila lo notó aún más alterado que cuando se había ido.

—Vámonos, vámonos de aquí, Lila, vámonos de aquí —repetía como un autómata mientras sus ojos seguían parpadeando de aquella manera tan extraña—. Vámonos, vámonos de aquí, vámonos, Lila.

—¿Qué pasó? ¿Qué te dijeron? Hueles terrible...

—Que nos vamos, dije. —Se cambió de ropa y, como un huracán, empezó a revolver todo lo que encontraba a su paso buscando las llaves del carro.

—Cálmate, Miguel. Uno no puede tomar decisiones así de alterado. ¿Por qué tenés tan roja la mejilla derecha? ¿Te pegaron?

—Yo esta decisión la había tomado hacía mucho, a ver, a cambiarse. ¿O te vas a ir en pijama? —gritó bajando las escaleras y dirigiéndose al carro con las llaves en la mano.

—Yo no me quiero ir —dijo Lila—. Además, las llantas están pinchadas.

—Pues me voy aunque sea en los rines —dijo.

Ella, de pie junto a la ventanilla, lo vio meter las llaves oxidadas en el orificio aún más oxidado. Las giró. Nada. Las volvió a girar. Nada.

—Esta mierda se dañó.

—No tiene gasolina —le recordó ella.

—Me la robaron estos hijueputas.

—¿No la sacaste vos para la motosierra? ¿O así estabas de borracho que ya no te acordás?

—Pues me voy a pie —dijo metiendo la mano debajo de la silla trasera para sacar unos billetes de la bolsa negra.

Hacía mucho tiempo que Lila no se acercaba al carro. Ya hasta había olvidado que en la banca trasera permanecían López, Tamayo y Lema, quienes ahora observaban la escena con atención. Miguel hurgó entre la bolsa y sacó un fajo de billetes sin percatarse de la mirada desaprobadora de los pasajeros. Justo cuando no lo estaba buscando lo encontró. El anillo que había comprado para pedirle matrimonio a Lila estaba tirado en el suelo como si fuera una alhaja sin valor, entre todo el desorden, las partículas de arena y la basura acumulada. Lo agarró, se lo metió al bolsillo, tomó aire para decir algo que al final no dijo. Se bajó del carro y echó a caminar por la playa en dirección al pueblo. Lila salió detrás. Convencido de que ella había recapacitado, alcanzó a pensar: «Esta es mi chica, si me sigue, le entrego el anillo». Ignoraba que Lila, en realidad, lo estaba siguiendo para hacerlo entrar en razón.

—Vení, Miguel, averigüemos primero qué pasó y después tomamos una decisión sensata.

Avanzaron juntos un rato por la línea de playa, o mejor, Miguel avanzaba y ella lo perseguía. De repente, Lila se detuvo. Él tardó en darse cuenta y avanzó unos pasos más. Cuando se percató de que iba solo, se volteó y la vio rezagada, al pie de la orilla, ambas piernas afincadas con firmeza, decididas a no moverse hacia donde él se dirigía. Reparó en la piel morena de tanto sol y la mirada intensa que parecía ser capaz de atravesarlo. El pelo le caía en unas ondas desordenadas que se le veían preciosas. Estaba llena de pecas en la cara, en el escote y en los hombros. Sonrió, por alguna razón Lila sonrió mientras lo miraba, como si hubiera descubierto algo importante, un enigma cuyo significado llevara mucho tiempo buscando y solo en ese momento hubiera descifrado. Miguel reparó en esa gran sonrisa que le achispaba los ojos y le enmarcaba la nariz repleta de pecas. Reparó en las piernas, tres tonos más oscuras a causa del sol y tres veces más duras a causa de las caminatas.

Viéndola así, inmensa y sonriente, Miguel comprendió que la estaba mirando con ojos de nostalgia y eso no era nada bueno. Sabía que los ojos de nostalgia alteran el sentido de la realidad. Lo grande se hace más grande y lo hermoso más hermoso. Los colores son más vívidos, los aromas buenos se superponen sobre los malos. Lo terrible, de repente, parece algo con lo que puede lidiarse y aquello que impulsa a tomar la decisión de renunciar, una pequeñez y, por lo tanto, quien la toma, un cobarde incapaz de luchar lo suficiente para seguir avanzando. «Avanzar. Quién diablos dijo que todo en la vida es avanzar. ¿Y si uno quiere quedarse quieto? ¿O arrepentirse? ¿O dar un paso atrás?», pensó. Tuvo un instante de duda. Incluso metió la mano al bolsillo de la bermuda buscando aquel anillo que podría marcar un antes y un después en su futuro. Aún había margen para el arrepentimiento. Lo apretó con fuerza sin dejar de mirar a Lila, estuvo a punto de sacarlo, a punto de entregárselo, a punto de decirle: «Casate conmigo, seamos felices». Justo antes de lanzar la propuesta, le lanzó una pregunta:

—Entonces, ¿venís conmigo o no? —Lila se quedó callada. Miguel alzó un poco la voz y volvió a preguntar lo mismo—. ¿Venís conmigo o no?

Se hizo un silencio largo que culminó con una sola palabra.

—No.

—¿No? —preguntó él, incrédulo.

—No —respondió ella.

Eso fue lo último que se dijeron. Miguel la vio dar media vuelta y deshacer el camino con pasos seguros. No le dijo adiós. No giró la cabeza ni una sola vez durante su caminata hacia la cabaña. Él se quedó un rato con la mano entre el bolsillo de la bermuda, apretando ese anillo que ya no iba a entregarle nunca. La quietud del mar le invocó un sentimiento semejante a la indefensión. El cielo seguía con ese raro color azul oscuro parecido a la tristeza. El viento no soplaba, las palmeras no se movían, ni la arena, ni las alas de las aves, ni sus piernas. Así de inmóvil él también, la vio alejarse, hacerse cada vez más pequeña. Poco a poco se fue diluyendo entre la bruma marina hasta desaparecer por completo. Hacía unos minutos estaba frente a él con toda su humanidad y ahora no estaba. Lila era un espacio vacío, una ausencia.

Sacó el anillo y lo contempló un rato largo como si lo estuviera viendo por primera vez. Cerró el puño, tomó aire y lo lanzó al mar. Tuvo que frotarse los ojos para liberar las lágrimas empozadas. Antes de continuar, miró hacia el lugar exacto en donde había visto a Lila por última vez porque, en efecto, iba a ser la última vez, aunque aún no lo supiera.

De regreso a la cabaña, Lila reparó en que no la acompañaba ni su propia sombra. La playa parecía un tapete de arena vasto y monótono, recién extendido por una mano invisible. El cielo seguía cerrado con nubes que se apretaban unas con otras para impedir el paso de los rayos de sol. Se preguntó adónde se habían ido los pájaros y los cangrejos; adónde la sombra de todas las cosas. Se agachó. Recogió un caracol. Un segundo después lo arrojó hacia el mar interrumpiendo, por un instante, la inmensa tranquilidad de la superficie. El mar tenía una extraña quietud de guerrero derrotado. La boca volvió a estirársele en una sonrisa nostálgica al entender que Miguel no se estaba yendo en ese momento, él se había ido hacía mucho. Comprendió que la compañía no era física, había gente que se marchaba quedándose y había gente que se quedaba yéndose. Quizá por eso ni siquiera se había despedido de él. Ya era tarde para un adiós. Despedirse es una de esas cosas para las que existe un momento exacto. No puede hacerse después de que ese momento ha pasado.

Son extrañas las acciones que se emprenden durante los instantes posteriores a una separación. Lila llegó a la cabaña y lo primero que hizo fue ponerse a barrer. Repasó obsesivamente el suelo con la escoba, como expulsando algo que no conseguía nombrar. Comprendió la tragedia humana de no poder predecir cuándo las últimas veces serán las últimas veces. Le hubiera gustado atesorar detalles de la última vez que se metieron juntos al mar. Recordar la temperatura del agua, la forma de las nubes, la manera tan específica como Miguel solía tomarla de la mano, con suficiente fuerza para hacerle saber que nada iba a pasarle mientras él estuviera junto a ella y, al mismo tiempo, con la suavidad con la que se agarran las cosas delicadas, aquellas que deben cuidarse porque son demasiado valiosas. Buscó en su memoria el recuerdo del último beso y tampoco pudo encontrarlo. Hubiera puesto más atención, pero, maldita sea, cómo iba a saber que era el último. Habría atesorado los labios, el roce de la barba en la mejilla, el pelo largo haciéndole cosquillas en el cuello, los dedos inquietos caminando espalda abajo. Ya nada de eso le pertenecía. Nada. Quiso salir corriendo a recuperarlo. Mejor no. Mejor sí. No. Sí. ¿Por qué en las relaciones no todo podía ser enteramente bueno o enteramente malo? Sería más fácil quedarse. Sería más fácil irse. Sería más fácil tomar una decisión que no lo deje a uno preguntándose el resto de la vida si es la correcta o no.

Cuando terminó de barrer estaba llorando. Caminó hacia el mar, se quitó la camiseta y las chanclas y avanzó hasta que el agua le llegó al cuello. Se puso boca arriba y flotó bajo el cielo cargado de nubes sintiéndose muy extraña, muy sola y muy triste. Parecía que el mundo se hubiera acabado y ella fuera la única habitante. La atmósfera seguía tan pesada que habría podido agarrarla con las manos y escurrirla como un paño húmedo. Al cabo de un rato retumbó el sonido seco de un coco cayendo sobre la arena, entonces notó que tenía mucha sed y no había puesto a hervir agua. Salió del mar y fue a buscar el machete. Erró en varios cortes hasta que atinó a abrir el coco por la punta. Bebió unos tragos que sonaron al bajar por la garganta. Los últimos hilos de líquido se los echó en la cabeza y se deslizaron por el cuello, el pecho y la cara. Un bautizo vegetal.

Más tarde, caminó hasta el caserío a pedir unos plátanos para los patacones del almuerzo, quizá se atreviera a preguntar por la explosión. Una calma chicha seguía instalada en el lugar. La gente andaba sumida en un estado letárgico. Hasta los animales yacían en el suelo de cualquier manera, desmadejados como trapos. Las únicas que se movían eran la mamá de El Guasa, quien iba de un lado a otro silbándole a la urna llena de pelo, y La-sin-palabras, quien, como de costumbre, salió detrás de ella e intentó agarrarle la mano.

—Ellos están furiosos, andan averiguando quién fue el sapo —dijo de pronto. Lila, sorprendida por oírle la voz, no reparó en el contenido del mensaje.

—¡Podés hablar!

—Siempre he podido.

—¿Y entonces por qué no hablás?

—Primero, porque todos decían que no podía y no quería llevarles la contraria. Luego me pusieron La-sin-palabras y se olvidaron de mi nombre. Si hablo, ¿cómo van a llamarme? Y si no hay forma de nombrarme, ¿cómo voy a existir?

—¿Y cuál es tu nombre?

—No lo recuerdo. A mí también se me olvidó.

Todos, absolutamente todos se quejaban por el calor y la humedad. Señalaban al cielo y decían que estaba raro, inquietante, como si algo fuera a pasar. Y sí. Lila volvió a mirarlo y estaba muy raro, muy inquietante y, seguramente, algo iba a pasar.

—¿Sí supo, seño? ¡Un submarino explotó! —le gritó Tilda apenas la vio.

Lila sonrió, pensando que era otra fantasía más. Podía haber enfrentado una violación, podía estar en embarazo, podía haberse cortado las trenzas o intentado ahogarse, no obstante, en el fondo, Tilda era una niña. Una niña que iría al pueblo días después y regresaría con los bolsillos llenos de periódicos viejos y arrugados. En ellos, Lila leería con sus propios ojos la noticia de un «operativo antinarcóticos llevado a cabo en la zona rural de Puerto Arturo mediante el cual bombardearon un ingenioso sistema de transporte de droga con enormes similitudes a un submarino». El asombro le haría abrir la boca. Se la taparía con la mano. Diría: «Hijueputa». Se recordaría lo mucho que odiaba las groserías, pero como el suceso lo ameritaba, lo repetiría tres veces más: «Hijueputa, hijueputa, hijueputa». Seguiría leyendo: «El submarino artesanal fue ensamblado en medio de la más completa discreción al pie de un manglar y ya estaba listo para partir con más de media tonelada de cocaína a bordo, empacada en bloques de un kilo. El operativo, que no dejó capturados, se llevó a cabo tras información suministrada por dos nativos de la zona, quienes fueron asesinados después de cobrar una jugosa recompensa».

Al final del asombro, si es que el asombro por una situación así podía tener final, Lila pensaría en las palabras tan ciertas que le había dicho Carmenza una vez: «Cuando explote la realidad va a parecer mentira».

Pues bien. La realidad había explotado: el manglar voló en el sentido más literal de la palabra y ahora el mar estaba lleno de peces blancos.

El aliento del diablo se sintió más que nunca hacia el final de aquella tarde. Quizá la ausencia de brisa reconcentró el olor. Quizá las flores emanaron su último aroma antes de marchitarse. El caso es que Lila se puso frente al caballete poseída por un extraño impulso y comenzó a dibujarse. Llevaba mucho tiempo viendo su reflejo nada más en el envés de las cucharas. No tenía espejo, pero qué manera de mirarse.

Mientras estaba pintando, las nubes se compactaron aún más, iluminándose desde adentro con un tono amarilloso y eléctrico como si fueran lámparas y alguien las estuviera prendiendo y apagando. Achinó los ojos y abrió las fosas nasales, inmersa en una concentración que no era capaz de posicionar sobre nada diferente al dibujo. Entre tanto, la atmósfera comenzó a recargarse con un aura sobrenatural que auguraba la ocurrencia de algo importante. Y, en efecto, algo importante ocurrió: no muy lejos un primer rugido tronó con fuerza y el aliento del diablo fue reemplazado por el olor astringente de las cebollas.

Se puso alerta. Miró alrededor. Contuvo la respiración. No logró detectar de dónde provenía el rugido y entonces se preguntó si acaso lo había imaginado. Siguió pintando hasta que una gota de agua se estampó contra el lienzo. Alzó la vista al cielo y otra gota se estrelló contra la punta de su nariz. Tal acontecimiento no era algo que ocurriera todos los días, quizá por eso se tomó el tiempo necesario para sentir el recorrido de la gota: descendió por la mejilla y de ahí se descolgó hasta empozarse en el hueco del cuello. Incrédula, la retuvo con la punta del dedo índice y se lo llevó a la boca. Sabía a cielo, a nube y a tormenta. Momentos después, oyó el segundo rugido y las gotas fueron sucedidas por otras. Para cuando retumbó el tercer rugido el agua caía en hilos delgados, luego en hilos gruesos y después en chorros continuos que daban la falsa ilusión de estar lloviendo al revés.

Las nubes, obedeciendo a los tres rugidos, no paraban de mandar agua y el suelo, sediento, no paraba de beberla. Con el asombro infantil de las primeras veces danzó en el balcón hasta enjuagarse con agua lluvia todas las partículas de sal que tenía adheridas al cuerpo. Si alguien la hubiera visto, habría pensado que estaba alucinando a causa del aroma del borrachero y es posible que tuviera razón. Terminó empapada y contenta hasta que estalló un rayo tan grande que desgajó el cielo a pedazos y plantó en la tierra sus raíces luminosas y eléctricas.

El viento comenzó a soplar con una fuerza inusitada por los cuatro costados. Las corrientes confluían con violencia y se entrelazaban en un vendaval que parecía querer arrasar lo que se atravesara. Pensó en el dinero y corrió hasta la camioneta. Temía que la marea creciera y la arrastrara. En la silla trasera seguían los tres pares de ojos acusadores clavados sobre ella. «Salgan, el mar se va a llevar el carro, el mar todo se lo lleva», les gritó. Agarró la bolsa llena de billetes y corrió de regreso a la cabaña.

Cuando iba subiendo las escaleras se dio cuenta de que López, Tamayo y Lema iban subiendo detrás de ella. Al llegar arriba se quedó de pie sin saber muy bien qué hacer. Abrazó la bolsa por la pura necesidad de abrazarse a algo. Sus tres clientes la rodeaban apretando cada vez más el cerco. Las sillas se movían de un lado a otro como si tuvieran vida propia. Las hamacas se inflaban como globos. El agua la salpicaba y no podía moverse porque sus tres clientes se lo impedían. Supo que la única forma de liberarse de ellos era desatando el nudo de la bolsa. Los billetes volaron lejos como si fueran una bandada de garzas azules y revoltosas. Junto a ellos volaron López, Tamayo y Lema, esta vez para siempre. Luego desprendió el dibujo del caballete y se lo entregó al viento. Días después una niña lo encontraría en el bosque y lo miraría con insistencia, tratando de entender por qué la mujer del dibujo tenía los ojos cerrados.

Una sucesión de relámpagos iluminó el entorno, dándole forma y volumen a todo lo que la rodeaba. En ese parpadeo del cielo, en ese microsegundo que haría dudar a Lila entre lo visto y lo imaginado alcanzó a ver la silueta del jaguar y las rosetas y la promesa del mensaje escrito en ellas. Percibió el brillo de los ojos felinos contemplándose en los suyos: fuego contra fuego. El jaguar estaba a una distancia demasiado corta para emprender la huida y demasiado larga para descifrar el mensaje escrito en su pelaje. En menos de un parpadeo el felino se desvaneció llevándose consigo la furia del viento. La lluvia siguió cayendo el resto de la noche de manera hipnótica y adormecedora.

Agotada, Lila se acostó en la cama, ahora demasiado grande para ella sola. No había ni una sola mosca. A lo lejos se oían los aullidos de los perros sin dueño festejando la llegada de las lluvias y el final de la sed. Supo distinguir el de Cumbia retumbando fuerte entre aquel vasto coro de aullidos en cadena. El olor a cebolla aún flotaba en el aire.

Antes de quedarse dormida, lo último en lo que pensó fue en las semillas que le había regalado Encarnación. Amanecería y sería domingo. Quizá jueves. Qué más daba. Mientras los jaguares merodearan, cualquier día era un buen día para sembrarlas.

Nota de la autora

Puerto Arturo existe y no existe. Aunque el nombre es inventado, sirve para aludir a cualquier cantidad de pueblos olvidados a lo largo de las costas colombianas. Lugares congelados en el tiempo. Lugares sin Dios y sin ley. Lugares en donde pasan muchas cosas que nadie quiere ver para no tener que hacerse cargo de ellas. Desde hace más de treinta años suelo frecuentar uno de estos lugares. Decidí no revelar el nombre para protegerlo, pues sigue siendo un paraíso idílico y aislado que, por fortuna, ha logrado superar grandes sequías y grupos ilegales operando desde allí. Lo de superar es un decir, tal vez significa que yo también he aprendido a convivir con *ellos* a fuerza de cerrar los ojos para no verlos.

La explosión del submarino fue real. Imaginar que lo ensamblaron en un manglar cerca de la cabaña es sorprendente, pero lo es aún más el hecho de que no haya sido el único. Hubo otro submarino anterior que coronó el viaje exitosamente. Hay quien asegura que fueron dos. Los pedazos del que bombardearon están siendo tragados por el mismo manglar en donde fue construido. Aún pueden verse algunos restos. En aquella época no era del todo raro encontrar alguna caleta o sentir lanchas partiendo de noche hacia Panamá. La única forma de enfrentar sucesos como esos fue y sigue siendo cerrar los ojos. Antigua Padilla lo resumió mejor cuando dijo: «Aquí hay cosas que es mejor no ver, aunque uno las haya visto».

Ningún personaje de esta novela es completamente real, cada uno fue construido con retazos de personas que he conocido a lo largo de los años. Son, pues, creaciones ficcionales puestas al servicio de una historia que tiene mucho de verdad y mucho de mentira.

Agradecimientos

A los nativos que he conocido en todo este tiempo quiero darles las gracias por contarme sus historias. En especial a todas las «Matildas», por desnudarme sus sueños y luego, pasado un tiempo, por contarme en dónde quedaron los pedazos y ayudarme a entender por qué nunca son capaces de remendarlos. También a todas las «Encarnaciones» por mostrarme que las versiones inventadas siempre son más reales que las reales. Al Ángel le deseo que pronto le salgan alas y que vuele lejos, a un lugar en donde pueda, al fin, saciar su sed infinita.

Gracias a Juan Roberto López, Juan Pablo Lema, Alexandra Pareja y María Adelaida Tamayo, por regalarme sus primeras impresiones como lectores.

A mi editora María Fasce por la confianza y la paciencia. A Luna Miguel y a las Carolinas López y Reoyo por sus sugerencias y observaciones, siempre tan pertinentes y agudas. A Julia Fanjul y Andrés Molina por su buen ojo para detectar errores.

Gracias a Cantamar por acogerme bajo su techo cantante de paja y a todos los perros sin dueño que me acompañaron con sus aullidos en las noches solitarias y eternas durante la temporada que pasé allí escribiendo esta novela. En especial a

Chandel Mostaza, que no me abandonó ni un instante y terminó inspirando el personaje de Cumbia.

Gracias al International Writing Program de la Universidad de Iowa por invitarme a su prestigiosa residencia de escritores en donde la novela fue terminada, en el mítico room 222 del Iowa House Hotel.

Gracias a WWF Colombia por cuidar a los jaguares. Yo adopté uno, cualquiera de ustedes puede hacerlo a través de su página web.

A Carlos Castaño por la valiosa información sobre los jaguares que encontré en su libro *Chiribiquete: La maloka cósmica de los hombres jaguar*, y a María José Castaño por ponerlo en mis manos justo cuando estaba creando al personaje de Antigua. Una coincidencia afortunada que terminó dándole al personaje una dimensión y un protagonismo que no había planeado.

Gracias infinitas a Robis por volverse invisible cada vez que estoy escribiendo.

Algunos títulos imprescindibles de Lumen de los últimos años

Donde cantan las ballenas | Sara Jaramillo Klinkert
Cómo maté a mi padre | Sara Jaramillo Klinkert
Historia de una mujer soltera | Chiyo Uno
Escritoras. Una historia de amistad y creación | Carmen G.
de la Cueva y Ana Jarén
Residencia en la tierra | Pablo Neruda
Todos nuestros ayeres | Natalia Ginzburg
El hombre que mató a Antía Morgade | Arantza Portabales
Vida mortal e inmortal de la niña de Milán | Domenico
Starnone
Elegías de Duino. Nueva edición con poemas y cartas inéditos
| Rainer Maria Rilke
Limpia | Alia Trabucco Zerán
La amiga estupenda. La novela gráfica | Chiara Lagani
y Mara Cerri
La hija de Marx | Clara Obligado
La librería en la colina | Alba Donati
Mentira y sortilegio | Elsa Morante
Diario | Katherine Mansfield
Cómo cambiar tu vida con Sorolla | César Suárez
Cartas | Emily Dickinson
Alias. Obra completa en colaboración | Jorge Luis Borges
y Adolfo Bioy Casares

El libro del clima | Greta Thunberg y otros autores

Maldita Alejandra. Una metamorfosis con Alejandra Pizarnik | Ana Müshell

Leonís. Vida de una mujer | Andrés Ibáñez

Una trilogía rural (Bodas de sangre, Yerma y La casa de Bernarda Alba) | Ilu Ros

Mi Ucrania | Victoria Belim

Historia de una trenza | Anne Tyler

Wyoming | Annie Proulx

Ahora y entonces | Jamaica Kincaid

La postal | Anne Berest

La ciudad | Lara Moreno

Matrix | Lauren Groff

Anteparaíso. Versión final | Raúl Zurita

Una sola vida | Manuel Vilas

Antología poética | William Butler Yeats

Poesía reunida | Philip Larkin

Los alegres funerales de Alik | Líudmila Ulítskaya

Grace Kelly. Una biografía | Donald Spoto

Jack Nicholson. La biografía | Marc Eliot

Autobiografía | Charles Chaplin

Mi nombre es nosotros | Amanda Gorman

Autobiografía de mi madre | Jamaica Kincaid

Mi hermano | Jamaica Kincaid

Las personas del verbo | Jaime Gil de Biedma

Butcher's Crossing | John Williams

Cita en Samarra | John O'Hara

El cocinero | Martin Suter

La familia Wittgenstein | Alexander Waugh

Humano se nace | Quino

Al paraíso | Hanya Yanagihara

La última cabaña | Yolanda Regidor

Poesía completa | César Vallejo

Beloved | Toni Morrison

Estaré sola y sin fiesta | Sara Barquinero

Donde no hago pie | Belén López Peiró

A favor del amor | Cristina Nehring

La señora March | Virginia Feito

El hombre prehistórico es también una mujer | Marylène Patou-Mathis

La tierra baldía (edición especial del centenario) | T. S. Eliot

Cuatro cuartetos | T. S. Eliot

Manuscrito hallado en la calle Sócrates | Rupert Ranke

Federico | Ilu Ros

La marca del agua | Montserrat Iglesias

La isla de Arturo | Elsa Morante

Cenicienta liberada | Rebecca Solnit

Hildegarda | Anne Lise Marstrand-Jorgensen

Exodus | Deborah Feldman

Léxico familiar | Natalia Ginzburg

Confidencia | Domenico Starnone

Canción de infancia | Jean-Marie Gustave Le Clézio

Confesiones de una editora poco mentirosa | Esther Tusquets

Mis últimos 10 minutos y 38 segundos en este extraño mundo | Elif Shafak

Los setenta y cinco folios y otros manuscritos inéditos | Marcel Proust

Alejandra Pizarnik. Biografía de un mito | Cristina Piña y Patricia Venti

Una habitación ajena | Alicia Giménez Bartlett

La fuente de la autoestima | Toni Morrison
Antología poética | Edna St. Vincent Millay
La intemporalidad perdida | Anaïs Nin
Ulises | James Joyce
La muerte de Virginia | Leonard Woolf
Virginia Woolf. Una biografía | Quentin Bell
Madre Irlanda | Edna O'Brien
Recuerdos de mi inexistencia | Rebecca Solnit
Las cuatro esquinas del corazón | Françoise Sagan
Una educación | Tara Westover
El canto del cisne | Kelleigh Greenberg-Jephcott
Donde me encuentro | Jhumpa Lahiri
Caliente | Luna Miguel
La furia del silencio | Carlos Dávalos
Poesía reunida | Geoffrey Hill
Poema a la duración | Peter Handke
Notas para unas memorias que nunca escribiré | Juan Marsé
La vida secreta de Úrsula Bas | Arantxa Portabales
La filosofía de Mafalda | Quino
El cuaderno dorado | Doris Lessing
La vida juega conmigo | David Grossman
Algo que quería contarte | Alice Munro
La colina que ascendemos | Amanda Gorman
El juego | Domenico Starnone
Un adulterio | Edoardo Albinati
Lola Vendetta. Una habitación propia con wifi | Raquel Riba
    Rossy
El Tercer País | Karina Sainz Borgo
Tempestad en víspera de viernes | Lara Moreno
Un cuarto propio | Virginia Woolf

Al faro | Virginia Woolf

Genio y tinta | Virginia Woolf

Cántico espiritual | San Juan de la Cruz

La Vida Nueva | Raúl Zurita

El año del Mono | Patti Smith

Cuentos | Ernest Hemingway

París era una fiesta | Ernest Hemingway

Marilyn. Una biografía | María Hesse

Eichmann en Jerusalén | Hannah Arendt

Frankissstein: una historia de amor | Jeanette Winterson

La vida mentirosa de los adultos | Elena Ferrante

Una sala llena de corazones rotos | Anne Tyler

Un árbol crece en Brooklyn | Betty Smith

La jurado 272 | Graham Moore

El mar, el mar | Iris Murdoch

Memorias de una joven católica | Mary McCarthy

Poesía completa | Alejandra Pizarnik

Rebeldes. Una historia ilustrada del poder de la gente | Eudald
    Espluga y Miriam Persand

Tan poca vida | Hanya Yanagihara

El jilguero | Donna Tartt

El viaje | Agustina Guerrero

Lo esencial | Miguel Milá

La ladrona de libros | Markus Zusak

El cuarto de las mujeres | Marilyn French

Qué fue de los Mulvaney | Joyce Carol Oates

Cuentos completos | Jorge Luis Borges

El chal | Cynthia Ozick

Laborachismo | Javirroyo

Eros dulce y amargo | Anne Carson

Este libro
terminó de imprimirse
en Barcelona
en enero de 2023

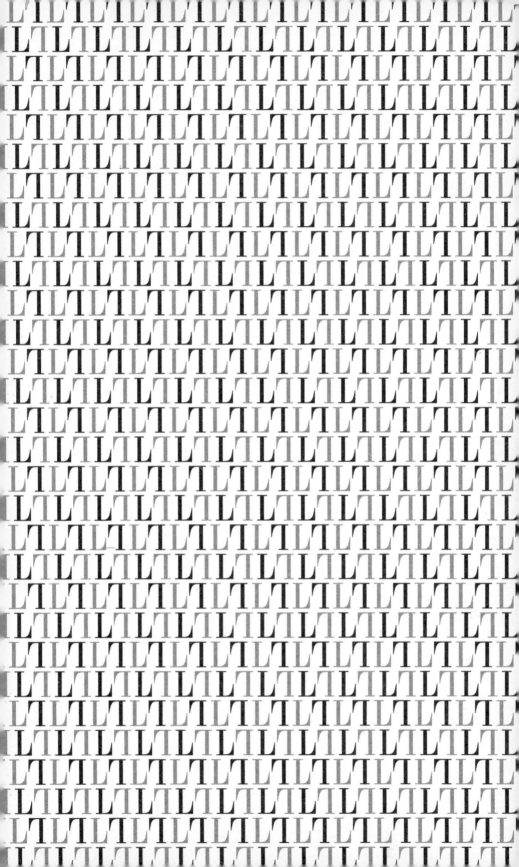